Eleonora Quilici

Renate von Rosenberg

Ich - Paganini!

DRESDNER BUCHVERLAG

Impressum

1. Auflage: Juli 2010
Dresdner Buchverlag GbR, Bürgerstr. 20, 01127 Dresden •
www.dresdner-buchverlag.de

Urheberrecht am Text: Renate von Rosenberg

Lektorat/Korrektorat: „Verlags- & Autorenservice“ Peggy Salomo
Bürgerstr. 20, 01127 Dresden • www. lektorat-salomo.de

Zeichnungen Cover, Vor- & Nachsatzpapier und S. 33: Peter André Dangschat
(Coverbild auf Originalnoten von Niccolò Paganini)

Layout: „ellegraph“ Dajana Mehner

ISBN: 978-3-941757-16-5

Preis: 17,90 EURO

Renate von Rosenberg

Ich - Paganini!

Für André und die Kinder

Inhaltsverzeichnis

St. Petersburg

Was war das?
Lisa blieb wie angewurzelt stehen. Da spielte jemand auf einer Geige genau die Melodie, die sie seit Jahren gesucht hatte. Genauer gesagt, wollte sie wissen, wer der Komponist war.
Zum ersten Mal war sie ihr bei der Fernsehübertragung eines Neujahrskonzertes der Wiener Philharmoniker aufgefallen. Da erklang sie gewissermaßen als akustische Passage des Orchesters zwischen den einzelnen Stücken. Die Melodie hatte sich in ihr Ohr geschlichen und ihr Gedächtnis nie wieder verlassen. Diese teils fröhliche, teils melancholische Folge von Tönen, wie sie in solcher Durchsichtigkeit nur eine Geige hervorbringen kann – nie wieder hatte Lisa sie gehört, nie ihr Geheimnis lüften können.
Und nun drang diese Melodie einfach durch die ihrem Zimmer gegenüber liegende Tür. Fassungslos stand Lisa in dem schmalen Flur des vierten Stockes im St. Petersburger Hotel „Oktober“ und lauschte. Ihr Mann hatte den Koffer abgestellt und war gerade dabei, aufzuschließen.
„Hörst du das? Ich wusste doch, das kann nur ein romantisches Geigenthema sein. Was für ein Zufall!“ Sie wollte sich gar nicht trennen.
„Komm herein! Bleib nicht so stehen! Wie sieht denn das aus!“, forderte sie Achim zum Eintreten auf. „Wie gefällt dir das Zimmer?“
„Auf den ersten Blick ganz gemütlich“, fand sie und stellte ihr Handgepäck auf den Tisch.
Es war freundlich bescheiden eingerichtet. Getrennte Betten mit einer bunten Decke als Überzug. Auf den Nachttischen kleine Bettleuchten mit altmodisch gemusterten Lampenschirmen aus Glas. Es gab ein Zimmertelefon. Alles sauber, eigenes Dusch-WC. Und das Beste: Das Fenster zeigte auf den Hinterhof. Hier würden sie ruhig schlafen können.
Lisa öffnete es, blickte in den blassblauen Himmel und atmete tief

ein. Endlich in St. Petersburg! In der Stadt, nach der sie beide sich schon so lange gesehnt hatten. Diese Märchenstadt mit ihren Museen und Palästen! Diese in prächtigste Architektur verwandelte erst 300-jährige Geschichte!
Sie waren zum ersten Mal als Touristen in Russland, westliche Ausländer, vorsichtige Fremde. Russisch konnten sie weder verstehen noch lesen. Doch seit Jahren schon hatten sie die glanzvolle Metropole Peter des Großen sehen wollen, Bücher und Reiseführer gewälzt. Ob es am Geld oder an der Politik gelegen hatte – Russland erschien ihnen als zu weit weg, zu unberechenbar. Aber mit seiner Öffnung nach Westen verloren sie ihre Befürchtungen.
Außerdem wollten sie sich mit ihrem Freund Wladimir Nuzhdin treffen. Er war Restaurator und hatte Zugang zu den Archiven und geheimsten Schätzen der Museen. Und als Lisa eines Tages erklärt hatte: „Jetzt fliegen wir nach St. Petersburg!“, hatte sie auch Achims lange gehegten Wunsch ausgesprochen.
Schon Wochen vor ihrer Abreise begeisterten sie sich an den intensiven Vorbereitungen, planten alle Besuche bis ins Detail. Achim fesselten St. Petersburgs einzigartige Geschichte und die unglaublichen Kunstschätze. Lisa dachte, dass ihr Vater, Sohn einer baltischen Familie, in dieser großartigen Stadt an der Newa geboren worden war. Und mit knapp siebzig wollte sie nun wissen, wo ein Teil ihrer Wurzeln lag.
Von vornherein war das kulturelle Tagespensum der beiden mit Besuchen von Museen, Palästen und Kirchen vollgestopft. Für die außerhalb der Stadt gelegenen Schlösser Peterhof, Zarskoje Selo und Pawlowsk hatten sie eine deutschsprachige Führerin und ein Auto gebucht. Noch vier ganze Tage voll der herrlichsten Eindrücke lagen vor ihnen.

Als sie am Abend müde von einem Bummel über den Newski Prospekt zurückkehrten, empfing sie wieder diese Melodie. Lisa stand wie gebannt und lauschte. Sie summte innerlich mit und mochte

sich gar nicht von den Tönen abwenden. Schließlich zog Achim die Widerstrebende mit sich fort.
Ich muss es wissen, schwor sie sich.
Ob am Morgen oder am Abend, immer wenn sie vor ihrem Zimmer standen, hörten sie hinter der Tür gegenüber die Melodie. Doch dann ließ das jeweilige Tagesprogramm Lisa die Begegnung vergessen.
Auch am Morgen des dritten Tages spielte der Geiger in dem benachbarten Zimmer. Brach immer wieder ab, um neu anzusetzen und sich die geforderte Präzision der Technik abzuverlangen. Übte die wahnsinnigsten Kadenzen.
Lisa lauschte, war beunruhigt. Wer mochte der Mann hinter der Tür sein? Nur ein Virtuose konnte dieser schweren Passage ihre bezaubernde Leichtigkeit geben. *Ich muss wissen, was für eine Melodie das ist, ehe der Geiger abreist*, nahm sie sich vor.
Am vierten Tag fasste sie endlich einen Entschluss. Den Hotelgast von Zimmer 423 anzurufen, wagte sie nicht. Es müsste schriftlich geschehen. Also schrieb sie ihm in Englisch ein Briefchen, in dem sie auf provisorischen Notenlinien die vermeintlichen Töne ohne Takt aufzeichnete. Sie bat den Künstler, ihr den Komponisten zu nennen, den sie schon so lange suche. Und sie schrieb die Telefonnummer ihres Zimmers hinzu. Dann schob sie morgens den Zettel unter der Tür des Geigers hindurch.

Ihr letzter Tag war mit zwei langen Museumsbesuchen sehr anstrengend gewesen. Deshalb hatten sich Lisa und Achim schon frühzeitig schlafen gelegt. Gegen elf Uhr nachts klingelte plötzlich das Telefon. Wer wollte denn jetzt noch etwas von ihnen?!
Lisa nahm schlaftrunken den Hörer ab und eine volle Männerstimme erklärte ihr auf Englisch: „Ich bin derjenige, dem Sie geschrieben haben. Ich hoffe, dass ich Sie nicht gestört habe."
„Aber nein", fasste sich Lisa und versuchte, ihr Englisch zusammenzuklauben. Sie dankte dem Herrn und erzählte ihm ihr Anlie-

gen. „Sie haben diese Melodie gespielt. Ich erkannte sie sofort. Ich kann es kaum glauben! Seit zwei Jahren geht sie mir nicht aus dem Kopf, verfolgt mich geradezu. Und jetzt habe ich sie aus Ihrem Zimmer gehört! Verzeihen Sie mein Notengekritzel, aber können Sie mir den Komponisten sagen?"
„Das Stück stammt von Niccolò Paganini und gehört zum dritten Satz seines Konzertes Nr. 2 in h-Moll. Die von Ihnen gesuchte Melodie ist sehr bekannt als *La Campanella.*"
Er ließ den Namen italienisch ausrollen und machte eine erwartungsvolle Pause.
„Ich habe ... Sie spielen hören", stammelte sie. „Ich wusste mir keinen anderen Rat, als Ihnen zu schreiben. Sie sind ein Virtuose. Vielleicht habe ich Sie sogar schon einmal gehört? Wenn ich Sie um Ihren Namen bitten dürfte ..."
„Ich heiße Samuel Sendmann. Mein Künstlername ist Nikolai Sendmann", entgegnete er. „Ich lehre am Konservatorium in Stockholm. In drei Tagen gebe ich als Solist ein Konzert in der Musikakademie von St. Petersburg. *La Campanella* steht auch auf dem Programm. Bitte kommen Sie! Dann können Sie das ganze Stück hören."
„Das geht leider nicht", bedauerte Lisa, nun gänzlich wach. „Morgen fliegen wir wieder zurück nach Deutschland."
Also Paganini! Der legendäre Teufelsgeiger! Wer hätte das gedacht ...
„Sicher ein schweres Stück, das sogar einem Virtuosen viel abverlangt", fragte sie vorsichtig.
„Es hat so seine Tücken. Die gilt es zu meistern", lenkte er ab. „Was Sie über das bewusste Thema gesagt haben, kann ich verstehen. Ich kenne das, wenn man von einer Melodie, vielleicht sogar von einem Komponisten nicht loskommt ..."
Wieder legte er eine kleine Pause ein, als wolle er ihrer Stimme nachlauschen. Dann erzählte er kurz, dass er in jungen Jahren nach Schweden emigriert und im gesamten skandinavischen Raum aufgetreten sei. „Jetzt bin ich mit meinen Studenten hier."

„Sie spielen ganz wunderbar!“, flüsterte Lisa. „Sie haben mir ein großes Geschenk gemacht. Ich danke Ihnen sehr und wünsche Ihnen für Ihr Konzert den allerbesten Erfolg.“
Trotz ihrer Müdigkeit konnte sie lange nicht einschlafen. Vor ihrem inneren Auge entrollte sich das Bild einer italienischen Landschaft. Im Hintergrund der leicht rauchende Vesuv und das azurblaue Meer. Bunt gekleidete Menschen versammelten sich um einen hölzernen Tanzboden. Etwas entfernt eine dreiköpfige Gruppe von Musikanten. Jetzt stellten sich die Paare auf. Der Geiger hob den Bogen, nickte seinen Kollegen aufmunternd zu und spielte zum Tanz. Es war ein Volkslied, zu dem ein Glöckchen geläutet wurde. Dann trat als Nächster – groß, schlank und im Frack – Paganini auf die Bühne. Er stellte den linken Fuß vor, drehte sich seitlich, hob die Geige ans Kinn und den rechten Arm hoch.
Er wartete, bis die Spannung im Publikum zu explodieren drohte. Dann fuhr er mit dem Bogen auf sein Instrument herab und raste in Läufen mit schwierigsten Doppelgriffen über die Saiten, dass die schulterlangen Haare nur so flogen. Danach winkte er mit dem Bogen, ganz leicht. Er lächelte genießerisch und zauberte aus seiner Geige den durchsichtigsten Schmetterling von einer Melodie hervor: *La Campanella*!
Das anscheinend Einfache so einfach erklingen zu lassen, dass man es dafür halten könnte, gehört zum Schwersten. Du Teufelsgeiger, dachte Lisa.
Obwohl sie sich nur ein vages Bild von dem legendären Virtuosen machen konnte, verband sie die erotische Ausstrahlung der Melodie unwillkürlich mit dem Violinisten Sendmann. Dessen kehlige Stimme hatte etwas Beunruhigendes gehabt. Ihrem Klang nach musste der Geiger in den mittleren Jahren sein. Wie mochte er aussehen? War auch er ein Mann, dem die Frauen zu Füßen lagen?
Irgendwann schlief sie ein.

Sendmann erging es ebenso.
In drei Tagen ist mein Konzert, überlegte er und spürte, wie ihn das Lampenfieber packte. *Werde ich den dritten Satz der Campanella meistern? Habe ich mich etwa in meiner Wahl vergriffen? Ich bin nicht mehr zwanzig oder dreißig.*
Die Herausforderung war schon immer da, dachte er trotzig.
Schon als Siebenjähriger war er auf der Geige ein Wunderkind gewesen, hatte er den unerreichten Niccolò Paganini zu seinem Idol auserkoren. So wie dieser ein Gott auf der Violine zu sein, war Antrieb seines gesamten Künstlerlebens gewesen.
Zu seiner musikalischen Begabung hatte sich bei Sendmann der jahrzehntelange erbarmungslose Kampf um virtuose Technik gesellt. Brillant – nein, besser noch, schließlich einzigartig zu sein, weltberühmt! Ein zweiter Paganini – ein wiedergeborener! Hatte er nicht deswegen auch seinen Vornamen geändert, Samuel in Nikolai umgetauscht? Seinem Idol ähnlich?
Was Sendmann anderen gegenüber zu verheimlichen suchte, war sein ausgeprägter Paganini-Spleen, der ihn bis in seine Träume verfolgte. Wenn er sich allein glaubte, sprach er sogar mit Paganini – oder auch mit sich selbst. Denn in seiner geheimsten Vorstellung wurde er mit ihm eins.
Vor seinen Studenten versäumte Sendmann es nicht, sie unermüdlich auf die Haltung des Maestros beim Geigenspiel, das technisch kaum zu bewältigende Pizzicato mit der linken Hand und auf dessen legendären Bogenstrich hinzuweisen. Er kannte Paganinis Biografie auswendig, stürzte sich auf jede nur mögliche neue Veröffentlichung und wusste nahezu alles über ihn. In der Hochschule wurde Sendmann daher belächelt und hatte den Spitznamen „Manieni" – von Manie und Paganini – davongetragen.
Doch was vorerst nur seine Frau Hannah ahnte: Je älter Samuel wurde, umso mehr drohte der Spleen in eine echte Persönlichkeitsstörung auszuufern. Sein Perfektionstrieb verleitete ihn dazu, sich mit nahezu selbstzerstörerischem Üben zu quälen.

Sendmann besaß aber noch eine andere Leidenschaft: Er liebte die Frauen. Er wollte sie betören wie einst sein Held. Zielscheibe waren natürlich seine Studentinnen. Mit einigen von ihnen hatte er kurze Affären, von denen er seiner Ehefrau immer getreulich erzählte.
Die hatte sich mit der Zeit jegliche Eifersucht abgewöhnt, weil sie ihren Mann durchschaute. Die jüngeren Frauen waren für sie nicht wirklich wichtig, denn sie wusste, Samuel würde sie nie verlassen. Er war wie ein sehr begabtes altes Kind. Er brauchte sie. Bei seinen Liebschaften reizte ihn nur die Eroberung. Für eine längere Bindung fehlte es ihm an Lust und Zeit. Und eigentlich war er nur in die Liebe verliebt.
Diese Frau, diese Deutsche, die mir den Zettel unter der Tür durchgeschoben hat – sie war von der Melodie verhext. Wie sollte sie nicht?! Auch hat sie mich spielen hören und mich bewundert. Weil ich gerührt war, habe ich ihr sogar meinen richtigen Namen genannt und ihr kurz vom Emigrantenschicksal meiner Familie erzählt. Sie hat begriffen, dass ich Jude bin, und hat geschwiegen. Aus Bedauern oder aus Schuldgefühl? Sie hat keine Schuld, aber eine junge Stimme, in der so etwas wie Sehnsucht schwingt. Sie spricht sogar recht gut englisch.
Sendmann versuchte, sich die Frau vorzustellen. War sie jung? In mittleren Jahren? War sie schön? Vielleicht blond? Natürlich verheiratet. Aber was machte das schon …
Er ließ seine Finger in den Gelenken knacken.
Sie hat sich in die Melodie verliebt, ohne es zu wissen. Wahrscheinlich auch in den Komponisten. Ihre Handschrift wirkt kindlich. Die Töne sind zwar nur ungelenk hingekritzelt, aber ich habe sie sofort erkannt. Sicher spielt sie Klavier. Nur wenige Frauen können das heute noch. Musikalisch muss sie schon sein, sonst hätte sie die Melodie nicht im Kopf behalten, sich überhaupt nicht mehr an sie erinnert.
Von der Unbekannten schweiften seine Gedanken ab zu seiner Schülerin Katharina. Als 20-Jährige hatte sie angefangen, bei ihm Geige zu studieren. Heute war sie fünfundzwanzig und hatte es – dank seiner Hilfe – weit gebracht. Sie war ein großes, ernsthaftes

Mädchen mit langen rötlichen Haaren und Augen wie hellblaue Aquamarine. Nicht gerade eine Schönheit, aber ein beseeltes Geschöpf, das er hatte formen können. Eine Bewunderin seiner Kunst. Im vergangenen Jahr waren sie in Stockholm sogar zusammen aufgetreten. Er hatte sie gebeten, mit ihm Bachs Doppelkonzert zu spielen. Sie übernahm den zweiten Part und schlug sich hervorragend. Die Zeitungskritiken waren voll des Lobes – auch für sie. Dieser göttliche zweite Satz! Er war mehr als ein Zwiegespräch zwischen ihnen gewesen. Sie hatte ihn mit ihrem Spiel getroffen, ihn im Innersten angerührt. Kurz darauf war sie seine Geliebte geworden. Auch jetzt war sie mit in St. Petersburg und spielte in seinem Studentenorchester.

Doch schon vor einiger Zeit hatte es angefangen: Sie kam zu spät, schließlich gar nicht zu verabredeten Treffen, schob andere Termine vor. Sie bewunderte ihn auch nicht mehr so. Ihr Verhältnis hatte sich abgekühlt, eine Trennung in kleinen Schritten.

Sie hätte dir auch gefallen, Paganini. Sie hätte dich sicher an Eleonora Quilici erinnert. Du weißt, dieses blutjunge Mädchen, das sich dir in Lucca an den Hals warf. Du hast dich bezwungen, hast sie nicht genommen. Das war sehr anständig von dir. Dafür hast du sie mit deiner Musik beschenkt. Vielleicht war ihr Katharina mit vierzehn auch ähnlich … Ich bin sicher, da haben wir den gleichen Geschmack.

Plötzlich dachte Sendmann an seine Frau. Hannah wusste ja von allem, wusste von seinen Liebschaften und jeweiligen Freundinnen. Natürlich auch von Katharina und dass sie zusammen in St. Petersburg waren.

Paganini, überlegte Sendmann, war nie, wie eigentlich beabsichtigt, in St. Petersburg gewesen und über Warschau auch nicht hinausgekommen. Dafür war er, Sendmann, jetzt hier.

Hannah dagegen saß zu Hause in ihrem Bungalow. Sie tröstete sich mit ihrer Malerei, dem Klavier und ihrem Garten.

Obwohl 14 Jahre jünger als er, war auch sie älter geworden. Ein alter Mann und eine fast schon verblühte Frau. Sie wusste um die

Macht der Musik, schließlich hatte diese sie beide einmal zusammengebracht. Da waren sie noch jung gewesen. Heute war er vierundsechzig.
Sendmann erinnerte sich, wie er sie kennengelernt hatte. Sie hatte sich bei ihm beworben und ihm gleich gefallen.
Hannah Weill-Ringström war die Tochter eines Stockholmer Galeristen, eine aufgeweckte, mittelgroße, schlanke Studentin. Sie trug die schwarzen Haare kurz geschnitten und straff zurückgekämmt. Das Auffallendste an ihr war ihr herzförmiges Gesicht, das sofort die Blicke auf sich zog. Eine freie, gewölbte Stirn über warmen braunen Augen zeugte von hoher Intelligenz. Die gerade Nase sprang deutlich hervor. Dazu bildete das leicht vorstehende Kinn ein harmonisches Gegengewicht. Wenn Hannah sprach, verriet ihr Mienenspiel eine faszinierende Lebendigkeit. Wenn sie lächelte, hoben sich ihre Bäckchen reizend nach oben. Sie war auf den ersten Blick nicht wirklich hübsch zu nennen, dafür aber unbedingt apart. Ihren Künstlertyp unterstrich sie mit langen Ohrgehängen. Sie strahlte eine ungezwungene Natürlichkeit aus, die sie anziehend machte.
Obwohl von spontaner Gefühlsbetontheit, schwankte sie zwischen Skepsis und Naivität. Von Natur aus war sie eine Doppelbegabung und sie überlegte lange, ob sie Malerin oder Pianistin werden sollte. Schließlich hatte sie sich für das Klavierfach entschieden und studierte an der Stockholmer Musikhochschule. Ihre beste Freundin Greta war Schülerin des berühmten Geigenprofessors und Virtuosen Samuel Sendmann. Hannah hatte also schon manches über seine Frauengeschichten gehört.
Als sie eines Tages am Schwarzen Brett eine Ausschreibung von ihm entdeckte, dass er eine Klavierbegleitung als Ersatz für seine erkrankte Partnerin suchte, nutzte sie die Chance. Sie bewarb sich und erfüllte seine Ansprüche. Er hatte sogar mehr als ein Lob für sie übrig.
Die beiden begaben sich auf Konzerttournee nach Polen. Bisher

hatte er sich ihr gegenüber immer sehr zurückhaltend gezeigt. Dann dauerte ihm das plötzlich zu lange und er bat stürmisch um ihre Hand.
Hannah war völlig verblüfft. War das nur ein Trick? Ein Annäherungsversuch wie bei seinen jungen Studentinnen? Oder doch mehr? Mit siebenundzwanzig hatte sie gerade den Abschluss mit Auszeichnung erreicht. Und nun sein Antrag.
Nach kurzer Überlegung sagte sie zu. Nach einer unglücklichen Liebe erschien ihr die Ehe mit einem 14 Jahre älteren Professor durchaus vernünftig. Natürlich konnte es nicht die große Liebe sein. Was sie jedoch zutiefst mit Samuel verband, war die Musik.
Drei Monate später heirateten sie.
Sie wurde seine ständige Klavierbegleiterin – die beste, die er je hatte. Dass sie nebenbei auch malte, störte ihn nicht. Im Gegenteil, er ermunterte sie sogar. Und es schien außerdem, dass er *sie* manchmal bewunderte.
Er erwarb einen Bungalow auf einer Schäre kurz vor Stockholm. Hannah lebte sich ein. Sie verehrte Sendmann wegen seines fantastischen Geigenspiels, dem sie gerne lauschte. Auch das Üben störte sie nicht. Das Haus war groß genug. Hier lebten sie ruhig zusammen.
Hannah begann, seine Konzerttourneen zu organisieren. Kinder kamen nicht. Als er ihr einmal von seiner Zuneigung erzählte, die er für eine Studentin empfand, flammte Eifersucht in Hannah auf. Und als er ihr wiederholt von dieser und jener kurzen Affäre berichtete, wurde sie wütend und schrie ihn an, drohte ernsthaft, ihn zu verlassen. Zerknirscht beruhigte er sie, die Geschichte sei schon wieder vorbei.
Du hast nie geheiratet, Paganini, dachte Sendmann. *Deshalb musstest du dich auch nicht vor einer Frau rechtfertigen. Ich war nicht so unabhängig wie du. Ich brauchte eine Heimat, ein Zuhause, einen Menschen, dem ich vertrauen konnte. Zudem hatte ich eine feste Anstellung.*

Du hingegen warst immer ein Zugvogel. Die Frauen hätten dir nie so viel bedeuten können wie die Musik. Sie war dir das Wichtigste. Das Komponieren fiel dir leicht. Auch darin warst du genial, nicht nur als Virtuose. Ich habe dich nie erreichen können. Daher bewundere ich dich auch so.

So ging das über Jahre. Hannah begriff: Er brauchte die weibliche Anerkennung, um sich als Meister auf der Geige zu fühlen, als der zweite Paganini, der er nicht war, nie sein konnte. Auch nicht eben ein Meister in der Liebe. Wer wusste das im Innersten nicht besser als er, dachte Hannah und vergab ihm deshalb. Außerdem war bekannt, dass er verheiratet war und nie an Scheidung dachte. Solange er Hannah von seinen kurzen Amouren erzählte, drohte ihr keine Gefahr. Es war wie ein stillschweigendes Übereinkommen zwischen ihnen, dass sie diese Liebschaften geflissentlich übersah. Mit dem Verstand hatte sie sich ihre Eifersucht abgewöhnt – dachte sie jedenfalls. Ein Stachel blieb immer.

Nur noch gelegentlich gingen sie gemeinsam auf Konzertreise. Hannah war nicht nur seine Managerin. Sie war der Spiegel seiner Verletzlichkeit, seine unbestechliche Freundin und Kritikerin. Dass er ihr alles gestand, verlieh ihr Macht über ihn – die sie aber nicht ausnutzte. Zwischen ihnen hatte sich so etwas wie ein geschwisterliches Verhältnis entwickelt. Als sie dann vor acht Jahren beschloss, sich ganz aus dem Musikleben zurückzuziehen, blieb ihm das Feld allein überlassen.

Seine *Scarampella*, eine alte italienische Geige, hatte er vor Jahren bei *Sotheby's* in London ersteigert. Wie sie auf Frauen wirkte, hatte Hannah ja am eigenen Leib gespürt. Später zog sie auch Jüngere magisch an und ließ Sendmann sein Älterwerden vergessen. Das allein ließ bei Hannah immer wieder einen Rest von Eifersucht aufflammen.

Früher hatte er noch eine passable Figur abgegeben. Mit seinem markanten Kopf, ein wenig jungenhaft, groß und schlank, sah er sehr gut aus. Verwachsen mit seiner Geige, sie haltend wie eine Ge-

liebte, ihr Töne entlockend, die Frauen schwach machten. Allein sein Lächeln konnte sie schon verführen.
Frauen verlieben sich eben in Künstler, dachte Sendmann. *Weil es ihnen schmeichelt, mit Musik, sei es eine Geige oder die männliche Stimme, umworben zu werden. Sie bilden sich ein, was der Mann dort oben auf dem Podium produziert, gelte nur ihnen. Sie leben in zwei Welten: in einer realen, die nüchtern, oft glücklos ist, und in einer geträumten, die ihnen alle Möglichkeiten der Fantasie eröffnet.*
Früher auf der Bühne hatten vor allem die Frauen Sendmann bewundert, ihm Bravo-Rufe zugeworfen oder Blumen in die Garderobe geschickt. Häufig hatte er Frauengeschichten, genoss seine schnellen Siege. Sie schmeichelten ihm und stärkten sein Selbstbewusstsein. Doch immer blieben die Frauen auf der Strecke.
War es bei Paganini nicht ebenso? Leidenschaftliche Liebschaften, hinreißende erotische Erfolge? Ja! Doch nie hatte er eine dieser Frauen geheiratet. Hatte sie alle verlassen, sogar fortgeschickt. Bloß keine Bindung! Nur das Kind, das einzige, den Sohn Achille, diesen hatte er behalten und ihn mit all seiner Liebe überschüttet.
Nicht einmal Antonia, die Mutter deines Kindes, hast du geheiratet. Ihr wart nie eine Familie. Nur Achille hat sie dir zeitlebens ersetzt. Aber wenigstens hattest du diesen Sohn. Es ist wichtig für einen Mann, einen Sohn zu haben. Ich kenne dieses Gefühl nicht. Es muss dich sehr stolz gemacht haben.
Sendmann hatte sich nie von Hannah getrennt. Wenn sie ihn aus ihren großen grauen Augen anschaute, blickte sie in sein Innerstes. Sie lächelte, erzählte viel und verschwieg das meiste. Ihr Antlitz trug noch immer feine Züge, Erinnerungen an die Schönheit der Jugend. Wenn er sich selbst dagegen im Spiegel betrachtete, grinste ihm ein gealtertes Gesicht entgegen. Seine Wangen waren eingesunken und von Falten durchzogen. Die Mundwinkel hingen herab. Die Nase war länger geworden. Nur seine Augen unter starken, dunkelhaarigen Brauen besaßen noch immer etwas Zwingendes.
Ein alter Raubvogel eben.

Er war halbwegs zufrieden.
Sendmann versagte sich weitere Gedanken. In drei Tagen fand sein Konzert statt und er war immer noch nicht vollends glücklich mit dem dritten Satz.
Er musste sich ausruhen.
Plötzlich packte ihn ein heftiger Schmerz in der linken Brust. Er hatte das schon einmal erlebt. Es war, als kralle sich eine Faust erbarmungslos um sein Herz. Hielt es gepackt, ließ es nicht los.
War das der Tod? Er zitterte. Eine nie gekannte Angst lähmte ihn.
Er lag ganz still, wagte kaum zu atmen.
Endlich löste sich der Krampf.
Ich müsste einen Arzt aufsuchen. Das wusste er nur zu gut.
Nur langsam wich die Panik. Er trank einen Schluck Wasser. Nach einer Weile beruhigte er sich und wagte wieder tiefer zu atmen.
Später wälzte er sich unruhig im Halbschlaf. Wachträume, die durchlebte Angst plagten ihn, dazu kurze Fetzen von Erinnerungen. Dann endlich tauchte er ein in seine eigentliche, seine geheimste Welt, die nicht einmal Hannah gänzlich kannte: Er war nicht mehr Sendmann, nicht mehr Samuel, sondern Nikolai-Niccolò. Die Frauen lagen ihm zu Füßen.
Und das Letzte, was er im Hinübergleiten dachte, war: ***Ich** bin Paganini! **Ich** bin in St. Petersburg angekommen!*

Der junge Niccolò

1794 bis 1805

Wie jeden Morgen wachte der Knabe morgens von dumpfem Klopfen aus dem Hause gegenüber auf. Dann bearbeitete der Metzger Signore Agnelli mit einem großen, flachen Messer sein Schweinefleisch, um es anschließend sorgfältig in Stücke zu zerteilen.
Sein Geschäft lag in der Gasse Passo di Gatta Mora, auch *Katzengang* genannt. Diese Straße war so schmal, dass sich an der engsten

Stelle die Frauen die Hände reichen konnten. Für das Aufhängen der Wäsche waren zwischen den Häusern Schnüre gespannt.
Der 13-Jährige erhob sich gähnend und schaute zum Zimmer der Signora Marina Agnelli gegenüber. Diese schob gerade den Vorhang beiseite und riss das Fenster auf. „Du hast ja gestern Abend schon wieder so lange geübt, Niccolò. Hast du denn wieder zu wenig zu essen bekommen?"
Sie hörte den Jungen jeden Tag stundenlang fleißig üben. Und sie wusste sogar, dass Vater Paganini seinen Sohn so lange in seinem Zimmer einsperrte, bis er sein Pensum erledigt hatte. Erst danach durfte er essen.
„Nein, daran lag es nicht, Signora Agnelli. Ich übe deshalb noch mehr, weil wir bald nach Parma fahren wollen. Papa möchte mich dort dem berühmten Professor Alessandro Rolla vorstellen. Am liebsten hätte er natürlich, dass der mich als Schüler nimmt."
Signora Marina schüttelte ärgerlich den Kopf. „Deinen älteren Bruder Carlo hat er nie so traktiert wie dich. Der spielt ja auch Geige. Aber natürlich nicht so schön wie du … Was Väter nicht alles tun, um ihre Kinder zu Wunderkindern zu machen – ja, sie dazu zu prügeln!", rief sie empört. „Ich höre doch, wenn du schreist! Es ist eine Schande! Wahrhaftig, man sollte deinen Vater anzeigen. Du spielst jede Woche in der Kirche und hast sogar schon in San Filippo zwei wunderschöne Konzerte gegeben. Er kassiert dafür und behandelt dich trotzdem wie einen Hund! Armer Engel! Es ist empörend!" Und verschmitzt raunte sie dann: „Ich habe einen Kuchen für dich. Wenn du nachher runterkommst, stecke ich ihn dir zu."
Mitleidig betrachtete sie das schmale Gesicht, in dem zwei große schwarze Augen standen. Ebenfalls schwarze lange Haare umrahmten es. Und so hübsch es auch war, Niccolò sah blass und kränklich aus. Es war zu traurig …
„Das ist sehr freundlich von Ihnen, Signora Agnelli. Werden Sie denn am Donnerstag zu meinem Konzert im Theater San Agostino kommen? Ich werde Mama betteln, bei meinem Vater um eine Frei-

karte für Sie zu bitten." Er wusste, dass ihr die Fleischersfrau dann ein ordentliches Stück Kotelett mehr für Niccolò zustecken würde.
„Um wie viel Uhr ist das?" Signora Agnelli lehnte sich neugierig aus dem Fenster.
„Um sieben. Das Konzert wird von Marchese Di Negro zu meinen Gunsten veranstaltet. Es stand sogar in der Zeitung! Vom Erlös können wir nach Parma fahren. Ich darf auch meine eigene Komposition *La Carmagnola* spielen."
Die Signora staunte. „Das Revolutionslied? Diese Jakobinerhymne? Ich habe sie dich ja schon oft spielen hören. Sie klingt sehr schön. Das Stück, die Variationen, wie du sie spielst, die sind wirklich von dir?"
„Ja, es sind vierzehn, Signora Agnelli. Mein Lehrer, Professor Costa, hat mir geholfen, sie aufzuschreiben."
Die Revolutionshymne *La Carmagnole* der Franzosen hatte Niccolò schon häufig gehört. Die Leute sangen oder musizierten sie in den Gassen, war sie doch ein aufrührerisches Lied, in dem vom Ende der Unterdrückung und von der Freiheit die Rede war. Solch jakobinisches Gedankengut eroberte von Frankreich her ganz Norditalien. Und noch bevor die Franzosen kamen, begeisterte sich die Bevölkerung in Genua schon für die republikanischen Ideale.
„Ich habe sogar eine Phrygische Mütze!", rief Niccolò stolz.
„Aber die wirst du doch nicht bei dem Konzert aufsetzen?! Nein, so was! Obwohl du erst dreizehn bist, unterstützt dich schon ein Marchese! Aus dir wird noch mal ein berühmter Künstler, Niccolò. Ich spüre das", ereiferte sich die gutmütige Nachbarin.
„Das hat mir meine Mama auch verraten. Im Traum ist ihr ein Engel erschienen. Der hat ihr gesagt, dass ich einmal ein großer Violinspieler werden würde."
Seine Mutter war eine einfache, gute Frau. Wie die meisten Menschen in diesem Viertel besaß sie nicht die geringste Bildung. Sie ging voll in ihrem Haushalt und in der Sorge für die Familie auf, war sehr fromm und sang gern.

„Perbacco! Sogar die Heiligen sind auf deiner Seite!", lachte Signora Agnelli herzlich. „Ziehst du deinen schwarzen Samtrock an?"
Niccolò nickte.
„Wenn du dich so fein machst, dann muss ich ja kommen. Und applaudieren werde ich dir auch. So laut ich kann. Ciao, caro mio!"
Sie warf ihm eine neckische Kusshand zu und schloss das Fenster.

Ehe er sich sein Stück Kuchen abholte, eilte Niccolò – dicht an die Häuserreihe des Katzenganges geduckt – vorbei an den vertrauten kleinen Läden mit ihren Auslagen. Er drückte sich um einige Straßenecken herum, bis er an den Hafen kam. Den Vater hatte er kurz zuvor nach Hause kommen hören, sodass von dieser Seite her keine Gefahr bestand.
An der Mole sog er tief die frische Seeluft ein. Es roch nach Salz und Meer. Hier pulsierte das Leben. Hier lockte die Freiheit. Dicht hintereinander lagen die schweren Frachtsegler am Pier vertäut, weiter draußen die Brigantinen und Dreimaster vor Anker. Dazwischen strebten Ruderbarkassen hin und her. Von den kleineren Booten her stank es nach Fisch. Die Männer warfen ihren Fang in Kisten und trugen diese zu den bereitstehenden Handkarren.
An einer ruhigeren Stelle des Piers waren Netze zum Trocknen aufgehängt. Dort saßen die Netzflicker und erledigten ihre Arbeit. Zwischen das Geschrei der Fischer und Schauerleute mischte sich von irgendwoher Musik. Niccolò bot sich das Bild unentwegten Treibens.
Wie schön wäre es für ihn gewesen, noch etwas hier verweilen zu können. Doch sein Vater erlaubte das nicht. Aufseufzend eilte er also wieder zum Üben nach Hause.

Zwei Tage später drängten nach der Ankündigung in der *Gazzetta di Genova* viele neugierige Menschen zu Niccolòs Konzert in das Theater San Agostino. Noch ein Kind und schon ein Virtuose?
Antonio Paganini, Niccolòs Vater, verteilte mit vor Stolz geschwell-

ter Brust im Vestibül Programmzettel. *„La Carmagnola, – 14 Variationen von dem erst 13-jährigen Komponisten Niccolò Paganini, von ihm selbst auf der Geige dargebracht"*, stand darauf.
Vater Antonio liebte aber nicht nur die Musik, er frönte auch dem Glücksspiel. Neben seinem Beruf betrieb er einen Handel mit Musikinstrumenten, hauptsächlich mit Geigen. Er nannte sich einen „Musikanten und Hausbesitzer". Wie die meisten Genueser achtete er sehr aufs Geld und hatte sich über die Jahre, auf welche Weise auch immer, ein kleines Vermögen zusammengespart. Dieses gestattete ihm, ein Landhaus in der kleinen Ortschaft San Biagio in den Bergen im Polcevera-Tal zu erwerben. Dort verbrachte er mit seiner Familie – seiner Frau Teresa, den beiden Söhnen und den Töchtern Domenica und Nicoletta – einige Wochen im Sommer.
Wenn er nicht als Packer am Hafen arbeitete, spielte er in seinen Mußestunden eifrig Gitarre. Dann trat der kleine Niccolò neugierig hinzu und durfte manchmal die Saiten zupfen. Bald spielte er auch schon einfache Liedchen auf diesem Instrument.
Schon früh hatte Antonio das außergewöhnliche musikalische Talent seines zweiten Sohnes erkannt. Bald stellte er zudem fest, dass der Kleine das absolute Gehör besaß. Als Niccolò sechs war, drückte ihm der Vater eine passende Geige in die Hand und erteilte ihm ersten Unterricht. Dabei ging er äußerst streng vor und verlangte von dem Kind stundenlanges Üben.
Als er ihm nach einigen Jahren nichts mehr beibringen konnte, meldete er Nico beim Dirigenten des Herzoglichen Orchesters, Giacomo Costa, als Schüler an. Unter dessen sachkundiger Anleitung machte der Knabe bald derartige Fortschritte, dass er gelegentlich in den Privathäusern von Adeligen und Kaufleuten geigen durfte. Auch einige Pfarrer baten den Vater, Nico in ihren Kirchen spielen zu lassen. Kleine Konzerte schlossen sich an.
Nun war der Tag seines ersten öffentlichen Auftritts herangekommen. Sein Vater und sogar Marchese Di Negro hatten ihn bis auf die Bühne begleitet.

Niccolò war schrecklich aufgeregt. Als er hinter dem Vorhang den dicht besetzten Theatersaal erblickte, packte ihn die Angst. Am liebsten wäre er davongelaufen. Doch der Marchese lächelte ihm aufmunternd zu und als sich der Vorhang hob, schob er den Jungen vor.

Da stand er nun mit seiner Geige. Sie war zwar etwas zu groß für ihn, aber er hatte sie durch hartes Üben so bezwungen, dass sie sich ihm unterordnete.

Das Publikum schaute zuerst etwas ungläubig auf den schmächtigen Knaben. Doch kaum hatte er den Bogen angesetzt, kaum waren die ersten Töne der *Carmagnole*-Variationen erklungen, da lauschten ihm seine Zuhörer schon in atemloser Spannung.

Immer freier und wilder wurde sein Spiel. Immer stärker geriet das Publikum in Erregung. Und als Niccolò den Bogen senkte, brandete im Saal Beifall auf. Seine Augen suchten Signora Agnelli. Im zweiten Rang erblickte er sie, wie sie ihm zuwinkte und unentwegt klatschte.

Als er noch seine erste – dem Vater gewidmete – Sonate als Zugabe spielte, fand der Jubel kein Ende. Niccolòs erstes öffentliches Konzert war ein Riesenerfolg.

Es waren so viele Eintrittsgelder zusammengekommen, dass Vater und Sohn die Reise nach Parma antreten konnten. Der Marchese hatte sogar noch etwas draufgelegt. Zudem erbot er sich, die beiden in seiner Kutsche mitzunehmen. Auch er sah für den Jungen eine große Virtuosenlaufbahn voraus und freute sich an dem Gedanken, dieses Talent fördern zu können. Er kannte in Parma und anderen norditalienischen Städten wichtige Persönlichkeiten und machte es zu seinem Anliegen, von ihnen Empfehlungsschreiben für Niccolò zu erhalten.

„Es müsste doch mit dem Teufel zugehen, wenn wir für dich nicht einen Laufsteg nach ganz oben fänden“, meinte er aufgeräumt und schlug ihm auf die schmale Schulter.

Das mit dem Teufel wollte Nico lieber vergessen. Wenn er geahnt hätte, dass man ihn später in ganz Europa mit diesem üblen Burschen in Verbindung bringen würde, wäre er vielleicht auf seinem Wege umgekehrt. Doch die Musik hatte ihn bereits wie ein Rausch gepackt.

Als sie im Hause von Professor Rolla eintrafen, empfing sie lediglich die Frau des Meisters. Verlegen sagte sie: „Es tut mir sehr leid, meine Herren, dass mein Mann Sie nicht empfangen kann. Er liegt krank zu Bett. Er bedauert es wirklich sehr." Dann führte sie die beiden Herren und den Jungen in einen kleinen Salon, um ihnen eine Erfrischung zu holen.

In diesem Musikzimmer hatten sie gerade auf einem steifen Sofa Platz genommen, als Niccolòs Blick auf eine Violine fiel. Sie lag auf einem runden Tisch. Daneben befand sich ein Notenständer mit von Hand beschrifteten Blättern. Antonio erhob sich, Nico folgte ihm und sie überflogen die erste und zweite Seite.

Der Sohn schaute fragend zum Vater auf. Dieser nickte ihm zu. Da ergriff Nico das Instrument und spielte Rollas neuestes Konzert tadellos vom Blatt.

Plötzlich öffnete sich die Verbindungstür des Zimmers und der Professor, der nicht hatte glauben wollen, dass ein Knabe von 13 Jahren so perfekt spielen könne, steckte seinen Kopf herein. Er war im Morgenrock und trug eine Nachtmütze.

„Perbacco!", entfuhr es ihm, als er den noch nicht einmal Halbwüchsigen sein schwieriges Werk aus dem kaum leserlichen Manuskript mit solcher Meisterschaft herunterspielen sah. „Wenn ich das höre, habe ich keine Zeit, krank zu sein! Du bist also Niccolò Paganini?! Ich glaube, den Namen wird man sich merken müssen." Er lächelte. „Natürlich werde ich dich unterrichten. Aber jetzt spiel mir etwas von dir vor – die *Carmagnola*!"

Nico wurde ganz rot vor Stolz. Doch wie er es gelernt hatte, verbeugte er sich vor seinem Zuhörer und setzte den Bogen an.

Nach drei Variationen rief Professor Rolla: „Bravo! Das hast du sehr gut gemacht! Auf der Geige werde ich dir nicht sehr viel mehr beibringen können. Dafür aber in Kontrapunktik und Intonation. Dein Bogenstrich muss noch reiner werden. Haha, durchsichtig wie ein Wassertropfen!", kicherte er. „Wenn du einmal ein richtiger Komponist sein willst, musst du noch viel lernen. Ich werde dafür sorgen, dass du außerdem bei Hofkapellmeister Paer Unterricht in Kompositionslehre erhältst. Wenn ich dich so ansehe, geht es mir schon gleich viel besser", kratzte er sich am Kopf. „Du kannst bei uns wohnen. In drei Tagen fangen wir an!"

Was für eine Wende in seinem Leben! Endlich fort vom tyrannischen Vater! Nico konnte sein Glück kaum fassen. Als er allerdings daran dachte, dass er sich nun auch von der Mutter trennen musste, kamen ihm die Tränen.

„Küss dem Professor die Hand!", zischte ihm sein Vater zu.

Überglücklich wollte sich Nico auf diese Weise bedanken, doch Rolla entzog ihm die Hand. „Bei mir musst du das nicht. Wenn du mir danken willst, streng dich an und lerne! Das würde mich am meisten freuen. Du bist besonders begabt. Deshalb darfst du nicht eitel werden. Ein Künstler soll in erster Linie nur der Kunst dienen." Damit entfernte er sich und schickte seine Frau wieder herein.

Auch Antonio Paganini war hocherfreut. Insgeheim hatte er gehofft, dass alles so kommen möge. Das Lob des Professors hatte ihm gewaltig geschmeichelt. Nun sollte Nico also zunächst einmal im Hause der Rollas wohnen. Das kam ihm sehr gelegen. Sie würden ein Auge auf ihn haben, denn er selbst könnte nur ab und zu nach dem Rechten sehen.

Die Signora vereinbarte mit ihm den monatlichen Preis für Unterricht und Logis. „Wie Sie gehört haben, hält mein Mann den Jungen für außergewöhnlich begabt. Dennoch glaubt er, dass drei Jahre weiterer Unterricht für ihn nötig sind. Außerdem muss er ja noch zur Schule gehen."

„So lange? Zwei Jahre müssten doch auch reichen. In Genua gibt es

ebenfalls Schulen“, ereiferte sich Vater Paganini, weil er an das viele Geld dachte. Zum Glück hatte der Marchese ihm eine Unterstützung angeboten, die er dankend annahm. Außerdem würde Nico ihm später alle Auslagen bis aufs Letzte zurückzahlen müssen.
Die Signora beruhigte ihn: „Das wird man sehen. Da Sie einen so talentierten Sohn haben, kann er, wenn er fleißig ist, das erforderliche Pensum vielleicht auch rascher absolvieren. Das Beste für Niccolò ist, dass Sie ihn uns gebracht haben.“

Für den Knaben begann nun eine Zeit ernsthaften Lernens.
Vormittags hatte er drei Stunden Unterricht bei Professor Rolla. In den Nachmittagsstunden besuchte er die kleine Privatschule von Signore Petronelli in Borgo San Tommasini. Auf seinem Stundenplan standen Mathematik, Literatur, Französisch, Geschichte und Geografie. Außerdem erlernte er den sicheren Umgang mit der italienischen Orthografie. Die französische Sprache liebte er besonders. Und insgeheim schwärmte er für seine Lehrerin, weil sie so gut roch.
Signora Martello war gebürtige Französin und mit einem italienischen Professor verheiratet. Ihr Italienisch hatte einen kleinen französischen Akzent, was Nico aufregend fand. Mehr noch entzückten ihn ihre Kleider. Sie waren à la mode tief ausgeschnitten und präsentierten einen prächtigen Busen.
„Wenn du magst, kannst du am Sonntagnachmittag zu mir kommen. Dann sprechen wir nur französisch miteinander. So lernst du es noch besser“, bot sie ihm an.
Aus einem wurden mehrere, schließlich regelmäßige Sonntage. Anfangs war Signore Martello noch dabei, verzog sich dann aber in sein Arbeitszimmer. Mit der Zeit ließ er sich bei den Konversationsstunden gar nicht mehr blicken. Für Nico waren diese Besuche eine willkommene Abwechslung. Außerdem liebte er es, von der Signora mit Kaffee und Kuchen umsorgt zu werden. Er erzählte ihr von seiner Familie, von den Rollas und natürlich von seiner Musik.

„Dann spiel mir doch mal etwas vor!“, bat sie ihn.
Das nächste Mal brachte er seine Geige mit und als er geendet hatte, saß Signora Martello auf dem Sofa und weinte.
„C’est trop beau, c’est une merveille!“ Sie starrte den Jungen an wie eine Erscheinung. „Du bist ja ein richtiger Künstler!“, drückte sie ihn an sich, sodass er tief in ihren Ausschnitt schielen konnte.
Von nun an musste er ihr jedes Mal ein Ständchen bringen und wartete nur darauf, dass sie ihn vollbusig umarmte. Dann roch er ihr herrliches Parfüm und war von ihrer Mütterlichkeit beunruhigt. Ihre Zuneigung erwiderte er stets mit einem artigen Handkuss.
So lernte er spielend die französische Sprache.
Und noch etwas anderes liebte er an Parma: Endlich hatte er einen Freund gefunden.
Luigi Guglielmo Germi war der Sohn eines Kaufmanns und ein Jahr älter als Nico. Kennengelernt hatten sie sich in Signore Petronellis Privatschule und waren sich gleich sympathisch gewesen, denn Luigi spielte ebenfalls Geige. Er war lebenslustig, den schönen Dingen zugewandt und wollte Maler werden. Davon hielt sein Vater jedoch nichts und bestand darauf, dass sein Sohn einen ehrenwerten Beruf ergriff. Nach seinem Schulabschluss sollte Luigi Recht studieren und Anwalt werden.
Luigi hatte eine jüngere Schwester, an der er zärtlich hing. Rosina war gleichaltrig mit Nico, vom Wesen her unterschieden sie sich jedoch sehr. Sein andauerndes Lernen hatte ihn ernsthaft gemacht. Auch neigte er schon als Knabe zur Nachdenklichkeit. Sie hingegen war springlebendig, versteckte gern Nicos Sachen, wenn er bei der Familie Germi eingeladen war, und schließlich sich selbst in allen möglichen Schränken. Wenn man sie entdeckt hatte, schrie sie vor Entzücken.
Mit ihren seidigen blonden Haaren und der Figur eines Weidenzweiges im Wind war sie ein niedliches Mädchen.

Die Zeit verging. Was anderen Studenten in Parma erst nach mehrjährigem Studium gelang, schaffte Nico leichtfüßig in zwei Jahren. Außer den genannten Lehrern unterrichtete ihn noch der Cellist Gasparo Ghiretti in Harmonik und Komposition. Der Studiosus war so hingerissen von den Möglichkeiten, die sich ihm endlich boten, dass er wild darauflos komponierte. Vor allem die Instrumentalmusik hatte es ihm angetan.

Alles geschah jedoch immer unter der fachlichen und verständnisvollen Aufsicht seiner Lehrer. Er war gerade einmal fünfzehn.

Sein früher Ruf drang bald über das Konservatorium hinaus und Niccolò erhielt vom Herzog von Parma eine Einladung in dessen Sommerresidenz in Colorno. Dort begeisterte er ein erlesenes Publikum so, dass sich vor allem die Damen vor Entzücken kaum zu halten wussten. Sie überschütteten ihn mit Geschenken. Die Herzogin übergab ihm einen Ring und der Herzog verlieh ihm sogar seinen Hausorden.

Zu den Gästen zählte auch der Maler Pasini, der selbst ausgezeichnet Geige spielte. Nach dem Konzert bat er Niccolò in einen Nebenraum.

„Sie haben mich außerordentlich beeindruckt, Signore Paganini. Ich bin davon überzeugt, dass Ihnen eine große Karriere bevorsteht. Ich möchte mich in einer gewissen Weise daran beteiligen, indem ich Ihnen meine Geige verehre. Wenn Sie mir dieses Violinstück“, er holte drei beschriebene Notenseiten hervor, „vom Blatt spielen, gehört sie Ihnen. Es ist eine Violine von Guarneri aus dem Jahre 1742. Eine *Guarneri del Gesù*!“, fügte er noch einmal beschwörend hinzu und schaute Nico erwartungsvoll an.

„Zu Ihren Diensten, Signore!“, erwiderte der junge Mann galant. Ein Schauer überlief ihn, als er dieses herrliche Instrument von einem der berühmtestem Geigenbauer Italiens in der Hand hielt. *Ich muss sie haben*, war sein erster Gedanke.

„Darf ich zuvor einige Töne darauf anstimmen?“

„Selbstverständlich. Das ist Ihr gutes Recht.“

Und schon nach vier zarten Tönen wusste Niccolò, wie sie klang. Sie war wunderbar. Sie war ein Meisterstück. Nun, er würde seines dazu liefern …
Er setzte den Bogen an und spielte das vorgegebene Stück. Es war nicht lang, aber schwer. Es verlangte die vollste Beherrschung der Technik. Doch er meisterte sie virtuos. Er beherrschte die Geige. Er brachte sie zu ungeahntem Klingen, ließ sie jubeln und schluchzen. Sie war wie Wachs in seinen Händen.
Als er geendet hatte, zitterte er.
„Sie gehört Ihnen, Signore Paganini!", rief der Maler leidenschaftlich aus. „Kein anderer als Sie darf sie künftig entweihen!" Pasini verneigte sich ergriffen und umarmte den Jüngling.
Da wusste Niccolò, dass er zu Höherem berufen war.
„Ich werde Ihnen die *Guarneri* mit meinem Erfolg danken", versprach er. „Nur ich werde sie spielen!"
Sie sollte zeitlebens sein Lieblingsinstrument sein.

Im Frühsommer 1796 schaute ganz Italien gebannt auf den jungen französischen General Bonaparte. Ihm eilte die Fama ständiger Siege voraus. Mit seinen Truppen rückte er, über den Monte San Giacomo südlich der Alpen kommend, nach der Schlacht bei Lodi am 7. Mai durch die Lombardei auf Parma und Mailand zu. Immer wieder hatte er verbreiten lassen, er wolle das Volk der Italiener von der Tyrannei des Adels und der Kirche befreien.
Der Herzog von Parma schickte Bonaparte Abgesandte entgegen, die um einen Waffenstillstand für die Stadt bitten sollten. Da dieser Fürst für den siegreichen französischen General keine politische Bedeutung besaß, wurde am 9. Mai in Piacenza ein Abkommen unterzeichnet. Dafür erlegte Bonaparte dem Herzogtum alle Opfer auf, die es erschwingen konnte. Der Herzog bezahlte zwei Millionen Lire in bar, lieferte eine große Menge Korn und Lebensmittel und stellte 1600 Kavallerie- oder Artilleriepferde. Außerdem verpflichtete er sich, alle Kosten für Militärstraßen und Lazarette

zu tragen, die man in seinen Ländereien einrichten würde. Wie schon zuvor in anderen italienischen Städten, in denen Bonaparte unvergleichliche Kunstwerke von Correggio, Michelangelo und Raffael für das Pariser Museum zusammenraffte, forderte er auch vom Herzog von Parma zwanzig Gemälde. Dafür sollten die Stadt Parma, die umliegenden Ortschaften und ihre Bewohner verschont bleiben.

Niccolò bekam von den Aufregungen dieser Tage nicht viel mit und nur gelegentlich französische Uniformen zu Gesicht. Das sollte sich jedoch schon bald ändern …

An einem Sonntagnachmittag – Signora Martello hatte ihm abgesagt – verabredete sich Nico mit Luigi zu einem Spaziergang durch den Parco Ducale.

Im fürstlichen Park gegenüber dem Palast promenierten am Sonntag die Familien. Auch junge Mädchen flanierten eingehakt zu zweit oder führten ihre Hunde aus. Und manchmal ergab sich die Gelegenheit, eines dieser bewundernswerten Geschöpfe auf der Parkbank anzusprechen – vielleicht auch heute?

Nico sah seinen Freund schon von Weitem. Aber er kam nicht allein. Seine Schwester Rosina begleitete ihn. Da es schon recht heiß war, trug sie einen hellen Strohhut. Nico war ein wenig enttäuscht. Nun wurde nichts aus ihrem Plan.

„Ich habe dir jemanden mitgebracht“, begrüßte ihn Luigi.

„Ich sehe schon …“, gab Nico mit einem Unterton des Bedauerns zurück.

„Es macht gar nichts, dass ich dabei bin“, warf Rosina unbekümmert ein. „Ich werde euch die Frauen schon nicht verscheuchen. Aber ich weiß etwas Besseres: Unsere Köchin hat erzählt, dass an der Parma Franzosen lagern. Wollen wir sie uns anschauen?“

Es konnte sich nur um Soldaten handeln.

Die beiden Freunde warfen sich einen Blick zu. Das war einmal etwas anderes …

„Klar!“, rief Nico, nun schon wieder zufrieden.

Gemeinsam schwenkten sie auf den Spazierweg am Ufer des Flusses ein. Von dort, wo sich die Grünfläche ein wenig ausdehnte, ertönte Musik.
Als die drei näher kamen, erkannten sie eine Gruppe von acht französischen Grenadieren, die um eine Feuerstelle herum auf dem Boden hockten. An einem Metallgestell hing ein Suppentopf über dem Feuer.
Einer der Soldaten, ein langer Mensch mit einem wüsten Gesicht, spielte auf einer Flöte die *Marseillaise.* Die anderen sangen dazu den Text dieses mitreißenden Revolutionsliedes. Die Jacke des Flötenspielers war zerlumpt, seine Hose ausgebeult. Seine vorn aufklaffenden Schuhe waren mit einer Schnur umwickelt.
Als er geendet hatte, riefen ihm seine Kameraden Lob zu. „Voici le chef! Très bien, mon vieux!"
Daraufhin grinste er breit und ließ eine Reihe schwarzer Zahnlücken sehen.
Auch einige andere Zuschauer standen um die Soldaten herum. Nico betrachtete interessiert die Uniformen. Zwar sah man ihnen die Spuren eines langen Marsches an, im Großen und Ganzen aber gab die Gruppe ein malerisches Bild ab. Drei der Männer hatten ihre Zweispitze abgenommen. Durch die Kokarde waren rote gestielte Bommeln hindurchgesteckt. Im Nacken baumelten dünne Zöpfchen. Das Weiß der Hosen war stark angegraut, die gelben Westen unter den blauen Jacken schienen schon einigermaßen fleckig. An Ärmeln und Kragen hatten sie rote, weiß gepaspelte Aufschläge. Auch die Epauletten waren rot und endeten in Troddeln. Manche der Soldaten hatten ihre weißen Lederbandoliers abgelegt. Alle trugen um den Hals ein rotes Tuch.
Als das Lied zu Ende war, klatschte das Publikum Beifall.
Nun erhob sich ein dicker, kleiner Soldat. Er hielt eine Violine in der Hand. „Voilà Mesdames, Messieurs! Ich spiele Ihnen die *Carmagnole*. Auf den Ruhm Frankreichs!"
Dann begann er auf dem fürchterlichen Instrument dieses Revolu-

tionslied zu kratzen – nein, zu schaben! Nico wollte seinen Ohren nicht trauen, so grässlich verstimmt war die Geige. Und das sollte die *Carmagnole* sein? Sein Lied?
Entschlossen trat er an den Mann heran. „S'il vous plaît, Monsieur", sprach er ihn auf Französisch an. „Geben Sie mir die Geige! Ich kann es besser."
Der Grenadier musterte den Jungen skeptisch. Beide waren fast gleich groß.
Da nahm ihm Nico die Geige einfach fort.
„Così!" Luigi grinste. Jetzt sollten die Leute etwas erleben!
Ohne die Violine zu stimmen, begann Nico die *Carmagnole.* Und wie durch Zauberei gelang es ihm, die Töne richtig zu spielen. Ja, er holte aus diesem geradezu „rostigen" Instrument eine ungeahnt reine Melodie heraus.
Nun sang sogar das Publikum mit. Die kleinen Kinder fassten sich bei den Händen und tanzten im Kreis.
Nachdem er sich eingeübt hatte, wagte Niccolò einige Kunststückchen und brachte seinen schon berühmten Hahnenschrei hervor. Die Leute lachten. Dann ließ er das wilde „Ça ira" erklingen. Die Soldaten erhoben sich fasziniert und sangen mit: „Ah! Ça ira, ça ira, ça ira, avec les soldats de la République!"

« Ah ça ira, ça ira, ça ira
avec les soldats de la République ! »

Was der junge Mann in seinen gelben Kniehosen und der kurzen braunen Jacke da vollbrachte, grenzte an ein Wunder.
„Mille tonnerre! Quel artiste!“, rief der kleine Dicke.
„Ja, so muss es klingen!“, klatschte sich ein anderer auf die Schenkel.

Am 19. Mai verkündete Bonaparte in seinem Hauptquartier in Mailand in einer *„Proklamation an das lombardische Volk“*, seine republikanische Armee wolle den Menschen die Freundschaft bringen. Achtung des Eigentums und der Person sowie der Religion liege der französischen Regierung und der italienischen Armee zugrunde. Es sei ihre Aufgabe, den „Despoten“ – er meinte die Österreicher – gänzlich aus Italien zu vertreiben, der die Lombardei in Fesseln hielte. Um diesen Erfolg zu erstreiten, müsse die Bevölkerung die Truppen mit Lebensmitteln unterstützen.
„Zwanzig Millionen Lire sind den verschiedenen Provinzen der österreichischen Lombardei auferlegt; die Bedürfnisse der Armee erfordern dies“, fuhr er fort.
Ihr Marsch durch Italien war kein Spaziergang. Trotz Kontributionen fehlte es den Franzosen immer wieder am Nötigsten, an Lebensmitteln und Kleidung. Attacken aus dem Hinterhalt forderten täglich Opfer unter den Soldaten.
Am 15. Juni 1796 schrieb Bonaparte an den Senat von Genua: *„Meine Herren, die Stadt Genua ist der Herd, von wo die Bösewichter kommen, welche die Heerstraßen beunruhigen, die Franzosen ermorden und, so viel an ihnen liegt, unsere Zufuhren auffangen. In Genua wurde der Geist des Aufruhrs in den kaiserlichen Lehen angefacht. (...) Auf dem Gebiet der Republik Genua wird ein Teil dieser Abscheulichkeiten begangen, ohne dass die Regierung dagegen einschreitet; sie scheint im Gegenteil dieselben durch ihr Stillschweigen, durch das Asyl, das sie den Mördern gewährt, und die Straflosigkeit, die sie genießen, zu beschützen.“*
Gebieterisch warnte er den Senat: *„Ich werde alle Städte und Dörfer niederbrennen lassen, in denen auch ein einziger Franzose ermordet*

wurde. Ich werde die Häuser niederbrennen lassen, die den Mördern Zuflucht gewähren. (…) Die französische Republik wird sich unverbrüchlich zu den Grundsätzen der Neutralität bekennen, aber andererseits darf die Republik Genua nicht das Asyl der Räuber werden.“
Im Jahr 1797 besetzten schließlich die Truppen Napoleons Genua. Gleichzeitig verhinderten englische Schiffe durch eine Blockade die Versorgung der Stadt auf dem Seeweg. Es kam zu einer entsetzlichen Hungersnot. Neben den knapp 500 000 Einwohnern sollten noch die französischen Soldaten und ihre Pferde ernährt werden. Das meiste, was noch an Lebensmitteln vom Lande kam, wurde requiriert. Kein Hahn, keine Henne mehr in der Stadt. Als für die Genueser kaum noch etwas übrig blieb, mussten sie Ratten, Katzen, ja, Fledermäuse essen. Der Handel kam fast völlig zum Erliegen. Der Hafen war blockiert. Dazu hatte Bonaparte der Bevölkerung wieder einmal hohe Abgaben auferlegt.
Obwohl diese dramatischen Zustände zu gelegentlichen Bluttaten führten, blieb es in der Stadt einigermaßen ruhig. Nur im Hinterland kam es zu Scharmützeln zwischen Truppen und Bauern, die von einer Bewegung des Adels gegen die Franzosen aufgehetzt worden waren. Die einstige Hoffnung der Menschen, die Französische Revolution würde ihnen die Freiheit bringen, war mit den Sommerwolken verflogen.

Niccolò kehrte erst gegen Ende dieses Jahres in seine Heimatstadt zurück. Er fand seine Familie in äußerst bedrückter Stimmung vor.
„Wir könnten nach San Biagio gehen“, schlug seine Mutter vor. „Hier haben wir kaum noch etwas zu essen. Beim Bäcker gibt es nur noch alle zwei Tage Brot und Signore Agnelli kann nur noch Katzen schlachten. Es ist zum Verzweifeln! Die Mädchen sind schon ganz dünn geworden.“
„Das kommt überhaupt nicht infrage!“, wetterte Vater Antonio. „Im Polcevera-Tal ist es zu Erschießungen gekommen! Die Franzo-

sen haben alles ausgeplündert. Wir können froh sein, wenn unser Haus noch steht."

Auch Nicos Bruder Carlo sah abgemagert aus. „Gegen den Hunger hilft nur Geigespielen", lächelte er traurig.

„Der Hafen ist tot. Instrumente kauft jetzt niemand mehr. Und das Glücksspiel betreibt schon gar keiner", schnaubte Antonio. Nur weil er mit einem der Fischer gut bekannt war, brachte er manchmal einige Makrelen mit und warf sie Teresa auf den Küchentisch. „Ich habe allerdings auch etwas Erfreuliches gehört: Ein Händler, der weit herumkommt, hat mir erzählt, dass es bald politische Veränderungen geben soll. In Modena haben sie sich zusammengerauft: Bonaparte, die lombardischen Herzöge und Kirchenfürsten mit den Österreichern. Es soll eine neue Cisalpinische Republik entstehen aus der Lombardei, dem Herzogtum Modena und dem Norden. Wenn das so ist, rücken hier die Franzosen ab!"

„Heißt das, dass Oberitalien dann zu Frankreich gehört?", ereiferte sich die 14-jährige Domenica. „Dann werden wir ja alle Franzosen!"

„Dann gibt es auch wieder mehr zu essen", freute sich die kleine Nicoletta. Sie war der Liebling der Mutter.

Niccolò, der bisher geschwiegen hatte, schaute zu seinem Vater. „Was haben Sie mit mir vor?"

„Erst einmal bleibt alles beim Alten. Du übst dein Pensum. Wenn du willst, komponiere. Etwas Neues auf der Geige kann nicht schaden. Ich höre ja, dass du sehr gut in Harmonik und Kompositionslehre vorangekommen bist. Ich werde mir etwas überlegen. Mir schwebt da auch schon etwas vor …"

Tatsächlich hatte er sich nicht nur Gedanken darüber gemacht, wie es mit diesem so begabten Sohn weitergehen sollte. Er war auch bei Marchese Di Negro vorstellig geworden und hatte von ihm ein Empfehlungsschreiben für den britischen Konsul Oberst Archibald MacNeill in Livorno erhalten – Leghorn, wie die Inglesi sagten.

Diese malerische Hafenstadt lag außerhalb des napoleonischen Einflussgebietes. Dorthin würde er Niccolò begleiten und danach

mit ihm eine Konzerttour durch zahlreiche norditalienische Städte unternehmen. Der Junge war zwar erst knapp sechzehn, aber schon ein beachtlicher Virtuose.
Antonio rieb sich die Hände. Er hatte sich nicht umsonst so für Nicos Aufstieg geplagt. Er würde mit dessen Konzerten tüchtig Geld einnehmen. Als er seinem Sohn diesen Plan anvertraute, willigte Niccolò nach kurzer Überlegung ein. Der tyrannische Vater war ihm zwar mehr denn je zuwider, mit ihm aber auf Konzertreise zu gehen, schien ihm besser, als zu Hause im trostlosen Genova zu sitzen. Auch schmeichelte es ihm, seinen jungen Ruhm zu festigen.
„Wie du gewachsen bist! Schon ein richtiger junger Mann!“ Teresa drückte ihren Zweitältesten ans Herz. Kaum hatte sie ihn zurück, sollte sie ihn schon wieder hergeben. „Dabei so ernst und auch so hübsch! Die Mädchen werden sich die Augen nach dir ausschauen.“
In den zwei Jahren, die Niccolò in Parma geradezu fanatisch studiert hatte, war er richtig aufgeschossen. Aus seinem schmalen, bleichen Antlitz stach nun die Nase scharf hervor. Die Augen schienen wie zwei Kohlen. Das dünne schwarze Haar fiel ihm lockig über die Ohren bis zum Kinn. Seine Arme hingen überlang herunter. Auch seine dünnen Beine wollten kaum enden. Aus dem Knaben war ein Jüngling geworden. Der entschlossene Ausdruck in seinem Gesicht wies schon auf seine Zielstrebigkeit hin, es in der Welt zu etwas zu bringen.

In den beiden folgenden Jahren bereiste der junge Geigenkünstler die meisten oberitalienischen Städte. In Mailand, Bologna, Florenz, Pisa und Livorno jubelte ihm das Publikum zu.
Niccolò gefiel das Herumziehen in der Welt. Er genoss den lockenden, bunt schillernden Reiz des Virtuosentums – wäre da nur nicht sein allzu strenger Vater gewesen, sein harter Mentor, der ihm nie von der Seite wich. Immer öfter träumte der junge Mann davon, endlich allein zu reisen und mit der *Guarneri* sein Publikum zu erobern. Doch die Gelegenheit dazu sollte sich für ihn erst im Jahr 1801 ergeben.

In der Stadt Lucca fand jedes Jahr zur Feier des Heiligen Martin das große Volksfest Santa Croce mit vielen Konzerten statt. Niccolò war jetzt neunzehn. Endlich hatte er dem Vater abgetrotzt, dass er nicht mit ihm, sondern mit seinem älteren Bruder Carlo dorthin fahren konnte.
Von weither strömten die Menschen zu diesem festlichen Ereignis des Hochamtes im Dom San Martino. Musiker, die dort auftreten wollten, mussten sich einer strengen Prüfung unterziehen. Weil sein Bogen sehr lang und gestrafft war, wurde Niccolò von seinen Mitbewerbern verspottet. Was konnte ein so junger Mensch mit einem solchen Bogen auf der Geige schon hervorbringen?
Nach der Probe allerdings änderte sich das Bild: Er erhielt so großen Beifall, dass die anderen Kandidaten und Konzertmusiker nicht mehr wagten, sich hören zu lassen. Bei einer großen nächtlichen Kirchenmesse drängten sich so viele Menschen zu seinem Konzert, dass die Portale der Basilika nicht geschlossen werden konnten. Niccolò erntete mit seinem Vortrag eine solche Begeisterung, dass man die Bravo-Rufe bis in die angrenzenden Straßen hinein hörte.
Am 14. September fand zum Auftakt von Santa Croce in der herrlichen Kathedrale endlich das Festkonzert statt. Schon früh am Morgen drängten sich die Menschen, um in die Kirche zu gelangen. Wer nicht mehr hinein konnte, versuchte wenigstens in der Nähe noch einen Stehplatz zu ergattern.
Irgendwie hatte sich das Gerücht verbreitet, das zu erwartende Konzert werde von einem Genueser Jakobiner – einem gewissen Paganini – gegeben. Dieser habe durchblicken lassen, die Geistlichkeit mit seinen revolutionären Kompositionen provozieren zu wollen. Das musste man erleben!
Auf dem weitläufigen Platz von San Martino war die Streitmacht Luccas gerade einmal in Kompaniestärke aufgestellt, die sich bei genauem Hinsehen allerdings als ziemlich klein erwies, denn viele Soldaten waren aus Furcht vor den Franzosen desertiert.

Gegen zehn Uhr nahte die Regierung mit dem Festzug zur Singmesse. Drinnen in der Sakristei schwitzte Niccolò Blut und Wasser.
„Was regst du dich auf? Es kann doch keiner an dich heranreichen“, beruhigte ihn Carlo und gab ihm sein Taschentuch.
Aus Anlass des Konzertes wurde die Messe kurzgehalten. Sofort nach dem Kyrie Eleison begann Niccolò zu spielen.
Es dauerte nur wenige Minuten, da vergaß er alles um sich herum. Seine Finger flogen nur so. Seine *Guarneri* gehorchte ihm auf den leisesten Druck.
Er brachte zwei Kantaten. Doch dann juckte ihm das Fell. Dies sollte sein eigenes Konzert werden!
Er spielte seine Variationen des Revolutionsliedes *La Carmagnole* und andere heitere Melodien. Im Kirchenschiff begann ein Raunen. Abtbischof Chelini rutschte schon unruhig auf seinem Sessel herum. Plötzlich brachte der Geiger da vorne Töne hervor, wie sie dieses Gotteshaus noch nie gehört hatte. Da schrie ein Esel, bellte ein Hund, da miaute eine Katze und brüllte ein Löwe. Vögel zwitscherten, Hörner und Trompeten wurden geblasen.
Nach dieser Opera buffa begann das Publikum herzlich zu lachen. So etwas hatte die ehrwürdige Kathedrale ebenfalls noch nicht vernommen. Die Leute klatschten begeistert Beifall. War da etwa der Teufel im Spiel? Es war skandalös, es war einfach unerhört! Abtbischof Chelini schritt mit steinernem Gesicht aus der Kirche.
Die Presse veröffentlichte eine kaum wohlwollende Kritik, erkannte aber die große Kunstfertigkeit des Spielers an. *„Diese Imitationen von Tierstimmen sind nichts anderes als eine Jugendtorheit, die nur in einer Musikschule vorgeführt werden sollte, auf keinen Fall an einem geheiligten Ort“*, schrieb der Rezensent.
Die Sympathisanten der Revolution hingegen waren begeistert. Hier hatte ein Musiker sich und sein Publikum endlich einmal auf Kosten der Spießer amüsiert.
Mit seinem „provokativen“ Konzert hatte Niccolò tatsächlich in einer Kirche für Humor gesorgt und im Handstreich die Sympathien

der Jakobiner von Lucca gewonnen. Dies sollte ihm vier Jahre später sehr von Nutzen sein. Zunächst aber brachte ihm seine „skandalöse" Musik vom 14. September eine Reihe von Einladungen für Konzerte im November und Dezember ein.

Elisa

1805 bis 1813

Was für Ereignisse! Nachdem der kleine, schäbig gekleidete General Bonaparte in den folgenden Jahren auf der Karriereleiter von Direktorium und Konsulat bis zur höchsten Staatsspitze emporgestiegen war, hatte er sich am 2. Dezember 1804 in der Kathedrale von Notre Dame in Paris eigenhändig zum Kaiser der Franzosen gekrönt. Von nun an nannte er sich Napoleon I.
Vier seiner Geschwister hatte er in Europa zu Königen gemacht. Auch was das von ihm ruhmreich unterworfene Italien betraf, wollte er ein Mitglied seiner Familie dort auf den Thron setzen. Doch niemand fand sich, der ihn haben wollte. Also musste er die Sache selbst in die Hand nehmen: Im Mai 1805 empfing er in Mailand als König von Italien die eiserne Krone der Lombardei. Seiner Schwester Elisa – der Ältesten von dreien – verlieh er das Herzogtum von Piombino, das an der ligurischen Küste gegenüber der Insel Elba lag. Dazu hatte ihr der kaiserliche Bruder versprochen, binnen Kurzem dem neuen Fürstentum das weit größere und wertvollere Gebiet von Lucca anzugliedern. Beide Staaten bildeten zusammen eine geschlossene Abwehrzone gegen Angriffe von See. Das anmutige, strategisch bedeutungslose Städtchen Lucca hatte sich also überraschend zur Hauptstadt eines Herzogtums gemausert.

Drei Jahre nach seinem großen Konzerterfolg von Santa Croce zog es Paganini Anfang Januar 1805 wieder nach Lucca. Zu diesem Zeitpunkt war die Stadt noch eine Republik. Die Jahre dazwischen

hatte er neben einigen Konzerttouren durch Oberitalien im Landhaus des Vaters in San Biagio verbracht. Nun wollte er sich in Lucca um eine Anstellung als Konzertmeister im Orchester bewerben. Durch ein geschicktes Schreiben rechnete er sich den gewünschten Erfolg aus. Zunächst lobte er die Verwaltungsorgane der Republik für deren Förderung der Wissenschaften und schönen Künste und vergaß auch nicht *„die rückhaltlosen Bemühungen ihrer vortrefflichen Vertreter für diese Förderung zu unterstützen"*. Dadurch fühle sich der Bürger Paganini ermutigt, seine Dienste als Erster Geiger der Kapelle der Musiker der Republik anzubieten. Er wolle jedoch nicht die Rechte verletzen, die andere möglicherweise erworben hätten. Auch verpflichte er sich, zwei Luccheser in der Beherrschung der Violine zu unterrichten. Als „ehrerbietiger Bittsteller" verlangte er für seine Entlohnung nicht mehr, als was ihm der Magistrat bewilligen könne.
Er schloss mit der Floskel: *„Während sich der bescheidene Unterzeichner Eurer Herzensgüte, Bürger Magistraten, anvertraut, hat er die Ehre, Euch seines Respekts und seiner Hochachtung zu versichern."*
Schon am 22. Januar 1805 beantwortete das Amt für Innere Angelegenheiten Paganinis Ersuchen positiv. Er wurde als Erster Geiger aufgenommen, *„ohne dass dadurch die Rechte des derzeitigen Leiters, Professor Romaggi, eingeschränkt werden"*. Man bewilligte ihm eine monatliche Summe von 12 Scudi, was nicht eben viel war, und verpflichtete ihn, zwei vom Palast bestimmte begabte Schüler aufzunehmen.
Dieser Vertrag fußte auf einem alten und vernünftigen Brauch, Schüler auszubilden. Dadurch hatte auch ein relativ kleines Orchester die Möglichkeit, eine gewisse stilistische Kontinuität aufrechtzuerhalten.
Auch Niccolòs Bruder Carlo fand eine Anstellung. Er sollte in der Zweiten Geige spielen.
Für beide war diese Zusage ein wahrer Segen.
Mit zwanzig Jahren besaß Niccolò den natürlichen Takt, zwei dop-

pelt so alte Professoren als Schüler respektvoll zu unterrichten. Es kümmerte ihn nicht, dass sie ihm in jeder Weise unterlegen waren. Besonders bemühte er sich, deren falsche Bogenhaltung zu korrigieren. Dabei half ihm sein verbindliches Wesen. Wenn er unterrichtete, legte er keinen Wert auf trockene akademische Lektionen. Ihm kam es darauf an, dass seine Schüler, wie er selbst, Freude am Spiel hatten.

Am 14. Juli riss ein festliches Ereignis in Lucca selbst den hartnäckigsten Langschläfer aus den Federn. Die Zeitung hatte schon tagelang von nichts anderem mehr berichtet: Elisa Bacciocchi, die frisch zur Fürstin von Piombino und Lucca ernannte Schwester Napoleons, sollte gemeinsam mit ihrem Ehemann Felice Bacciocchi in ihrer neuen Hauptstadt prächtigen Einzug halten.
Schon Stunden vorher säumte das Volk neugierig die Straßen.
Endlich näherte sich die von sechs rotbraunen Pferden gezogene Staatskutsche mit einer ansehnlichen Eskorte von Kämmerern, Hofdamen und einer Ehrendame dem Palast. Elisa trug eine Robe aus weißem Satin mit reicher Goldstickerei, ihr Gemahl das schmucke Ornat eines französischen Prinzen. Das Gesicht der Fürstin strahlte, als sie ihren neuen Untertanen zuwinkte. In ihrem Triumph sah sie beinahe hübsch aus, stellten die Luccheserinnen sachlich fest, nur das Dekolleté war zu knochig.
Elisa befriedigte es ungeheuer, nach der Krönung ihres Bruders in Paris und Mailand nun Kaiserliche Hoheit zu sein. Auch erfüllte es sie mit Stolz, dass der Kaiser mit ihrem bescheidenen Mann zufrieden war. Obwohl Felice es nur zum Hauptmann gebracht hatte, war er doch gebürtiger Korse und Bonapartes Waffengefährte in Jugendjahren. Napoleon versicherte, er habe nie an seiner Befähigung gezweifelt – was sich vielleicht weniger auf seine Begabung zum Soldaten als auf seine Zeugungskraft bezog.
Elisa wollte all ihre Intelligenz, ihre Bildung und ihren Ehrgeiz daran setzen, aus Lucca nach napoleonischem Gepräge eine Stadt der Kul-

tur und des gesellschaftlichen Fortschritts zu machen. Ihrem Gemahl würde sie ausschließlich repräsentative Aufgaben zuweisen.
Die Feierlichkeit der Inthronisation war sehr prächtig. Das erregte zwiespältige Gefühle bei den Jakobinern, denn auf den Tag genau vor 16 Jahren hatte das Pariser Volk die Bastille erstürmt und damit den Auftakt zur glorreichen Revolution gegen die Unterdrückung durch Adel und Kirche gegeben. Und nun kam in Lucca „von Kaisers Gnaden" eine Schwester Napoleons als Fürstin auf den Thron. Die Kirche war sowieso dagegen, musste sich aber fügen.
Auf Elisa warteten gewaltige Aufgaben – Reformen, Änderungen und Neugründungen. Zunächst aber musste sie ihr Fürstentum erobern, dann ihren Gemahl Felice in den für ihn bestimmten Rang einsetzen. Die Gewalten zwischen ihr und ihm sollten säuberlich getrennt werden, denn nur sie war durch Napoleons Erlass regierende Fürstin von Piombino und Lucca, ihr Mann hingegen nur namentlich Fürst von Piombino.
Während er, sanftmütig wie er war, sich pflichtschuldig unterordnete, übernahm Elisa alle übrigen Regierungsgeschäfte. Charakterlich glich sie ihrem berühmten Bruder und ahmte ihn nach. Sie bemühte sich nicht nur, fleißig wie er zu sein, wie er barsch zu reden oder mit Zornesausbrüchen ihre Untergebenen zu erschrecken. Sie war herrisch und exzentrisch, besaß dazu ein burschikoses Auftreten, das wenig zu ihrer fürstlichen Stellung passte. Doch durch eine beachtliche Bildung hatte sie schon als junges Mädchen ihr Selbstbewusstsein untermauert.
Aber zunächst veranstaltete sie zur Feier ihrer Inthronisation bunt schillernde Feste, die nun fast ununterbrochen die biederen Bürger Luccas in Atem hielten. Die Natur hatte sie mit wenig Schönheit, dafür mit umso mehr Sinnlichkeit ausgestattet. Ständig umschwärmte sie eine Trabantenschar lebenslustiger Kavaliere. Häufig erfüllten sich deren Hoffnungen, denn Elisa nahm sich, was sie brauchte. Ihr Ehemann Felice ertrug es wortlos und entschädigte sich ebenfalls mit Liebschaften.

In dieser schwülen Atmosphäre puren Sinnesgenusses trat wie ein reinigendes Gewitter unvermutet Paganini in Elisas Leben.
In ihrem Reformeifer hatte sie auch im Orchester einige Posten umbesetzt. Daraus folgte, dass nach dem Senioritätsprinzip der 60-jährige Giuseppe Romaggi wieder Konzertmeister wurde. Paganini musste sich mit dem Amt eines Stimmführers der Zweiten Geige begnügen. Zum Kapellmeister wurde Domenico Puccini ernannt, Großvater des später berühmten Opernkomponisten Giacomo Puccini.
Aufgebracht über diese Zurücksetzung ließ sich Paganini bei der Fürstin melden.
Sie empfing ihn würdevoll, doch insgeheim war sie hemmungslos neugierig auf den ungewöhnlichen jungen Mann. Etwas von seinem Ruhm war bereits zu ihr gedrungen. Wie würde er auf sie wirken?
„Was gibt es, das Sie zu mir führt?“, eröffnete sie leutselig die Audienz.
Paganini schaute sie herausfordernd aus seinen kohlrabenschwarzen Augen an und kam direkt zur Sache: „Bevor Sie Fürstin von Piombino und Lucca wurden, Hoheit, hatte ich hier das Amt des Konzertmeisters inne. Ich glaube, sagen zu dürfen, dass ich in dem halben Jahr, in dem ich Mitglied des Orchesters von Lucca bin, genügend Beweise meiner Kunstfertigkeit auf der Geige gegeben habe. Professor Romaggi hat meinen vollen Respekt, dennoch bitte ich darum, mich wieder in meinen bisherigen Rang einzusetzen.“
Elisa wippte ärgerlich mit dem Fuß. „Ich habe schon von Ihrem Ruhm vernommen, lieber Paganini. Leider hatte ich noch keine Gelegenheit, Sie zu hören. Sie werden sicher verstehen, dass ich bei den vielen notwendigen Neuerungen in meinem Fürstentum die Freuden des Kunstgenusses einstweilen zurückstellen muss. Theater- und Musikleben sind zwar nur ein kleiner Teil des Ganzen, dennoch müssen beide von Grund auf reorganisiert werden. Es geht gerade auch in den schönen Künsten darum, die Errungenschaften der Politik meines kaiserlichen Bruders in die Welt zu

tragen. Die Herren Romaggi und Puccini werden mir mit ihrer Erfahrung dabei helfen."

Langsam erhob sie sich hinter ihrem Schreibtisch und nahm den Geiger genauer in Augenschein. Was für eine erbärmliche Figur! Und dabei auch noch ganz schön selbstbewusst!

„Sind Sie gesund? Sie wirken etwas blass und mager", stellte sie ungeniert fest. „Sie sollten mehr essen! Haben Sie zu wenig Appetit? Gehen Sie zu wenig an die frische Luft? Wenn Sie etwas zunehmen, wird noch ein richtiger Mann aus Ihnen."

Es reizte sie, diesen langen Menschen herauszufordern.

Paganini parierte ihre Frechheit. „Das liegt nicht am Körpergewicht, Hoheit. Auch meiner Jugend muss ich mich nicht schämen. Wenn Sie bei Ihrem Entschluss bleiben, mich in der Zweiten Geige zu belassen, werde ich mich wohl aus Lucca verabschieden müssen."

„Nun, nun, Paganini, nicht gleich so forsch in der Gangart! Ich sehe schon, Sie sind hartnäckig und bestehen auf Ihrem Wunsch. Sie stammen aus Genua?"

Er nickte stolz.

„Die Genueser sind hierzulande noch die besten Jakobiner. Sie sind doch einer – ist mir jedenfalls zu Ohren gekommen. Oder etwa nicht?" Sie lächelte unvermutet und rückte vertraulich an ihn heran. „Es gefällt mir, dass Sie sich nicht so schnell geschlagen geben. Sie sind ehrgeizig. Das muss man wohl sein in Ihrem Metier. Sie werden aber verstehen, ich muss bei meiner Entscheidung bleiben. Aber vielleicht weiß ich etwas anderes für Sie …" Als fiele es ihr eben erst ein, fragte sie: „Haben Sie Ihre Geige dabei?"

„Ich ließ sie im Vorzimmer."

Ihr rascher Stimmungswechsel verwirrte ihn. Er fühlte sich von ihrer burschikosen Art abgestoßen. Auch spürte er, dass sie es darauf anlegte, seinen Zorn zu wecken. Nun klingelte sie und befahl einem eintretenden Diener, die Geige zu holen.

Hastig fiel ihr Paganini ins Wort: „Niemand darf sie anfassen außer mir!"

„Na schön … Dann holen Sie sie und spielen mir etwas vor! Eine Ihrer *Carmagnole*-Variationen!“
„Wenn es Hoheit befehlen.“
Elisa nahm wieder Platz und betrachtete den Geiger fasziniert. Wie zärtlich er die Geige hielt! Wie den Leib einer Frau. Wie verwachsen schien er mit ihr. Es war, als streichele er sie. Was für ein Liebhaber musste er sein!
Paganini hob den Bogen und begann zu spielen. Zuerst erklang das kindlich-heitere Lied *La Carmagnole*, gefolgt von zwei lebhaften Variationen. Elisa glaubte, einen Chor singen zu hören.
Danach brachte der „Genueser Jakobiner“ das aufrührerische Revolutionslied *Ça ira*. Kaum war dieses Thema verklungen, fuhr sein Bogen zornig auf die Saiten herab und entfesselte ein Inferno von halsbrecherischen Läufen und Sprüngen. Fetzen von Melodien flogen durch den Raum, dazwischen Fauchen und Stöhnen, Quietschen und Sirenengesang in den höchsten Tönen. Paganini hatte alles um sich herum vergessen. Er fantasierte. Heftige Zuckungen schüttelten wie Fieberschauer seinen schmächtigen Körper.
Abrupt hielt er inne mit einem hingezauberten Hahnenschrei und verbeugte sich.
Elisa betrachtete den Künstler mit geöffnetem Mund. Sie fühlte, wie ihr schwindelig wurde. Energisch bemühte sie sich um Fassung.
„Mon Dieu, Paganini! Ich bin sprachlos! Ich hätte nie gedacht, dass so etwas auf diesem Instrument möglich ist.“
Er lächelte geschmeichelt.
„Auch mein Gemahl spielt Geige. Im Gegensatz zu Ihnen natürlich unvergleichlich bescheidener …“, lenkte Elisa auf ein anderes Thema. Sie verschwieg dabei, dass sie Felices Gekratze auf dem Instrument nicht mehr ertragen konnte und ihm einen Raum am anderen Ende des Palastes zugewiesen hatte, damit er nur nicht mehr in ihrer Nähe übte. „Ich wünschte mir, dass Sie sein Lehrer würden. Von einem Meister wie Ihnen könnte er nur profitieren. Ich werde dafür sorgen, dass Ihr Gehalt erhöht wird. Wären Sie mit

einem solchen Angebot einverstanden?“ Sie forschte unverblümt in seinem Gesicht, wie er sich entscheiden würde. Aus ihren Augen sprach nun eine ganz andere Sprache. Trotz seiner Unerfahrenheit mit dem anderen Geschlecht spürte Paganini, dass nicht nur seine Geige, sondern er selbst ihr Interesse erregte. Sein Spiel hatte sie gefesselt, ihre Gefühle aufgerührt. Und wie es aussah, hungerte sie nach Liebe. War es klug, sich in die Höhle der Löwin zu wagen?
Er hatte schon bei vielen Konzerten die Wirkung seiner Geige auf Frauen bemerkt. Die Fürstin war ein starker Charakter. Sie trat mit Festigkeit auf. Ihr Gesicht trug beinahe männliche Züge. Und doch ahnte er, dass sie schwach wie das leidenschaftlichste Weib werden könnte. War sie eine Semiramis? Er beschloss, auf der Hut zu sein.
„Wenn Sie es wünschen, Hoheit, werde ich Ihren Gemahl unterrichten“, verbeugte er sich leicht.
„Ich werde anordnen, dass Sie uneingeschränkt Zugang zum Palast erhalten.“ Sie lächelte zufrieden. „Ich bin sicher, mein Gemahl wird entzückt sein, einen so brillanten Lehrer zu bekommen. Ich selbst bin leider nicht sehr musikalisch. Aber es ist mein Wunsch, dass Sie in Lucca bleiben. Ich werde Ihnen zu Ehren ein großes Konzert veranstalten, auf dem Sie als Solist auftreten. Wenn Sie wollen, mit Ihren Kompositionen. Werden Sie spielen?“ Wieder ruhten ihre Augen erwartungsvoll auf seinem Gesicht und maßen ihn von oben bis unten.
Paganini strich sich verwirrt die Locken aus der verschwitzten Stirn. „Selbstverständlich … gern, Fürstin Elisa! Wenn Sie mich so auszeichnen, machen Sie mich glücklich. Bestimmen Sie den Tag! Ich werde mit meinem Spiel Ehre für Sie einlegen!“
„Ich denke, der 15. August wäre ein gutes Datum. Und eines kann ich Ihnen jetzt schon sagen“, fuhr sie fort, „ich werde eine Konzertreihe mit 14-tägigen Konzerten ins Leben rufen, auf denen Sie als mein Kammervirtuose spielen. Ich ernenne Sie hiermit dazu und werde es in Lucca veröffentlichen. Für diese Konzerte bestimmen Sie selbst das Programm.“

Fürstlicher Geigenlehrer! Kammervirtuose! Soloauftritte! So verlockend das Angebot auch war, es entsprach nicht ganz dem, was Paganini sich erhofft hatte. Das alles klang ja recht schön. Aber es war nicht genug. Paganini wollte mehr. Er wollte Ruhm. Dennoch – einen kleinen Sieg konnte er für sich verbuchen. Zunächst wollte er die ihm gebotene Chance ergreifen. Auch Elisas offensichtlich ausgestreckte Arme. Ein heftiges Triumphgefühl durchfuhr ihn. Wenn er nur wollte, konnte er sie haben. Es galt, den richtigen Augenblick abzupassen, dann würde ihm die Fürstin von Piombino und Lucca gehören.
Elisa hatte schon an seinen Augen abgelesen, dass er einverstanden war.
„Ich bin sehr geehrt, Hoheit. Ich nehme Ihr Angebot an, obwohl es mit der Ersten Geige wohl nichts werden kann?"
„Sie werden noch viel größere Erfolge ernten, mein lieber Paganini", lachte sie offen heraus. „Ich habe noch etwas anderes in petto – aber das verrate ich Ihnen erst später." Sie reichte ihm die Hand, auf die er einen Kuss hauchte. Damit war Paganini entlassen.
Er ist noch ein Jüngling. Ich mache einen Mann aus ihm, dachte sie besitzergreifend. *Ich muss ihn halten! Er spielt zum Umsinken schön. Ich will seine Geige sein, ihm untertan und Herrscherin, dass ihm Hören und Sehen vergeht. Er ist schon jetzt ein großer Künstler. Er soll einmal der größte sein. Ich werde ihn formen!*

Nach diesem Gespräch vergingen die zwei Wochen wie im Flug. Paganini war vollauf damit beschäftigt, ein anspruchsvolles Programm zusammenzustellen, und er hatte den Kapellmeister Puccini darüber instruiert. Täglich fanden Proben zu dem großen Festkonzert statt, das Elisa zu Ehren Paganinis proklamiert hatte.
Neben einer Ouvertüre und Symphonie für großes Orchester stand eine von Paganini vorgetragene Violinsonate von Kreutzer auf dem Programm. Anschließend war ihm Gelegenheit gegeben, eigene Kompositionen zu spielen.
Nur noch drei Tage bis zum Konzert!

Paganini wusste, den größten Erfolg konnte er nur mit einer eigenen Komposition erringen. Diese geisterte schon in seinem Kopf herum. Sie musste etwas ganz Besonderes sein. Da kam ihm blitzartig ein Gedanke: Warum nicht ein Duett nur auf zwei Saiten? Sofort machte er die Probe aufs Exempel und trennte von einer Übungsgeige zwei Saiten ab, sodass ihm nur noch die E- und die G-Saite blieben. Er fantasierte ein wenig auf ihnen herum. Dann endlich hatte er das Ergebnis: Nur zwei Saiten – sie waren die Stimmen eines Mannes und einer Frau. Sie umwarben einander musikalisch im Liebesduett. Die G-Saite umarmte sinnbildlich die Frau. Die E-Saite verwehrte sich dem Mann und beglückte ihn schließlich.
Die Komposition war genial. Sie gliederte sich in zehn Abschnitte: Beginn – Gebet – Einwilligung – Schüchternheit – Zufriedenheit – Streit – Frieden – Signale der Liebe – Zeichen zum Aufbruch – Trennung. Er musste sie nur noch in Noten setzen. Er nannte sie *„Duetto amoroso"*.

Als der Künstler an dem bewussten Augustabend auf dem Podium erschien, erregte sein seltsames Äußeres bei der zahlreich versammelten Zuhörerschaft Erstaunen. Bei der Hofgesellschaft sorgte das gesucht Exaltierte seiner Erscheinung sogar für spöttische Heiterkeit. Doch kaum erklangen die ersten Töne seines Instrumentes, geriet das Publikum in atemlose Spannung. Noch blitzten durch das Orchester nur einzelne Tonfunken. Doch bald formte sich ein süßer, schmelzender Gesang, wie ihn nur eine Geige hervorbringen kann.
Sorglos und unbekümmert schritt er über alle Schwierigkeiten hinweg. Dann wieder – das Publikum fuhr zusammen – kühnste Blitze teuflischen Humors und zersetzenden Hohns. Schwarzen Edelsteinen gleich glänzten die Augen des Meisters aus dem blassen Antlitz. Sie funkelten immer drohender, als sich die Töne mit an Zauberei grenzender Schnelligkeit und Sicherheit in wilden Läufen

regelrecht überschlugen. Wie in wahnsinniger Liebespein schlug Paganini das Instrument, stampfte mit dem rechten Fuß den Takt, während das Orchester hinterdreinstürmte.

Endlich löste tosender Beifall die Spannung im Saal.

Da trat Paganini dicht an die Rampe. Er blickte zur Fürstenloge empor, von wo ihm Elisas Gesicht entgegenleuchtete. Dann verkündete er: „Als Zugabe spiele ich eine neue Komposition von mir – das *Duetto amoroso*. Ich benutze dafür nur zwei Saiten. Sie stehen für einen Mann und eine Frau." Nachdem er die beiden anderen Saiten entfernt hatte, begann dieses außergewöhnliche musikalische Zwiegespräch. Den zartesten Liebesgeständnissen folgten Ausbrüche glühender Eifersucht. Drohungen und Klagen, Zorn und Freude, Schmerz und Glückseligkeit lösten sich ab. Schließlich versöhnten sich die Liebenden wieder und vollführten den ausgelassensten Pas de deux. Ein glänzendes Finale krönte das Liebesduett.

Donnernder Applaus belohnte Paganini. Bravo-Rufe erfüllten den Saal. Zuhörer aus den ersten Reihen drängten sich auf die Bühne, um dem Künstler mit Lobessprüchen und Blumen zu huldigen. Von den Rängen flogen Sträußchen herab. In der Fürstenloge stand Elisa an die Brüstung gelehnt. Trunkenen Blickes nahm sie das Bild dieses seltsamen Mannes in sich auf. Mit der dämonischen Gewalt seines Spiels hatte er ihr Innerstes aufgewühlt, ihre Nerven zur Raserei gepeitscht und ihr ungekannte Lust bereitet.

Noch am selben Abend unterzeichnete Paganini einen Vertrag, der ihn zum Kammervirtuosen der Fürstin und zum Hofkapellmeister der Oper ernannte.

Zwar waren die finanziellen Bedingungen nicht eben glänzend. Was ihn aber bewog, seinen Drang nach Unabhängigkeit zu überwinden, war ein äußerst lockender Magnet: Stärker als der ihm winkende Lohn fesselte ihn die Gunst einer Herrin.

Durch einen Diener ließ sie ihn zu sich in ihr elegantes Appartement im Palast bitten. Bei einem kleinen Diner erklärte sie sich ihm rückhaltlos. „Du machst mich rasend, Paganini! Ich kann an nichts anderes mehr denken. Du hast in mir eine Leidenschaft geweckt, wie ich sie noch nie erlebt habe. Du bist ein Zauberer, ein Hexenmeister! Verzaubere mich! Verschlinge mich! Ich bin dir ganz ausgeliefert!" Damit drängte sie sich an ihn, umschlang ihn und küsste ihn mit wilder Gier.

Paganini erstarrte vor Schreck. Doch schnell brachte sie mit ihrer Maßlosigkeit auch sein Blut in Wallung. Er war wie berauscht. Er presste sie an sich, streifte ihr das Kleid vom Körper und bedeckte ihren Leib mit brennenden Küssen.

Elisa stöhnte. „Ich will dich ganz! Ich will deine Geige sein! Spiele auf mir! Liebe mich bis zur Ekstase! Etwas von dir muss mir gehören!"

Als sie voneinander abließen, durchfuhr Paganini ein Triumphgefühl ohnegleichen. Er, ein Genueser Kind aus der unteren Schicht, wurde von einer Fürstin geliebt!

Ihr Gesicht erschien ihm wie verklärt. Ebenso absolut wie in ihrem Herrscherdrang war sie in ihrer Hingabe. „Spiel mir noch etwas, etwas Kurzes aus dem *Duetto*!" murmelte sie erschöpft. „Ich kann gar nicht genug von dir bekommen." Zärtlich strich sie ihm über Gesicht, Brust und Arme.

„Wenn Sie mich so liebkosen, teuerste Elisa, kann ich nicht spielen", lächelte er weich. „Wie schön Sie sind!"

„Und wie schön du erst bist, mein Adonis! Du bist die leibhaftig gewordene Musik. Am meisten liebe ich an dir deine Hände. Sie sind so unglaublich beweglich, so zart, so stark. Wenn ich nicht selbst gesehen hätte, dass du es bist, der spielt, hätte es ein Herkules sein können."

Paganini lachte, es klang dunkel vor Glück und Stolz.

Dem Hof blieb ihr Liebesidyll nicht lange verborgen. Der häufige Zutritt des Virtuosen im Palast fiel auf. Elisas Ehemann hielt es für das beste, nichts zu hören und zu sehen. Wenn Paganini ihm Unterricht auf der Geige erteilte, verhielt Bacciocchi sich ihm gegenüber aufmerksam und liebenswürdig. Da sich seine Gemahlin den Virtuosen als Geliebten zugelegte hatte, tröstete er sich mit einer anderen Schönen. Paganini dennoch sympathisch zu finden, konnte er sich nicht versagen. Auch machte der Unterricht bei ihm regelrecht Spaß. Felice erlebte sogar beachtliche Fortschritte. Das wiederum tröstete ihn ein wenig über seine missliche Stellung hinweg.

Eigentlich hieß Felice mit Vornamen Pasquale. Auf Wunsch seines kaiserlichen Schwagers musste er sich jedoch umbenennen. Denn bei den Italienern bedeutete der Name Pasquale hinter der vorgehaltenen Hand *Einfaltspinsel.*

Felice war sich sehr wohl darüber im Klaren, was seine Rolle als Prinzgemahl von ihm verlangte. Elisa beauftragte ihn, militärische Übungen zu befehligen, Vorbeimärsche abzunehmen und jedes noch so winzige Luccheser Regiment zu besichtigen. Für all das, was seine Gemahlin anordnete, fungierte er gewissermaßen als Stempel. Wenn er seine Frau auch nicht gerade liebte, so bewunderte und respektierte er sie doch. Als nach langer Zeit zu Beginn des Jahres 1805 endlich die gemeinsame Tochter Napoleone geboren wurde, sorgte sie für ein bescheidenes Glück des Paares.

Schon kurz nach ihrer Ankunft in Lucca ließ Elisa ihre Staatsroben weghängen und stürzte sich in die schwere Arbeit des Regierens. Schon zuvor in Paris hatte sie von möglichen Problemen erfahren, die ihre neue Stellung mit sich bringen konnten. Auch hatte sie die politischen Verhältnisse in Piombino und Lucca mit deren Vertretern lange erörtert. Dazu war sie von den französischen Ministern, die für die italienische Verwaltung zuständig waren, in allen Einzelheiten beraten worden. Die Verhältnisse in ihren beiden kleinen Staaten waren ihr also von vorneherein bekannt.

Zunächst bemühte sie sich, hier das gleiche großartige System öffentlicher Ordnung einzuführen wie ihr Bruder in Frankreich. Dafür brachte sie eine Energie auf, die ungewöhnlich war. Zuerst veränderte sie die urbane Struktur der kleinen toskanischen Hauptstadt. In der Folge gründete sie eine Akademie der Künste und zwei große Bibliotheken. Des Weiteren eine medizinische Akademie und an der Universität zwei Lehrstühle für französisches Recht und französische Geschichte. Dazu rief sie Gemeindeschulen für Knaben und Mädchen sowie das „Institut Elisa" für die Erziehung von Mädchen aus guten Familien ins Leben.

Was das geistige Leben betraf, so wollte sie für die Verbreitung der französischen Kultur in Oberitalien ein Beispiel geben. Bei Liebhaberaufführungen trat sie daher selbst in der Rolle von Racines Phädra auf. Nur soweit positiv, war Kritik erwünscht.

Keine kulturelle Tätigkeit entging ihrer Aufmerksamkeit. Sie stiftete literarische und musikalische Preise, präsidierte Bildungsstätten und gelehrten Gesellschaften. Sie bestand darauf, zu jeder Einzelheit gehört zu werden – und ging damit vielen gebildeten Bürgern auf die Nerven. Ihrer selbstherrlichen Meinung nach gab es in Lucca niemanden, der so viel Urteilskraft hätte besitzen können wie sie.

Was nur möglich war an Verwaltungsarbeit, Repräsentation und Unterhaltung stopfte sie in 24 Stunden. Gemäß ihrem großen Vorbild Napoleon entwickelte sie Industrie und Landwirtschaft, nahm öffentliche Bauarbeiten in großem Stil in Angriff. Sie ließ die Sümpfe Piombinos trockenlegen und verbesserte die Hafeneinrichtungen mit ihren Befestigungen. Diese Maßnahmen trugen dazu bei, die Seeräuberei einzudämmen. Brücken und Straßen wurden gebaut, Nutzholz gefällt und Bodenschätze erschlossen. Gleichzeitig förderte Elisa Gerbereien und Raffinerien. Dazu gründete sie Seiden- und Seifenfabriken.

Durch all diese Aktivitäten nahmen unter ihrer Regierung Gewerbe und Industrien einen bewundernswerten Aufschwung. Als sie sich mit Napoleons Genehmigung die begehrten Gebiete von Massa und Carrara einverleibte, ließ sie in den stillgelegten Marmorbrüchen von Carrara sofort wieder die Arbeit aufnehmen. Damit erhielten viele Menschen Lohn und Beschäftigung.

Aus der von ihr gegründeten Bildhauerakademie wurden nach ganz

Europa Skulpturen verschickt. Wie es nun einmal Elisas Abhängigkeit erforderte, befanden sich unter ihnen hauptsächlich Büsten und Statuen des Kaisers.

Es gehörte zum Gepränge des fürstlichen Hofes von Lucca, dass an ihm die strengste Etikette herrschte, denn die Schwester Napoleons hielt darauf, kaiserlicher als Kaiserin Josephine in Paris zu sein. Fürst Felice glänzte stets in einer weißen Uniform oder im Blau und Gold eines französischen Generals mit Diamanten auf den Epauletten. Um den Hals trug er die Kette des Goldenen Vlieses und an der Brust den Stern des großen Adlers der Ehrenlegion. So ausgestattet, stolzierte er leutselig durch die Salons.

Wenn Elisa, bedeckt von Kameen und Diamanten, auf dem Thron saß, war sie angetan mit den letzten Modeschöpfungen von *Leroy*.

Ihr enormes Arbeitsprogramm war umso erstaunlicher, als ihre Gesundheit häufig zu wünschen übrig ließ. Seit ihr Paganini seine uneingeschränkte Zuneigung versichert hatte, nahm sie sich mehr Zeit für ihre leidenschaftlichen Gefühle. Sie bat ihn, zu kommen, sooft es ging.

Auch für ihn trug diese Liebesbeziehung schöpferische Früchte. In den vielen Jahren seines Aufenthaltes in Lucca entstanden zahlreiche Kompositionen, darunter verschiedene Stücke für Violine und Gitarre sowie Sonaten für die Fürstin und deren kleine Tochter Napoleone.

An lauen Sommerabenden lauschte Elisa seinen musikalischen Eingebungen auf einem Diwan liegend auf der Terrasse ihrer Villa in Marlia. Ein warmer Wind bewegte die Oleanderbäume, deren Blüten betörend dufteten. Paganini untermalte auf seiner Geige die romantische Stimmung, bis Elisa beseligt einschlief. Manchmal lud sie ihn auch in ihren auf das Meer blickenden Palast in Massa ein. Auf den leicht ans Ufer schwappenden Wellen kräuselte sich das Licht des Mondes. Am schwarzen Himmel funkelten die Sterne, in den venezianischen Kelchen der Champagner. Paganinis Geigentöne schwangen sich verliebt in die Nacht.

Als er einmal auf der *Guarneri* kurz hinter dem Steg zu einem Fla-

geolett in den zärtlichsten Höhen ansetzte, verlor Elisa die Besinnung. Gerade noch hatte sie geflüstert: „Gott ist durchsichtig."
„Was ist Ihnen, Liebste?", fragte Paganini besorgt und schloss sie in die Arme.
Da öffnete sie auch schon wieder lächelnd die Augen. „Ich bin wohl ohnmächtig geworden. Das hat deine Musik getan."
Bei einer dieser bezaubernden Gelegenheiten sagte sie sinnend: „Ich habe darüber nachgedacht, was du auf der Geige alles vollbringen kannst. Wie wäre es, wenn du versuchtest, statt auf zwei Saiten nur auf einer zu spielen? Ein Stück auf einer einzigen Saite! Das wäre unglaublich! Damit würdest du größten Ruhm erringen."
Paganini schaute sie erstaunt an. „Wie kommen Sie darauf, Elisa? Sie sind in allem eine kühne Frau. Nur eine Saite? Aber warum nicht? Es kann nur die G-Saite sein! Das wäre wahrhaftig eine Herausforderung. Ich muss es versuchen, ich werde es wagen! Die *Guarneri* wird mir gehorchen."

Die folgenden Tage verbrachte er in seinem Zimmer mit Üben und Experimentieren. Und endlich hatte er erreicht, was er wollte: Er spielte ein ganzes Stück nur allein auf der vierten Saite. Er musste sie nur um einen Viertelton höher stimmen. Es war gar nicht so schwer. Ihm konnte das gelingen.
War er unter allen Violinisten ohnehin nicht schon unerreicht? Doch mit dieser extravaganten Technik würde er beim Publikum ganz groß herauskommen. Die Italiener liebten die Schau!
Paganini war über seine technische Errungenschaft so aufgeregt, dass er sich an eine größere Komposition allein für die G-Saite machte. Die musikalischen Themen flogen ihm nur so zu. Mit diesem Stück wollte er Elisa überraschen.
Als sie ihn fragte, warum er so zerstreut sei, wich er aus. „Ich bemühe mich, auf nur einer Saite zu spielen. Ich muss noch herausfinden, wie es am besten geht."
Doch schon nach wenigen Wochen war ihm ein Werk großen vir-

tuosen Schaffens gelungen. Bei einem öffentlichen Festkonzert am 15. August 1807 zum Namenstag des Kaisers kündigte er seine neueste Komposition für Violine und Orchester an: „Verehrteste Fürstin Elisa, hochgeschätzter Fürst, geneigtes Publikum! Heute habe ich die Ehre, Ihnen mit der *Sonata Napoleone* ein Werk vorzustellen, das ich auf der Geige nur auf einer einzigen Saite, der vierten, spielen werde. Bitte sehen Sie selbst! Ich habe die drei anderen Saiten abgenommen. Ich werde die G-Saite um einen Viertelton höher stimmen. Das macht den Klang brillanter. Das Orchester wird mich begleiten. Ich hoffe, Sie alle nicht zu enttäuschen."

Doch davon konnte wahrhaftig keine Rede sein. In ihrer Loge beugte sich Elisa gespannt vor. Er hatte ihre Anregung aufgegriffen. Ihm war das schier Unmögliche gelungen! Dass er mit seiner neuen Technik eine vollkommene Leistung erbringen würde, wusste sie schon im Voraus.

Zunächst spielte das Orchester allein ein Adagio. Danach folgten ein langsamer Satz und ein kleines Andante. Dieses gab das Thema für drei längere Variationen vor. Paganini glänzte mit Flageoletts in den höchsten Tönen und ungeahnt schnellen Läufen. Begleitet wurde er hauptsächlich von Streichern, die seine Geige in allen Höhen und Tiefen untermalten.

Da fühlte Elisa erneut eine Ohnmacht nahen. Und so sehr sie sich auch dagegen wehrte, aufseufzend verlor sie die Besinnung.

Felice beugte sich besorgt über sie und fühlte ihren Puls, der nur schwach ging. „Sie wird gleich wieder zu sich kommen. Bitte keine Aufregung! Das Konzert zum Namenstag des Kaisers soll auf keinen Fall gestört werden."

Die beiden Hofdamen, die hinter ihr saßen, bemühten sich um Elisa. Madame Frassinet hatte wohlweislich ein Riechfläschchen mitgenommen.

Nur eine kleine Bewegung in der Loge hätte auffallen können. Das Publikum starrte jedoch so fasziniert auf den Geiger, dass niemand etwas bemerkte.

Langsam richtete sich die Fürstin wieder auf und fuhr sich über die Stirn. Madame de Laplace fächelte ihr Luft zu. Schließlich setzten die Flöten, Oboen, Klarinetten, Hörner und Posaunen zu einem Finale in großem Stil ein. Pauken und Trommeln markierten kraftvoll den Rhythmus.

Der letzte Ton war verhallt.

Ein Applaus, so heftig, wie ihn dieses Theater noch nicht erlebt hatte, belohnte Paganinis Triumph. Die Bravo-Rufe überschlugen sich. Blumen, ja, sogar Geldscheine flogen auf den Künstler herab. Der strahlte über das ganze Gesicht, grüßte trunken zur Fürstenloge hinauf und empfing Elisas hingerissenes Lächeln.

Wenig später kam sie zu ihm in die Garderobe.

„Du hast meine kühnsten Erwartungen übertroffen, Paganini! Du hast deine Kunst vervollkommnet!“, umschlang sie ihn mit wilder Zärtlichkeit. „Ich werde dich mit einem weiteren Amt belohnen. Du sollst Hauptmann meiner fürstlichen Leibgarde werden. Morgen besprechen wir die Einzelheiten, Liebster.“

Obwohl sich Paganini nach außen hin hocherfreut zeigte, behagte ihm diese neuerliche Auszeichnung gar nicht. Er war sich darüber im Klaren, dass sie nur weitere Verpflichtungen mit sich brächte. Was sollte der militärische Mummenschanz? Wollte ihn Elisa mit einer bunten Paradeuniform zum Hampelmann machen?

Außerdem stellte er fest, dass sie schwanger war. Etwa von ihm? Behutsam sprach er sie darauf an.

„Ganz sicher nicht, Liebster. Felice ist nun einmal mein Ehemann. Ich bin es meinem kaiserlichen Bruder schuldig, noch ein Kind von Bacciocchi zu bekommen. Wenn es ein Sohn würde, stünde er in der Erbfolge an hoher Stelle.“

Wie sehr er auch dagegen ankämpfte, Paganini war verstimmt. In dem Maße, wie Elisas Schwangerschaft zunehmen würde, müsste ihre Liebesbeziehung abnehmen. Die Gunst der Fürstin hatte sich äußerst segensreich für ihn ausgewirkt. Doch wenn sie Mutter eines Jungen würde, hätte er als Liebhaber ausgedient. Dann müsste er sich eine neue Gefährtin suchen, ohne Elisa zu erzürnen. Das aber konnte nur heimlich geschehen. Paganini hatte nämlich herausgefunden, dass er mit seiner Geige eine besondere Wirkung auf das weibliche Publikum auszuüben vermochte. Nicht nur Elisa, auch andere Damen waren bei seinen Konzerten in Ohnmacht gefallen. Die erotisierende Wirkung konnte nur durch den Einsatz harmonischer Klänge wie Flageoletts und besonders hoher Töne hervorgerufen werden. Diese natürlichen, künstlichen oder doppelten Klänge erzeugten im Körper von Frauen nicht selten nervöse Störungen. Sogar die Glasharmonika, für die auch Mozart einige Stücke geschrieben hatte, brachte derartige „mörderische" Töne hervor.

Paganini war seit einiger Zeit mit der Familie Quilici eng befreundet. Wie er wohnte sie im selben Gebäude links von der Kirche San Frediano. Der Vater war Hauptmann in einem Luccheser Regiment, die Tochter noch sehr jung, kaum fünfzehn. Paganini unterrichtete Eleonora in Musiklehre und Gitarre.

Schon bald bemerkte er, dass sie ihn schwärmerisch anblickte. Sie war eine gute Schülerin und gab sich umso mehr Mühe, je freundlicher er sie lobte. Dann erglühte ihr zartes Gesicht in reizendem Rot. Sie trug die Haare hochgesteckt, den rührenden Nacken frei. Sie war schüchtern, einfach entzückend, frisch wie eine Rose. Sie himmelte ihn an. Sie war das Gegenteil von Elisa. Und vor allem war sie Jungfrau.

Ich darf sie nicht anrühren, dachte Paganini. *Sie ist so wunderbar unschuldig. Ich kann sie nur zu meiner Geliebten machen, wenn ich sie heirate. Aber das steht nicht zur Debatte.* Und weiter träumte er davon: *Wie es wohl wäre, wenn sie sich mir hingäbe?*

Wenn er auch noch so ritterlich dachte und sich Zurückhaltung auferlegte, so hatte er doch Eleonora unterschätzt. Nach einer ihrer gemeinsam verbrachten Unterrichtsstunden gestand sie ihm mit der ganzen Glut ihrer Jugend ihre Leidenschaft. „Sie haben mich vollkommen durcheinandergebracht, Maestro. Ich kann nur noch

an Sie denken. Ich liebe Sie mit jeder Faser meines Körpers. Ich flehe Sie an, lieben auch Sie mich! Ich bin kein Kind mehr."
Vor Scham bedeckte sie weinend ihr Gesicht.
Er zog ihre Hände zart auseinander. „Du bist noch sehr jung, Eleonora. Doch auch ich finde dich sehr anziehend und äußerst begehrenswert. Du bist so lieblich wie eine Blume." Sanft streichelte er ihr übers Haar. „Du bist zu liebenswert, als dass ich dich zu meiner Geliebten machen könnte! Glaube mir, ich habe nächtelang darüber nachgedacht. Ich achte dich zu sehr. Dass du mich liebst, bedeutet ein großes Glück für mich. Aber ich muss mich zurückhalten, so schwer es mir auch fällt. Ich trage Verantwortung für dich!"
Damit erhob er sich und wandte sich zur Tür.
Augenblicklich verwandelte sich Eleonoras Gesicht in reinsten Zorn: „Wenn das so ist, will ich Sie nie mehr sehen! Nie wieder!" Sie schluchzte. „Ich dachte, Sie würden mich auch lieben. Stattdessen weisen Sie mich zurück!"
„Aber ich liebe dich doch!" Er schaute sie traurig an. „Ich darf dich nur nicht unglücklich machen. Du bist wie geboren für die Liebe. In ein, zwei Jahren wirst du heiraten und mich vergessen. Ich bin ein Zugvogel."
„Ich werde nie einem anderen gehören!" Zornig stampfte sie mit dem Fuß auf.
Da trat er noch einmal auf sie zu und küsste sie zärtlich auf die Stirn. „Du bist das reizendste Geschöpf, das ich kenne", murmelte er. „Ich werde dich nie vergessen." Dann verließ er das Zimmer.
Einige Tage später übersandte er ihr ein Päckchen von zwölf kleinen Sonaten für Violine und Gitarre, die er für das „Mädchen Eleonora" geschrieben hatte.
Nach dieser bittersüßen Szene fanden natürlich keine Stunden mehr statt, doch 33 Jahre später vermachte Paganini Eleonora Quilici in seinem Testament ein beträchtliches Legat. Zeitlebens behielt er sie als die reinste Frauengestalt in Erinnerung.

Ob ihn die kurze, aussichtslose Episode mit Eleonora dazu ermutigt hatte: Paganini begann, sich nach anderen Frauen umzusehen. Elisa ging er aus dem Wege, soweit dies möglich war. Ihr besitzergreifendes Wesen stieß ihn langsam ab.
Da fiel sein Blick auf Madame Frassinet. Elisas Gesellschafterin besaß eine hübsche Stimme und war überdies eine gute Gitarristin. Obwohl sie mit dem General Philibert Frassinet verheiratet war, machte sie keine großen Umschweife. Als ihr Paganini auf einem Hofball seine Absichten ins Ohr flüsterte, erhörte sie bald sein Werben. Sie entführte ihn in ein ihr bekanntes Separee, das so gut wie nie genutzt wurde, und gab sich ihm ohne Zögern hin.
Die Frassinet war eine üppige Blondine und erregte schon dadurch Aufsehen. Da ihr Mann weit fort in der napoleonischen Armee diente, war sie in Lucca weitgehend sich selbst überlassen und nutzte bald jede amouröse Chance, die sich ihr bot. Einen Paganini zu erobern, war für sie, als habe sie sich einen Prachtorden an die Brust geheftet.
Diese von seiner Seite aus recht laue Affäre dauerte nur wenige Monate. Nach drei Jahren am Hofe von Lucca wuchs in ihm die Sehnsucht nach Veränderung. Wenn er auf der Aussichtsterrasse des Torre Guinigi stand und die Glocken des Doms ihm die Freiheit zuriefen, überblickten seine Augen die mittelalterliche Stadt, bis sie an die Apuanischen Alpen stießen. Dahinter lagen Italien, die Freiheit und der Ruhm!
Hinaus aus Lucca, war sein Gedanke. *Hier kann ich nicht mehr erreichen.*
Im März 1808 erbat er sich die Erlaubnis, wieder einmal seine Familie und seine Vaterstadt Genua zu besuchen. Elisas Geburt stand unmittelbar bevor. Daher beschied sie ihn nur kurz: „Das trifft sich gut, Paganini. Von dort aus kannst du dich im April an meiner statt zu den Begrüßungsfeierlichkeiten für meine Schwester Paolina Borghese nach Turin begeben. Bestelle ihr meine besten Wünsche für die Herrschaft in ihrem neuem Wirkungskreis. Sie selbst

kann ja nicht einmal einen Maulwurfshügel regieren. Ihr Mann ist ein kompletter Idiot."

Nicht sehr freundlich, aber so war sie nun einmal – besonders in ihrem Zustand.

Nach dem Wiedersehen mit seiner Familie, das er vor allem seiner geliebten Mutter wegen herbeigesehnt hatte, begab sich Paganini nach Turin. Napoleons zweitälteste Schwester Paolina galt als eine der schönsten Frauen ihrer Zeit. Sie war in zweiter Ehe mit dem römischen Fürsten Camillo Borghese verheiratet.

Seit Generationen unermesslich reich, unterhielt dieser selbst in Oberitalien große Besitzungen. Nach Gründung der Transalpinischen Republik fielen ihm dort einige Regierungsbezirke zu.

Vorübergehend hatte er in seinem Schloss Stupinigi bei Turin Wohnung bezogen. Zur offiziellen Begrüßung fand im Theater der Stadt ein großes Festkonzert statt. Es verstand sich dabei von selbst, dass der Magistrat von Turin den berühmten Genueser Geigenvirtuosen um einen Auftritt gebeten hatte. Die Entlohnung konnte sich sehen lassen!

Noch hatte Paganini die Fürstin Borghese nicht zu Gesicht bekommen. Der Ruf jedoch, der ihrer Schönheit vorauseilte, weckte seine brennende Neugier. Er war auf seine Weise berühmt, sie auf ihre. Auch reizte es ihn, den Unterschied zwischen den Schwestern Napoleons festzustellen. Er konnte wohl gar nicht groß genug sein.

Wie immer erntete er mit seiner *Sonata Napoleone* einen ohrenbetäubenden Applaus. Und wie immer waren bei seinen zu Herzen gehenden Flageoletts einige Damen im Saal ohnmächtig geworden.

Von Weitem erkannte er in der Fürstenloge nur ein blasses Gesicht. Doch als er Paolina zum ersten Mal gegenüberstand, erbebte er vor diesem klassisch schönen Antlitz. Die Form ihrer Stirn war kühn und nachgiebig zugleich. Über ihren mandelförmigen Augen wölbten sich kräftige Brauen. Ihre schmale Nase war edel geformt, der Mund lieblich geschwungen. Dazu besaß sie, wenn sie lachte, reizende Grübchen. In ihrem fast durchsichtigen Kleid bewegte sie sich wie eine Göttin. Paganini erhaschte mit einem Blick die Formen ihres wundervollen Körpers.

Als diese beiden Menschen zusammentrafen, konnte es nicht ausbleiben, dass sie einander verfielen. Da sich Camillo Borghese auf eine Inspektionsreise begeben hatte, verbrachten sie mehrere Wochen ungestörten Liebesglücks.

„Du bist eine Göttin der Liebe!", stöhnte Paganini an ihrem Hals. „ Nackt bist du am schönsten."

„Dafür bin ich geschaffen", kicherte sie kokett. „Der Bildhauer Canova hat mich als Venus in Marmor gebildet. Ich habe ihm dafür fast nackt auf einer Récamière gelegen."

„Hast du seine Sehnsucht erhört?"

„Ma bouche tait le secret de mon coeur. Mein Mund verschweigt das Geheimnis meines Herzens."

„Du bist ein Teufelsweib!"

„Und du ein Teufelsgeiger!"

„Du bist so ganz anders als deine Schwester Elisa."

„Und wie ist sie? Kennst du sie näher?"

„So nah wie dich. Aber sie gleicht dir nicht im Geringsten. Keine kann sich mit dir messen. Sie regiert wie ein Mann. Vielleicht ist sie klüger …", neckte er die Schöne.

„Du glaubst, ich sei ein Dummchen?", entrüstete sie sich spaßhaft. „Ich bin nur klug, wenn ich will. Sonst bin ich – Venus." Deshalb beschäftigte sie sich mit kaum etwas anderem als damit, ihren herrlichen Körper zu pflegen und sich zu schmücken.

Die beiden liebten und neckten sich, bis das Strohfeuer erlosch. Entschlossen packte Paganini seine *Guarneri* ein, mit der er auch Elisas Schwester in Ohnmacht versetzt hatte.

Was bedeuteten ihm Frauen ernstlich? Was bedeutete ihm wahrhafte Liebe? Nicht so viel wie der Ruhm. Denn der war alles!

Ehe Paganini nach Lucca zurückkehrte, gab er noch in einigen oberitalienischen Städten Konzerte. Wo immer er auftauchte, flog ihm sein Ruf als bester Violinist Italiens voraus, waren die Opernhäuser bis auf den letzten Platz besetzt, begleiteten ihn an die 300 Menschen zurück in sein Hotel. Auf diese Weise hatte er bereits beachtliche Geldsummen eingenommen.
Er vertraute sie seinem Freund Luigi Guglielmo Germi aus Parma für eine gewinnbringende Anlage an. Dieser war inzwischen Rechtsanwalt geworden und lebte in Genua. Paganini fühlte sich jetzt unabhängig genug, um seinen Weg als Virtuose zu machen.
Nach einem Jahr Abwesenheit fand er in Lucca eine neue politische Situation vor. Napoleon hatte seine Schwester zur Großherzogin der Toskana ernannt. Damit erweiterte sich ihr Herrschaftsbereich von der ligurischen Küste bis nach Florenz. Am 1. April 1809 sollte sie in die berühmte Stadt am Arno einziehen. Paganini sah sich gezwungen, sie zu begleiten.
Sie richtete sich im Palazzo Pitti ein, besaß aber noch zahlreiche Wohnsitze in der Umgebung.
„Warum warst du so lange fort?“, nahm sie Paganini ins Verhör. „Bist du bei meiner Schwester hängen geblieben?“
„Wie sollte ich? Ihr Ehemann hat sie nicht aus den Augen gelassen. Sie ist sehr hübsch, aber nicht sehr gescheit. Ihnen kann sie nicht das Wasser reichen“, schwindelte er sich aus der Affäre.
Elisa blieb jedoch misstrauisch. „Ich will weiter nichts wissen. Du bist ein Hexenmeister und sie ist immerhin eine Frau.“ Den Rest ließ sie offen.
„Ich habe in vielen Städten konzertiert und überall besten Erfolg gehabt. Aber was ist aus Ihrem Kind geworden, Elisa? Ist es ein Junge oder ein Mädchen?“, lenkte er auf ein vermeintlich erfreulicheres Gebiet.
Sofort verdüsterte sich ihr Gesicht. „Es war ein Junge. Leider ist er nach drei Tagen gestorben.“
„Oh, Liebste! Das tut mir von ganzem Herzen leid!“, beteuerte er.

„Ich bin untröstlich." Mitfühlend nahm er sie in die Arme.
Da umschlang sie ihn wie eine Verhungernde. „Liebe mich! Tröste mich! Ich habe dich so entbehrt! Bacciocchi ist so langweilig! Ach, lassen wir das … Ich bin froh, dass du wieder da bist. Jetzt wirst du Florenz erobern!"
Nach der Geburt war Elisa etwas rundlicher geworden, was ihr gut stand. Zwar konnte sie sich an Schönheit nicht im Entferntesten mit ihrer Schwester Paolina messen, aber sie war eine feurige Geliebte. Noch einmal flammte zwischen ihnen die alte Leidenschaft auf. Immer stärker drängte es den Künstler jedoch, diese Fesseln abzuschütteln.
Einmal Großherzogin der Toskana, begann sie, Paganini ihre Macht spüren zu lassen. Öfter schikanierte sie ihn wegen Kleinigkeiten. Als er im Oktober 1809 bei einem großen Festkonzert zu Ehren des Friedensschlusses zwischen Frankreich und Österreich als ihr Kammervirtuose glänzte, schenkte sie ihm ein prächtiges florentinisches Mosaik. Danach war jedoch fürs Erste Schluss. Paganini verabschiedete sich zu einer erneuten Konzerttournee durch Städte der Lombardei.

Seit Jahren hatte eine gewisse Madame de Laplace das Amt von Elisas Ehrendame inne. Sie war für die modische Ausstattung der Fürstin zuständig.
Selbstverständlich wünschte Elisa, französische Mode in Italien vorzuführen. Die Florentinerinnen würden ihr darin nacheifern. Das hatte auch wirtschaftliche Gründe. Als Beraterin und Einkäuferin diente ihr eben jene Madame de Laplace.
Da ihr Gatte Senatspräsident in Paris war, verbrachte sie die Hälfte des Jahres in der französischen Hauptstadt. Dort kaufte sie bei dem Modeschöpfer *Leroy* für die Großherzogin der Toskana die teuersten Roben ein. Bereits in Lucca und jetzt in Florenz erforderte es ihr Ehrenamt, zwischen beiden Städten zu pendeln.
Aus dieser Situation zog Elisa wertvollen Nutzen. So erfuhr sie

nicht nur von den Toiletten und Frisuren der Kaiserin und ihren Schwestern, sie vernahm auch von Napoleons Siegen, für die sie ihm jedes Mal artig gratulierte. Kosteten ihre Ballkleider schon mehr, als es ihr Budget erlaubte, so verschlangen die Kriege ihres Bruders Unsummen.

Missmutig schrieb er ihr, dass er Geld benötige. Als sie ihm mitteilte, sie selbst sei äußerst knapp bei Kasse, forderte er barsch, sie solle die Klöster in ihrem Herzogtum schließen lassen.

Wunschgemäß geschah dies. Doch nicht nur die Kirche und der Adel, auch das Volk begann hörbar zu murren.

Madame de Laplace vermeldete ebenfalls schlechte Nachrichten. Der Kaiser hatte 1812 in Russland eine schwere militärische Niederlage erlitten und war, den Resten seiner Armee vorauseilend, auf dem Weg zurück nach Paris. Davon berichtete Elisa ihrem Geliebten schluchzend.

Nun stand es für ihn fest: Er war die längste Zeit an ihrem Hof geblieben. Napoleons Regime in Frankreich sowie Elisas Herrschertum in Florenz erschienen ihm nicht mehr von langer Dauer. Um ihr fairerweise die Karte in die Hand zu geben, dachte er sich etwas aus.

Auf einem Hofkonzert erschien er eines Abends nicht in seinem gewohnten schwarzen Frack, sondern in der schneidigen Uniform als Hauptmann ihrer Leibgarde.

Elisa war schockiert. Sie schickte ihm einen Lakaien und ließ ihm ausrichten, unverzüglich die Kleidung zu wechseln.

Darauf entgegnete Paganini, dass er zum Tragen dieser Uniform berechtigt sei. „Als mir das Dekret in Lucca verliehen wurde, schrieb es keinerlei Ausnahmefälle vor“, ließ er gleichfalls ausrichten.

Nochmals versuchte Elisa, ihn von seinem Vorhaben abzubringen. Aus Trotz jedoch und um zu zeigen, dass er vor nichts zurückschreckte, leitete er das Konzert in seiner Operettenuniform. Selbst zu Beginn des Hofballes schritt er darin ostentativ im Saal auf und ab.

Elisas Zorn war maßlos. Sie erwog sogar, Paganini wegen Aufsässigkeit festnehmen zu lassen. Doch das wartete dieser erst gar nicht ab. Noch in derselben Nacht entfloh er in einer Kutsche nach Mailand und weder ihre um Entschuldigung bittenden Versicherungen noch ihre flehentlichsten Beschwörungen konnten ihn zur Rückkehr bewegen. Der Magnet hatte seine Wirkung eingebüßt.
Nach acht Jahren winkte ihm im Frühsommer 1813 endlich die Freiheit!

Tonella

1813 bis 1828

Paganinis Flucht endete in Mailand.
Diese prächtige und reichste Stadt Italiens hatte er besonders ins Herz geschlossen. Ihre Bürger waren wohlhabend und liebten die Kunst. Das Konzertpublikum war das verwöhnteste und kritischste der italienischen Halbinsel. Hier Erfolg zu haben, konnte den Beginn einer großartigen Karriere bedeuten.
Paganini nahm die Herausforderung an.
Bereits an einem seiner ersten Abende besuchte er die „Scala". Hier gab man gerade das Ballett „Il Noce di Benevento" von Franz Xaver Süßmayr. Dieser österreichische Komponist war ein Schüler und Freund von Mozart gewesen. Die Choreografie des Balletts stammte von Salvatore Viganò, der lange Jahre in Wien gearbeitet und dort auch Beethoven kennengelernt hatte.
Aus dem Programmheft ersah Paganini, dass das Ballett eine alte Volkssage aus Benevento erzählte. Darin war ein knorriger Nussbaum der Ort eines zügellosen Hexentreffens.
Die Musik von Süßmayr eroberte Mailand im Sturm. In den Gassen pfiff man schnell die eingängigsten Melodien. Und auch Paganini war fasziniert. Besonders der Auftritt der Hexen hatte es ihm angetan. Da gab es eine gewisse Stelle, in der die Oboen das Keifen und

Lachen der vom Teufel besessenen alten Weiber nachahmten.
Komponist, der er war, ließ sich Paganini von diesem musikalischen Thema anregen. Nachdem er in einigen Städten der Emilia konzertiert hatte, schrieb er noch im September 1813 in wenigen Wochen ein Stück für Violine und Orchester, das er „Le Streghe“ („Die Hexen“) nannte. Die Uraufführung fand am 29. Oktober in der Mailänder Scala statt. Sie war zugleich Paganinis erstes Konzert in der lombardischen Hauptstadt.
Im Parkett und auf den Rängen waren auch noch die letzten Plätze besetzt. Es herrschte atemlose Stille. Angespannt erwartete man das Erscheinen des berühmten Virtuosen. Was würde er aus dem Stoff der gefeierten Ballettaufführung gemacht haben?
Dann endlich trat er auf. In seinem schwarzen Frack mit den überlangen Enden wirkte er außerordentlich groß und schlank. Da er auch das Orchester dirigierte, bewegte er sich geschmeidig und drehte sich immer wieder zum Publikum hin.
Auf einen kraftvollen Einsatz der Musiker spielte Paganini ein langsames Larghetto, das in ein Andante überging. Schon ahnte man die bekannte Melodie. Dann wechselte er zum Hauptthema und brachte auf seiner Geige auf nur einer einzigen Saite, mit der er täuschend echt die Oboe nachahmte, die teuflisch blitzenden Hexenvariationen. Dabei bediente er sich wieder gewisser Passagen und Sprünge des Spiels auf zwei, drei und vier Saiten. Er ließ auf seiner Geige auch viele Blasinstrumente erklingen. Was jedoch schier unmöglich erschien: Er führte in den höchsten Registern die chromatische Tonleiter in der Nähe des Steges aus.
Mit einem tänzerischen Alegretto setzte das Orchester ein glanzvolles Finale.
Die Begeisterung des Publikums steigerte sich bis zur Raserei. „Da capo! Da capo!“, schallte es aus dem Parkett. Mit nicht enden wollendem Beifall verlangten die Menschen Zugaben. „Viva Paganini! Es lebe Paganini!“, schrien weibliche und männliche Stimmen aus den Rängen.

Daraufhin spielte er noch einmal die Variationen auf der vierten Saite. Eines stand außer Frage: Paganini hatte nicht nur das Mailänder Publikum restlos erobert, sein großer Erfolg strahlte auch auf das Ausland aus.
Peter Lichtenthal, Mailänder Korrespondent der *„Leipziger Musik-Gazette"*, schrieb eine enthusiastische Kritik: *„Am 29. Oktober gab Signore Paganini aus Genua, der als der beste Violinist unserer Zeit gilt, an unserem Teatro della Scala eine Darbietung, bei der er ein Violinkonzert von Kreutzer und sodann Variationen auf der G-Saite spielte. Der Zulauf des Publikums war übermäßig. Alle wollten das Wunder hören und waren davon begeistert. Signore Paganini ist der erste und größte Violinist der Welt. (…) Er führt in Vollendung die schwierigsten Läufe auf einer einzigen Saite aus und zum Spaß zupft er gleichzeitig die Bass-Saite, sodass man manchmal den Eindruck hat, zwei verschiedene Instrumente zu hören. Er ist also, was die Technik angeht, der größte Konzertspieler der Welt."*
Und der Mailänder Rezensent des *„Corriere delle Dame"* berichtete: *„Am Mittwochabend bereitete er uns mit einem Konzert großes Vergnügen, das aus Variationen besteht, die von Motiven des berühmten Balletts von Vignò, ‚Il Noce di Benevento', und besonders von dem Teil der Hexen inspiriert sind. Er ahmte so gut die ungehörigen Bewegungen und die Hexereien, ja, sogar die senilen Stimmen jener vom Teufel besessenen alten Weiber nach, dass das Lachen und Klatschen bis in den Himmel stieg. Paganini und seine Violine erscheinen uns wie eineiige Zwillinge und es ist, als ob die Violine so sehr Teil seiner selbst ist, dass sie zu ihm gehört wie der Schnabel zum Vogel und der Buckel zum Buckligen."*
Nach diesem unglaublichen Erfolg gab Paganini in Mailand noch eine Serie von zehn weiteren Konzerten und gönnte sich zu Beginn des Sommers eine Pause in Genua. Aber bereits im September veranstaltete er vier Konzerte im *Teatro San Agostino*. Dort hatte er schon als 13-Jähriger sein Debüt gegeben und seine seltene Begabung für die Musik ahnen lassen.

Natürlich war auch in seine Geburtsstadt der Ruhm seiner wunderbaren Fortschritte gedrungen. Hatte man nicht vernommen, er sei der größte unter den derzeitigen Violinisten? Nun wollten die Genueser ihn hören und strömten in Scharen ins Theater.
Die „*Gazetta di Genova*" jubelte: „*Paganini hat mit diesem Konzert die allgemeinen Erwartungen erfüllt, ja, übertroffen. Er hat mit einer überraschenden Leichtigkeit und Grazie die schwierigsten Dinge gemeistert und mit der gleichen Leichtigkeit Schwierigkeiten überwunden, die für jeden anderen unüberwindbar gewesen wären. Er überzeugte aufs Äußerste durch Perfektion, Sanftheit, Großzügigkeit und Maß, ohne von den neuen Stimmen zu sprechen, die dieses Instrument sonst nicht hervorzubringen vermag, wie die der Flöte, das Trillern der Vögel, die Stimme der Gitarre, die er ihr wie durch Zauberei entlockt, und dies alles in höchster Vollendung. Paganini hat aus seiner Violine herausgeholt, was es je in der Harmonik an Lieblichstem und Schwierigstem gegeben hat. Ob jetzt die Violine vier Seiten oder nur eine haben mag, für seinen Zauberbogen ist es dasselbe.*"
Als Paganini nach einem dieser Konzerte das Theater verlassen wollte, trat eine junge Frau auf ihn zu und sprach ihn an. Im Licht des Eingangsportals sah er, dass sie in einen eleganten Kapuzenumhang gehüllt war. Im Halbschatten erkannte er ein hübsches Gesicht. Offensichtlich hatte sie auf ihn gewartet.
„Verzeihen Sie, Signore Paganini, dass ich das Wort an Sie richte. Ich habe Ihnen zugehört und bin überwältigt. Sie haben mich ganz und gar verzaubert. Sie haben mich bis ins Herz angerührt. Ich musste Sie sehen und sprechen. Sie haben mein Leben verändert!"
Paganini war müde. Nach jedem Konzert, das stets all seine Kraft kostete, spürte er die Erschöpfung. Er wollte sie mit einem freundlichen Wort verabschieden, aber sie trat ihm regelrecht in den Weg und hob die Hände zu ihm empor: „Bitte, Maestro! Hören Sie mich an! Lassen Sie mich nicht so stehen!"
Überrascht nickte er. Sie hatte ihn überredet. Wer mochte sie sein? Für eine Prostituierte war sie zu elegant, für eine Dame zu unerschrocken.

„Wo wohnen Sie? Da es schon dunkel ist, benötigen Sie eine Begleitung. Ich kann Sie in meiner Kutsche ein Stück mitnehmen."
Sie lächelte dankbar und folgte ihm.
In der Kutsche nahm sie die Kapuze ab und schüttelte ihr schwarzes Haar, bis es in vollen Locken herabfiel. Er sah, dass sie wirklich sehr hübsch war. Bald lehnte sie sich zärtlich an ihn und duldete, dass er den Arm um ihre Schultern legte.
Ihre körperliche Nähe erregte ihn. Er hörte sie tief atmen. Nun umfasste er mit seiner Hand ihre Brust. Da sie sich nicht weiter zierte und ihm leidenschaftlich in die Augen sah, küsste er gierig ihre Lippen. Sie hieß Angelina Cavanna, war zwanzig und Modistin. Später würde er sagen, „von zweifelhaften Sitten".
Aus dieser ersten Begegnung erwuchs eine längere Liebesbeziehung. Paganini stürzte sich in diesen Rausch. Er selbst war zweiunddreißig und hatte nach den turbulenten Jahren mit Elisa natürlich hier und da kurze Affären gehabt.
Angelina besaß ein schlichtes, fröhliches Gemüt. Was zählte, war, dass sie jung, willig und anpassungsfähig war. Paganini dachte jetzt öfter daran, wie es wäre, ein Kind, einen Sohn zu haben. Zum Beispiel in einer Stadt wie Parma einen festen Wohnsitz und eine angesehene Position als Orchester- oder Opernchef zu erwerben. Aber zunächst einmal beschloss er, Angelina mit auf seine Konzerttour zu nehmen. Diese führte ihn nach Tortona, Piacenza und Parma, wo er mit der jungen Frau eine Zeit lang in einem festen Verhältnis lebte.
Obwohl sich bald herausstellte, dass das Mädchen schwanger war, sollte aus eventuellen Heiratsplänen vorerst nichts werden. Auch später nicht. Denn Paganini befiel Panik, wenn er daran dachte, dass eine Familie ihm Fesseln auferlegen könnte.
Als Angelinas Mutterschaft nicht mehr zu übersehen war, begab er sich in höchster Eile mit seiner Geliebten nach Genua. Er beherbergte sie im Landhaus seines Vaters im Polcevera-Tal und sorgte dafür, dass sich eine Nachbarin um sie kümmerte. So oft es ihm

sein Terminkalender erlaubte, besuchte er sie. Kurz vor der Geburt kehrte sie nach Genua zurück und brachte dort am 24. Juni 1815 ein totes Mädchen zur Welt.
War dieses Ereignis nicht schon traurig genug, so geriet der Virtuose darüber hinaus in ernsthafte Schwierigkeiten. Denn Angelinas Vater tobte. Er zeigte ihn für das Vergehen an, eine Minderjährige entführt und verführt zu haben. Paganini wurde verhaftet und kam für einige Zeit ins Gefängnis. Zum Glück gelang es ihm, mit seinem Freund Germi Kontakt aufzunehmen.
Der Rechtsanwalt empfahl ihm, eine Entschädigung in Höhe von 1200 Lire für diese unerfreuliche Angelegenheit zu zahlen. Die Hälfte der Summe sollte in bar übergeben werden, die andere Hälfte in der Obhut von Dritten verbleiben, bis geklärt worden wäre, inwieweit die Anzeige gerechtfertigt war.
Ferdinando Cavanna aber ließ nicht locker. Grimmig bestand er darauf, dass das Verfahren weitergeführt wurde.
Am Ende sollte Paganini unterliegen und zu einer Zahlung von 3000 Lire im kommenden Jahr und nach dem endgültigen Urteilsspruch im Jahre 1820 noch einmal zu einer Ablösung von 4400 Lire verurteilt werden. Zwar versuchte Paganini, die Vaterschaft zu leugnen, und er führte die Möglichkeit ins Feld, „dass ein anderer Urheber der Zeugung sein kann“. Das nützte ihm jedoch nichts. Wie er seinem Freund Germi schrieb, sei jede Nachforschung durch den Tod des Säuglings überflüssig geworden.
Auch die Folgen waren nicht eben glücklich, denn wegen der leidigen Geldfrage wurde die arme kleine Tote ebenso schnell begraben wie vergessen. Was sich jedoch zunächst in ganz Italien herumsprach, war die Tatsache, dass Paganini im Gefängnis gesessen hatte. Dies war Ausgangspunkt der Legendenbildung vom Teufelsgeiger, die ihm später auf seinem Weg durch ganz Europa vorauseilen sollte. War seine exzentrische Erscheinung nicht schon diabolisch genug – wie völlig unglaublich und unnatürlich erst sein Spiel auf der Geige!

Es verbreitete sich die Mär, er habe, um so wild und in den höchsten Tönen spielen zu können, dem Teufel seine Seele verkauft. Im Gefängnis habe man ihm seine Violine mit lediglich der vierten, der G-Saite gelassen. Nur der Teufel habe ihm dort helfen können, eine derartige Fertigkeit seiner Finger zu erwerben.
Was für andere wenn nicht eine Schande, so doch in höchstem Maße peinlich gewesen wäre – Paganini setzte sich bald über diese Episode hinweg. Er war Geschäftsmann genug, um aus seinem Ruf eines „Teufelsgeigers" so gut es ging Kapital zu schlagen. Frei und unabhängig zu sein, bedeutete ihm das größte Glück.
Diese Freiheit ohne Festanstellung beinhaltete für ihn jedoch ein Leben auf ständiger Durchreise. In den folgenden zehn Jahren waren hauptsächlich Hotels seine kurzfristigen Wohnsitze. Er konzertierte in ganz Italien. Sein Ruhm führte ihn von Bergamo im Norden bis nach Sizilien im äußersten Süden. Da er schon ein gewisses Vermögen zurückgelegt hatte, leistete er sich bald eine Kutsche und einen Bediensteten, der sie führte und Pferde beschaffte.

Im Mai 1824 sollte sich sein Leben jedoch grundlegend verändern. Paganini erhielt eine Einladung des Generals Domenico Pino in dessen Landhaus in Como. Dieser war noch von Napoleon ausgezeichnet worden, nach dessen Sturz aber zu den Österreichern übergegangen.
Der ältere Herr liebte die Musik und veranstaltete exklusive Hausmusiken, zu denen er Mitglieder der vornehmen Gesellschaft Mailands einlud. Mit einem Künstler wie Paganini zu glänzen, befriedigte seine Eitelkeit, die er dezent wie eine Nelke im Knopfloch trug.
Die Villa lag auf halber Höhe über dem Comer See. Schmuckstück dieses klassisch eleganten Gebäudes war die weitläufige Terrasse, in deren Mitte sich aus einem ovalen Wasserbecken eine kleine Fontäne erhob. Steinfiguren griechischer Götter umstanden es. Über die Balustrade mit blumenbepflanzten Amphoren schweifte der Blick

weit über die traumhaft schöne Landschaft des Sees und die üppigen Gärten mit ihren dunklen, hohen Zypressen.
„Ich bin hocherfreut, mein lieber Professore, Sie endlich in meinem Hause willkommen heißen zu dürfen", begrüßte der General den Virtuosen. „Ihnen zu Ehren habe ich einige Fürstlichkeiten, den Bürgermeister von Mailand mit Gattin und Vertreter des Senats sowie eine Sängerin eingeladen. Natürlich spielt auch ein Orchester, ich nehme an, Stücke von Rossini. Signorina Bianchi wird zwei Arien von Pacini singen. Als Maestro des Abends werden Sie selbst, wie ich hoffe, uns Beweise Ihrer unübertroffenen Kunst auf der Violine geben. Was gedenken Sie zu spielen?"
Paganini fuhr sich geschmeichelt über seinen Backenbart. „Ich denke da an einige Passagen aus meiner Komposition ‚*Le Streghe*'. Ich habe sie vor elf Jahren in der ‚Scala' uraufgeführt und mit ihr den besten Erfolg gehabt."
„Vortrefflich! Ganz vortrefflich, lieber Signore Paganini. Das wird auf die Damen und Herren den größten Eindruck machen. Ich selbst bin aufs Höchste gespannt."
Als sich der Abend über die Terrasse senkte und im Westen der Himmel über die Berge ein letztes zartes Rosa schickte, hatte die Gesellschaft der Gäste erwartungsvoll auf den bereitgestellten Stühlen Platz genommen. Auf halber Treppe war das kleine Orchester untergebracht. Die Fontäne hatte man abgestellt, damit ihr Geplätscher nicht störte. Zwischen den Stuhlreihen eilten livrierte Diener umher und boten kühle Getränke an.
Mit dem Einsatz des Orchesters begann endlich das Konzert. Dann trat Antonia Bianchi vor die Zuhörer. In ihrem schlichten Kleid nach der Tracht der lombardischen Landfrauen wirkte die etwa 20-Jährige sehr bescheiden. Sie war ein Kind der Mailänder Vorstadt, mittelgroß und schlank und hatte ein herzförmiges, recht hübsches Gesicht. Obwohl Lampenfieber sie quälte, verriet der Blick ihrer Augen einige Willensstärke. Von ihrem hochgesteckten schwarzen Haar wallte ein heller, duftiger Schleier herab.

Als sie dann mit rührender Stimme begann, schaute Paganini genauer zu ihr hin. Aus der Kehle der Bianchi strömten die Töne weich, rund, voll und subtil.
Die Stimme hat etwas, dachte Paganini. *Sie braucht mehr Ausdruck, lässt sich aber sicher noch besser bilden.*
Nach dem zweiten Lied erntete die Sängerin freundlichen Beifall. Paganini, der jetzt mit seiner Geige erschien, küsste ihr höflich die Hand. „Sie können mit Ihrer Stimme bezaubern, Signorina“, raunte er ihr zu. „Es würde Ihnen gewiss besser gelingen, wenn Sie noch an Ihrer Technik arbeiteten. Wenn Sie wollen, könnte ich Sie darin ein wenig unterweisen.“
Antonia Bianchi entzog ihm verwirrt ihre Hand. Schon wollte sie diesem Galan ein spöttisches Scherzwort an den Kopf werfen, da traf sie ein Blick seiner Augen. Sie funkelten wie glühende Kohlen. Die Bianchi durchfuhr es wie ein Blitz. Sie wusste ja, wer er war.
„Das ist zu liebenswürdig von Ihnen, Signore Paganini. Bitte lassen Sie uns nach dem Konzert darüber sprechen“, brachte sie gepresst hervor.
Was wollte er? Was fand er an ihr? Mit seinen Augen hatte er schon ihre Sinne entzündet.
Nun beschloss Paganini das Abendkonzert. Als er mit seinem Zauberbogen auf der G-Saite seiner *Guarneri* den Hexensabbat entfachte, folgte ihm das Publikum zunächst mit offenem Mund, dann mit Jubelgeschrei.
Antonia Bianchi war von diesem Hexenmeister bis ins Innerste gefesselt. Sie fiel jedoch nicht in Ohnmacht, sondern verliebte sich bis über beide Ohren in den dämonischen Mann da vorne – in erster Linie in sein Geigenspiel, das sie bis in ihre Grundfesten erschüttert hatte.
Als die beiden sich nach dem Konzert auf eine Steinbank in einer kleinen Laube zurückzogen, nahm sie zögernd sein Angebot an. „Ich wäre gern Ihre Schülerin“, sagte sie schlicht. „Aber ich bin nicht reich genug dafür.“

Leidenschaftlich ergriff er ihre Hände. „Davon kann ja keine Rede sein, teuerste Signorina! Sie haben mit Ihrer Stimme ein Instrument, das nur geschult werden muss, damit es noch schöner klingt. Wenn Sie einwilligen, werde ich mich gern seiner annehmen."
„Wie aber soll das gehen? Ich wohne in Mailand, Sie ziehen in der Welt umher."
„Ich nehme Sie einfach mit", schlug er übermütig vor. „Fühlen Sie nicht auch, dass mehr daraus werden könnte?"
Antonia Bianchi errötete bis zu den Haarwurzeln, was ihn geradezu entzückte. Ihr „Ich weiß nicht ..." überhörte er einfach und suchte nur ihren Mund, um ihn zärtlich zu küssen. Was ihn, der von einem galanten Abenteuer zum anderen eilte, dem die schönsten und vornehmsten Frauen zu Füßen lagen, an der unscheinbaren kleinen Sängerin reizte, konnte nur einer spaßhaften Laune des Schalkes Amor entspringen.
So wurden sie ein Paar ohne Trauschein. Ungewöhnlich war das nicht. Nur die gute Gesellschaft rümpfte über solche „Skandale" die Nase, obwohl sie ihr den besten Gesprächsstoff lieferten.
Paganini hatte die Bianchi zu sich genommen. Er nannte sie *Tonella*. Durch eifrigen Unterricht förderte er ihre Gesangskunst bis zu einer solchen Reife, dass Tonella schon bald bei seinem Konzert in Genua mit auftreten konnte.
Dazu vermeldete wieder ein Kritiker der *„Leipziger Allgemeinen musikalischen Zeitung"*: *„Ihre Stimme ist schön und wo es Not tut, auch kräftig durchgreifend; ihr Triller in der Höhe wie in der Tiefe musterhaft; Methode, Portamento, Volubilität bewunderungswürdig; innige Empfindung und Ausdruck, sich assimilierend mit den Spährenklängen ihres Kunstfreundes, dass die gegenseitige magnetische Anziehungskraft unverkennbar hervortritt."*

Paganini war zweiundvierzig.
Mit Tonella, die ihn immer wieder mit spitzbübischen Einfällen überraschte, verlebte er eine glückliche Zeit. Endlich hatte er eine

Gefährtin gefunden, eine junge Künstlerin, die seine Interessen teilte. Er fühlte sich wieder jung. Die Macht der Musik hatte sie zusammengeführt.
Gewiss gab es bessere Sängerinnen, doch Tonellas unkompliziertes Wesen, vor allem ihre direkte Sinnlichkeit, vertrieben ihm alle Sorgen und auch die gelegentlichen Selbstzweifel – und sie ließen ihn sogar seine Schmerzen vergessen. Denn Paganini war nicht gesund. Immer wieder plagten ihn Unterleibsbeschwerden, Krämpfe und Husten. Tonella regte ihn auch zu weiteren Kompositionen an, etwa, wenn sie einfache Volkslieder trällerte.
Nach gemeinsamen Auftritten in einigen Städten Oberitaliens beschloss das Paar, zum Fest „Christo Redentore" nach Venedig zu fahren. Es fand jedes Jahr am dritten Wochenende im Juli statt. Seine Entstehung verdankte es dem Ende einer grausamen Pestperiode. Im Jahr 1575 hatte ein Schiff den „Schwarzen Tod" in die Lagunenstadt eingeschleppt und über Monate Tausende ihrer Bürger dahingerafft. In dieser Not legten die höchsten geistlichen Würdenträger das Gelübde ab, für den Erlöser eine große Kirche zu bauen, damit die Seuche endete. Das Wunder geschah. Die Pest war besiegt.
Ein Jahr danach beauftragte die Serenissima den Architekten Andrea Palladio, auf der Giudecca das Gotteshaus zu bauen. Der Grundstein wurde 1577 gelegt und die Kirche – von den Venezianern „Il Redentore", Erlöserkirche, genannt – im Juli 1592 feierlich eingeweiht.
Zum alljährlichen Fest von „Christo Redentore" strömten Menschen aus ganz Venetien in die Lagunenstadt. Auf dem Kanal vor der Kirche fand ein Barkassenrennen statt. Auf allen Plätzen, Brücken und Straßen feierte das Volk mit Wein, Weib und Gesang noch nach über zweihundert Jahren das Ende der Pest.
Natürlich fanden auch Bälle und Konzerte statt. Paganini und Antonia Bianchi traten im Samueltheater auf. Wegen der extremen Hitze, vielleicht auch, weil viele wohlhabende Leute in die Som-

merfrische gefahren waren, kam jedoch nicht so viel Publikum wie gewünscht. Dementsprechend gering waren auch die Einnahmen. Und noch eine andere Tatsache verärgerte Paganini. Er erfuhr, dass er von dem französischen Schriftsteller Henri Stendhal auf eine nicht zu billigende Art verleumdet worden sei. In seinem Buch über Rossini habe dieser behauptet, dass Paganini das Violinspiel nicht in *„acht Jahren Studium am Konservatorium, sondern aufgrund eines amourösen Missgeschickes gelernt hatte, dessentwegen er ins Gefängnis geworfen wurde, wo er viele Jahre verbringen musste"*.
„Das ist einfach unglaublich!", schimpfte Paganini und stampfte empört mit dem Fuß auf. „Wie findest du das, Tonella? Was erlaubt sich dieser Kerl?! Ich werde entschieden gegen solche Verleumdungen vorgehen, notfalls gerichtlich. Ich muss Germi bitten, als Anwalt an diesen Wicht einen entsprechenden Brief zu schreiben. Außerdem werde ich in der Presse verkünden, dass alle derartigen Behauptungen in keiner Weise zutreffen und daher vollkommen gegenstandslos sind."
Auch bis nach Venedig war die Kunde vom „Teufelsgeiger" gedrungen. Dazu begann sich der Vorwurf der Scharlatanerie auszubreiten, zu übernatürlich wirkte der „Hexenmeister" auf der Bühne.
Matteo Niccolò de Ghetaldi, ein hoher Beamter aus Ragusa, fasste nach dem Konzert des Virtuosen in einem Brief an einen Freund seine Eindrücke zusammen: *„Paganini sieht nicht gut aus. Er ist von mittlerer Größe und hält sich aufrecht. Er ist mager, blass und düster. Wenn er lacht, bemerkt man, dass ihm einige Zähne fehlen. Er lacht oft und gern. Der Kopf ist für seinen Körper zu groß und seine Nase hat die Form eines Schnabels. Seine Haare sind schwarz und lang und immer ungekämmt. Die linke Schulter ist höher als die rechte. Wahrscheinlich kommt das davon, dass er zu viel spielt. (...) Zwei Mal hieb er mit seinem Bogen durch die Luft und nahm dabei einen furchtbaren Ausdruck an. Ich glaube, dass er ein Scharlatan ist, wenn auch ein sehr geschickter. (...) Es ist erstaunlich, was er mit seiner Hand alles machen kann. Er faltet im wörtlichen Sinn seine Finger und kann den Daumen so weit nach links strecken, dass er ihn um den kleinen Fin-*

ger biegen kann. Er bewegt die Hand im Gelenk so, als hätte er weder Muskeln noch Knochen. (...) Er spielte mit zwei Fingern eine Melodie und zupfte gleichzeitig mit den drei anderen die Begleitung. Manchmal hatte man den Eindruck, es würden drei Personen spielen.“

„Dabei will ich das Publikum mit meiner Musik doch nur überraschen“, ereiferte sich Paganini weiter. „Wenn die Leute nicht glauben wollen, was sie sehen, sollen sie eben zwei Mal hingucken! Ich habe nie behauptet, dass ich etwas könnte, wozu ich nicht in der Lage gewesen wäre. Ich möchte Gefühle wecken. Ich möchte, dass man meine Kunst ernst nimmt!“ Damit schob er seine Geige in den Kasten und wandte sich zum Gehen.

Draußen war es schon dunkel.

Angstvoll fragte Tonella: „Willst du etwa wieder nach San Michele, Niccolò?“

Er nickte schweigsam. Sein Gesicht war verschlossen. Sie wusste, was sein Ziel war: der Friedhof auf Venedigs vorgelagerter Insel. Einmal hatte sie ihren Geliebten dorthin begleitet, beschloss aber, es nicht wieder zu tun. Ihr war unheimlich zumute, wenn er, vollkommen in Schwarz gekleidet und mit einem Zylinder auf dem Kopf, so ganz entrückt und wie verloren auf dem Friedhof von San Michele auf seiner Geige für die Toten spielte.

Diese ans Makabere grenzenden Konzerte hatten sich bald in Venedig herumgesprochen. Wer über das Wasser die klagenden Geigentöne hörte, beeilte sich, dorthin zu kommen. Auf den Grabsteinen saß schon einiges Publikum. Manche lachten, andere weinten, während Paganinis Violine schmelzende, einfach unwiderstehliche Gesänge für die Toten entströmten.

Dabei hatte Paganini durchaus nichts für Nekrophilie übrig. Wenn er die besonders befremdende und gruselige Szenerie eines Friedhofes wählte, stand dabei seine Neigung zum Makaberen im Vordergrund. Bei ihm wandelte sie sich in einen Sinn fürs Dramatische, der in späteren Jahren einer resignierten Melancholie weichen sollte.

Paganini und Tonella verließen Venedig, um sich zu weiteren Konzerten nach Mailand, Triest, Rom und Neapel zu begeben. In Palermo stellte Tonella fest, dass sie schwanger war. Während sie mit ihrem Schicksal haderte, war Paganini darüber unbeschreiblich glücklich. Er hoffte, endlich das Kind zu bekommen, nach dem er sich schon so lange gesehnt hatte.
Er mietete eine Etage in einem alten Palais.
„Es muss dir nichts ausmachen, dass ich ein alter Vater bin", beruhigte er die Geliebte. „Dafür bist du eine bezaubernde junge Mutter." Insgeheim hoffte er, dass es ein Sohn würde.
Die Schwangerschaft veränderte die junge Frau zunehmend. Was vorher kaum spürbar gewesen war, trat nun offensichtlich hervor. Sie wurde launisch und ungerecht. Sie begann, Paganini wegen irgendwelcher Kleinigkeiten zu beschimpfen. Wenn er sich Ruhe erbat, um komponieren zu können, klapperte sie absichtlich in der Küche mit Töpfen und Pfannen. Brachte er ihr Blumen oder Konfekt mit, nahm sie das kaum zur Kenntnis. War er fröhlich, fragte sie nicht, warum, sondern heulte ihm ihr Unglück vor. Wenn er später nach Hause kam als abgesprochen, warf sie ihm härteste Anschuldigungen an den Kopf. Er vernachlässige sie, denke nicht an ihren Zustand. Er allein trage die Schuld an einer Mutterschaft, die sie nicht gewollt habe. Ja, sie bezichtigte ihn sogar der Untreue. So trieb sie ihn geradezu aus dem Haus.
„Weil ich dir jetzt nicht mehr zu Willen sein kann, suchst du dein Glück bei anderen Frauen!", schrie sie ihn an. „Ach, wäre ich dir nie begegnet! Ich hasse dich!"
Und als er sie tröstend in die Arme nehmen wollte, stieß sie ihn fort. „Rühr mich nicht an, du Scheusal! Wenn das Kind erst geboren ist, will ich nichts mehr von dir wissen!"
So vergingen trostlose Wochen.
Paganini mied zusehends die gemeinsame Wohnung. Tonella tyrannisierte ihn mit den heftigsten Eifersuchtsszenen und bald wurde es deutlich: Sie litt unter hysterischen Anfällen. Die Art, wie sie

auf ihre Umwelt reagierte, konnte nur als hochgradig neurotisch bezeichnet werden.
Endlich wurde am 23. Juli 1825 in Palermo der gemeinsame Sohn geboren. Sie tauften ihn auf den hochtönenden Namen Achille. Paganini war außer sich vor Glück und Stolz. Von Anfang an war er diesem Kind mit der ganzen Liebe seines Herzens zugetan.
Ganz anders Tonella. Von dem ehemaligen Liebesglück mit Paganini konnte kaum noch die Rede sein. Nicht nur bei ihr, auch bei ihm hatte sich die Leidenschaft abgekühlt. Jetzt traten die schroffen Gegensätze ihrer Charaktere unangenehm hervor – bei ihr durch launenhafte Herrschsucht und Geldgier, bei ihm durch kleinlichen Geiz und amouröse Unbeständigkeit. Wenn sie Paganini nur im Verdacht hatte, andere intime Beziehungen anzuknüpfen, spionierte sie ihm scharf nach. So kam es immer häufiger zu wüsten Szenen, die nicht selten in gegenseitige Tätlichkeiten ausarteten.
Als sie Paganini wieder einmal bei einem Stelldichein ertappt hatte, holte sie während seiner Abwesenheit die beste seiner Cremoneser Violinen aus dem Kasten und schlug sie so oft auf den Fußboden, dass die unter ihnen wohnenden Leute entsetzt heraufkamen und ihr das Instrument entrissen.
Nicht nur alle Saiten waren gesprungen, sondern die Violine hatte auch beachtliche Verletzungen erlitten. Paganinis rasende Reaktion auf dieses Attentat lässt sich nur erahnen.

Als das Verhältnis des Paares immer untragbarer wurde, träumte Paganini von der Rückkehr in die große Welt der Konzerte und Salons mit all ihren Verlockungen. Tonella flüchtete sich in apathische Gleichgültigkeit. Dies bekam auch der nun halbjährige Achille zu spüren, denn seine Mutter überließ ihn überwiegend einer Amme und ging stundenlang in der Stadt oder im Park spazieren.
Nach einem Jahr mit nur sehr wenigen Konzertauftritten und folglich ohne die benötigten Einnahmen sah sich Paganini im Herbst 1825 gezwungen, Palermo zu verlassen.

„Mein Vermögen ist fast aufgebraucht. Wir müssen etwas unternehmen, Liebste. Was hältst du davon, wieder auf Konzerttournee zu gehen. Wir könnten auch meistens gemeinsam auftreten“, versuchte er, Tonella die Lage schmackhaft zu machen. „Ich habe dich doch neulich wieder singen hören. Was war es denn?“

„Ach, so ein Lied von Mozart. Eine Arie aus *‚Die Entführung aus dem Serail‘*. Sie geht über zwei Oktaven und ist ziemlich schwer“, gab Tonella widerstrebend zu.

„Aber das ist doch großartig! Du warst sogar ziemlich gut! Lass uns noch etwas gemeinsam üben. Dann hast du bestimmt großen Erfolg.“

Paganini war erleichtert. Endlich wandte sich Tonella wieder ihrer Kunst zu. Vielleicht konnte sie die Aussicht auf neuen Ruhm positiver stimmen.

„Zunächst gehen wir nach Neapel. Ich möchte dort auch Doktor Calisi wegen meines Hustens aufsuchen. Später ist immer noch Zeit für das Ausland. In Italien kennt man uns ja schon fast überall. Wir werden Europa von Österreich aus erobern! Wir beginnen in Wien!“

Tonella goss ihm schon wieder Wasser in den Wein. „Du willst damit sagen, Europa ist reif für *dich*. Ich bin doch nur ein Anhängsel.“

Ehe er ihr darin widersprechen konnte, erlitt er wieder einen seiner schrecklichen Hustenanfälle, wie sie ihn jetzt immer öfter quälten. Tonella blieb davon ungerührt.

Ende November verließen sie Palermo und lebten anderthalb Jahre in Neapel. Für den Säugling Achille war schon die Reise von Palermo hierher eine Strapaze gewesen und sein Vater hing viel zu sehr an dem Kleinen, um ein eventuelles Risiko einzugehen. Er gab einige Konzerte, nutzte aber die Zeit der Muße für neue Kompositionen. Bis Ende des Jahres 1826 entstanden zwei weitere große Violinkonzerte, darunter Nr. 2, die mit dem Glöckchen. *„La Campanella“* war geboren.

Da sich Tonella zusehends hysterisch aufführte, war er ihr ganz entfremdet. In Briefen an seinen Freund Germi in Genua nannte er sie nur noch „die Bianchi". Insgeheim erwog er schon zu dieser Zeit, sich von ihr zu trennen. Anlass hierzu war wieder einmal eine ihrer rasenden Eifersuchtsszenen.

Als sie beide bei einem spanischen Grande eingeladen waren, baten die Dame des Hauses und ihr Sohn Paganini, sein Urteil über einen jungen Verwandten abzugeben, der sich auf der Violine leidlich abmühte. Tonella kam zornig hinzu und verlangte: „Bring mich sofort nach Hause, Niccolò! Ich ertrage das hier nicht mehr!"

Die Umstehenden waren überrascht. Eine solche Taktlosigkeit hatten sie noch nicht erlebt.

„Warum gerade jetzt? Du siehst doch, ich bin im Gespräch mit den Herrschaften." Paganini konnte seinen Ärger kaum verhehlen.

Da gab sie ihm eine kräftige Ohrfeige und begann, wie besinnungslos ihre Wut herauszuschreien. Schließlich schlug sie auf alle Anwesenden ein und kreischte, dass es bis weit auf die Straße zu hören war: „Das habt ihr dafür, dass ihr ihn mir wegnehmt!"

Es war einfach nicht möglich, sie gütlich zu beruhigen, also packte Paganini sie derb am Arm und zerrte sie hinaus.

Diese Szene brachte das Fass zum Überlaufen. Er dachte nur noch daran, wie und wo er sie loswerden könnte. Eines aber stand fest: Von seinem Sohn würde er sich nie trennen!

Schließlich beschlossen beide, noch im Herbst nach Wien zu gehen und damit den ersten Schritt ins Ausland zu wagen. Schon vor längerer Zeit hatte der österreichische Staatskanzler Fürst Metternich Paganini persönlich eingeladen, in der Kaiserstadt zu konzertieren. Um jedoch dorthin zu gelangen, musste die kleine Familie den weiten Weg von Süditalien bis über die Alpen überwinden.

In allen größeren Städten Italiens machten sie Station. Paganini ersuchte die jeweiligen Behörden, ihm die notwendigen Theater oder Säle zur Verfügung zu stellen. Wo in den Zeitungen oder auf Anschlagzetteln erschien *„Paganini farà sentire il suo violino"* (*„Pa-*

ganini wird seine Geige ertönen lassen"), wurden die Menschen wie durch Zauberkraft angelockt. Erschien der blasse, unheimliche Mann dann selbst auf der Bühne, peitschte sein Spiel das leidenschaftliche Temperament seiner Landsleute zu wilden Gefühlsausbrüchen auf. Sie zitterten noch lange nach, wenn er auf seinem Siegeszug schon längst den nächsten Ort erreicht hatte. Die Arien der Bianchi hingegen waren schon vergessen, ehe das Konzert zu Ende war.
Im Mai 1827 wurde Paganini in Rom eine hohe Auszeichnung zuteil. Endlich hatte man ihn für wert befunden, den versprochenen Ritterorden vom Speron d'Oro in Empfang zu nehmen. Papst Leo XII. verlieh ihn dem Violinisten persönlich. Damit widerfuhr ihm die gleiche Ehrung, wie sie Mozart vor ihm und Liszt nach ihm erhielten. Nun konnte sich Paganini gegenüber seinen Verleumdern als rehabilitiert betrachten. Dass dies noch auf italienischem Boden geschah, befriedigte ihn zutiefst.
In Florenz lockte sein angekündigtes *„Großes Konzert in drei Sätzen mit einem obligaten Glöckchen, eine Militär-Sonate auf der IV. Saite der Violine sowie verschiedene Variationen einer Polonaise"* Scharen von Menschen in den Konzertsaal. Auch Signora Bianchi wurde dabei als Mitwirkende genannt, was sie mit großem Stolz erfüllte. Zum ersten Mal wurde der Name *„La Campanella"* erwähnt. Später sollte er sich dem Wiener Publikum über Wochen einprägen.

Kaum in der österreichischen Hauptstadt angekommen, gab es neue Schwierigkeiten. Die verantwortlichen Stellen weigerten sich, Paganini in der Kaiserstadt auftreten zu lassen. Ihm war ein derart schlechter Ruf vorausgeeilt, dass man ihn für einen Scharlatan, ja, Verbrecher hielt, der seine Geliebte erstochen habe. Auch sagte man ihm nach, um aus dem Gefängnis entweichen zu können, habe er mit dem Teufel einen Pakt geschlossen. Einen solch gottlosen Menschen, sei er auch ein noch so großer Künstler, konnte man dem Wiener Publikum nicht zumuten.

Schließlich bedurfte es eines Wortes des Fürsten Metternich und die Angelegenheit wurde offiziell „vergessen". Die Zeitungen überschlugen sich mit Meldungen, dass der berühmte Genueser Violinkünstler zum ersten Mal in der Kaiserstadt auftrete. Das Konzert im Großen Redoutensaal war für den 28. März angesetzt. Das Wiener Publikum blieb aber erst einmal vorsichtig. Einen, der wegen Mordes im Kerker gesessen hatte, konnte man nicht unterstützen.
In der ersten Hälfte der Vorstellung war der Saal halbleer. In der Pause jedoch stürzten die Musiker auf die Straße und luden alle Passanten ein, die sie finden konnten, doch um Gottes willen hereinzukommen und diesen Wundergeiger zu hören. Solch ein Erlebnis kehre nie wieder!
Die Folge davon war, dass alle 14 weiteren Konzerte ausverkauft waren. Die Leute bezahlten sogar das Dreifache des üblichen Preises. In der Theaterzeitung veröffentlichte Paganini eine Richtigstellung, er habe nie ein anderes Leben als das eines freien Mannes, eines ehrenhaften Bürgers und treuen Dieners des Gesetzes geführt. Nach seinen Auftritten war die Begeisterung des Publikums so übermäßig, dass die Polizei eingreifen musste. Im Gedränge der Zuschauer erlitten wieder einmal Frauen hysterische Anfälle und Ohnmachten.
Zum 55. Geburtstag des Fürsten Metternich erhielt Paganini eine Einladung in dessen Palais und spielte *„Le Streghe"*. Kaiser Franz I. ernannte ihn wenig später zum Kammervirtuosen und ließ ihm eine goldene Schnupftabaksdose übersenden. Paganini revanchierte sich daraufhin mit einer Komposition von Variationen über Haydns Hymne *„Gott erhalte Franz den Kaiser"*.
Die Wiener jedoch hatten einen neuen Gassenhauer gefunden. An allen Ecken wurde das berühmte Glöckchenthema der *„Campanella"* gepfiffen. Am Ende seines Wiener Aufenthaltes hatte Paganini 60 000 österreichische Schillinge eingenommen.
In Wien kam es schließlich auch zum endgültigen Bruch des Paares. Paganini hatte ein Benefizkonzert für Antonia Bianchi ange-

kündigt, bei dem er ebenfalls mitwirken werde. Nach der Vorstellung verlangte sie die gesamten Einnahmen. Paganini wollte ihr jedoch nur die Hälfte zugestehen. Zwischen den beiden kam es zum heftigsten Streit. Als die Bianchi wenige Tage später auch noch feststellen musste, dass er wieder einmal fremdgegangen war, machte sie ihm eine furchtbare Szene. „Jetzt ist es genug! Ich verlasse dich, du Schuft! Mit deinem Geiz hast du mein Leben zerstört! Du hast mich wie eine Sklavin behandelt! Ich hasse dich! Wenn du nur einen Funken Anstand besitzt, bezahlst du mir eine anständige Summe. Dafür kannst du Achille behalten!"
Sie verlangte eine Abfindung von mehr als 10 000 Lire, packte die prächtigen Kleider und Juwelen ein, die er ihr geschenkt hatte, und verließ nach großem Auftritt endgültig Vater und Sohn. Beide sollte sie nie wiedersehen. Ihr Ziel war Mailand.

Elena

1829 bis 1830

Auf seiner Reise durch Süddeutschland gab Paganini am 9. November 1829 im Nürnberger Opernhaus ein Konzert. Wie immer strömte das Publikum in Scharen herzu, um den überaus berühmten Virtuosen mit seinem schauerlichen Ruf eines „Teufelsgeigers" zu hören. Hatte man doch in der Zeitung über ihn gelesen, er habe seine Deutschlandtournee zu Beginn des Jahres in der sächsischen Hauptstadt Dresden begonnen und dort von König Anton eine goldene Schnupftabaksdose und 100 Dukaten erhalten. In Berlin sei er nach zwölf Konzerten von König Friedrich Wilhelm III. mit den Titeln „Kammervirtuose" und „Hofkapellmeister ehrenhalber" ausgezeichnet worden. Nun wolle er nach Auftritten in Thüringen auch dem bayerischen König Ludwig I. mit seiner außerordentlichen Kunst die Ehre erweisen.
Nachdem er fast drei Stunden auf der Bühne gestanden hatte, zog

sich Paganini erschöpft in seine Garderobe zurück. Der Jubel seiner Zuhörer rauschte an ihm vorbei. Die Rufe der Damen und Herren „Zugabe! Da capo, Maestro!“ winkte er freundlich lächelnd ab und verabschiedete sich lediglich mit einem Triller auf der Geige.

Sein Gesundheitszustand war bedrohlich geworden. Unterleibsschmerzen und Rheumatismus plagten ihn. Nur seine *Guarneri* hielt ihn aufrecht. Dem Diener sagte er in den wenigen deutschen Worten, die ihm geläufig waren: „Bitte keine Besuche. Auch nicht von Damen!“

Umso erstaunter war er, als er vom Flur her Stimmen sich nähern hörte. Es war die beschwörende eines Mannes und die eindringlich fordernde einer Frau. Die beiden Personen sprachen aufeinander ein, gerieten beinahe in Streit.

Paganini riss ärgerlich die Türe auf. „Qu'est-ce que vous voulez? Ne me dérangez pas!“ („Was wollen Sie? Stören Sie mich nicht!“), rief er aufgebracht.

Vor ihm stand eine vornehme junge Dame in einem tief ausgeschnittenen veilchenblauen Kleid. Sie blickte ihn aus braunen Augen mit hingebungsvollster Bewunderung an. „Verzeihen Sie, Signore Paganini, dass ich so zu Ihnen vordringe“, entschuldigte sie sich in perfektem Französisch. „Ich weiß, es ist ganz und gar ungehörig, Sie um die Freundlichkeit einiger Worte zu bitten. Ich habe Sie spielen hören. Sie haben mich ganz verwirrt. Diese wundervolle, ganz einzigartige Musik! Ich habe sie mit Ihnen empfunden. Sie hat mich im Innersten angerührt. Ich musste Sie einfach sehen! Ich bin Helene von Dobeneck.“

Paganini war viel zu überrascht, als dass er sie hätte abweisen können. Er gab dem Diener einen Wink, sich zu entfernen, und lud die Dame zum Eintreten ein. Als sie ihm gegenüber auf einem Sessel Platz nahm, wirkte sie kühl, als wolle sie ihre anfänglichen Worte durch Haltung zurücknehmen. Ihre Augen und Hände verrieten jedoch eine andere Sprache. Ihre Gefühle überwältigten sie in einem Maße, dass sie zu weinen begann.

„Nun, verehrte Dame, was kann ich für Sie tun?“, fragte Paganini besorgt. Er war unschlüssig, was er mit ihr anfangen sollte. „Es schmeichelt mir sehr, dass Ihnen meine Musik gefallen hat.“
„Gefallen?!“, fuhr sie leidenschaftlich auf. „Das wäre nicht genug! Sie hat mich durchdrungen. Sie hat mich vollkommen in den Bann geschlagen. Ich … ich … ach … ich weiß nicht, wie ich es Ihnen sagen soll. Sie werden mich für verrückt halten. Aber jetzt, wo ich Sie vor mir sehe, kann ich nicht anders, als Ihnen zu sagen: Ich liebe Sie!“ Helene von Dobeneck bedeckte schluchzend ihre Augen.
Paganini war Kavalier genug, die Situation nicht auszunutzen. Als die Tränen der Schönen langsam in ein Schniefen übergingen, reichte er ihr lächelnd sein Taschentuch. „Ich bitte Sie, Madame, beruhigen Sie sich! Sie machen mich ganz ratlos. Darf ich Ihnen etwas Champagner eingießen? Dann können wir ja auf die Musik anstoßen.“
Endlich hatte sich Helene gefasst. Langsam begann sie: „Sie müssen wissen, Signore Paganini, ich bin verheiratet. Mein Mann ist Baron Ludwig Friedrich von Dobeneck, Kreis- und Stadtgerichtsrat in Nürnberg. Ich bin allein in Ihr Konzert gekommen. Mein Mann interessiert sich nicht für Musik.“ Nachdem sie eine kleine Weile geschwiegen hatte, fügte sie hinzu: „Ich bin nicht sehr glücklich mit ihm.“
Was will sie, fragte sich Paganini.
Er bewunderte ihr zartes Gesicht, das nach der Mode dunkle Korkenzieherlocken umrahmten.
Sie lächelte ihn verlegen an und drehte dabei eine Locke um ihren Finger. „Es muss Ihnen sehr eigenartig erscheinen, dass ich … so offen zu Ihnen bin. Doch als Sie da oben auf der Bühne standen und spielten, war es mir, als spreche Ihre Geige zu mir. Als könne auch sie mir zuhören, als könne ich mich ihr anvertrauen.“
Bewegt ergriff Paganini ihre Hände. Diese Frau wusste mehr von seiner Musik als die meisten anderen. „Wie einfühlsam Sie doch sind! Auch zu mir spricht meine Geige, wenn ich allein oder krank

bin. Mich hat sie sich so sehr unterworfen, dass sie ein Teil meiner Seele geworden ist.“

Ganz unerwartet erhob sich Helene, zog seine Hand zu sich und küsste sie. „Sie wissen, wer ich bin. Glauben Sie nicht, dass ich mich Ihnen einfach so anbiete. Ihre Musik hat uns zueinander geführt. Sie hilft mir, mich über alle Konventionen hinwegzusetzen. Ich kann nicht anders, als mit Ihnen zusammenzuleben. Ich ginge sonst zugrunde. Ab heute ist meine Ehe zu Ende. Ich werde mich scheiden lassen!“ Ihre Stimme klang eindringlich und konnte die aufsteigende Leidenschaft nur schwer zurückhalten.

Paganini war bestürzt. Was für eine Frau! Machte ihm glatt eine Liebeserklärung und wollte ihn auch noch heiraten! Und doch … Sie war jung, höchstens einundzwanzig. Sie war bildschön und in ihrer Liebesnot einfach entzückend.

Auch er erhob sich, streichelte ihr Gesicht. „Teuerste Baronin, auch Sie haben mich ganz verwirrt. So sehr mich Ihr Kummer auch berührt, ich muss doch Rücksicht auf Ihre Stellung in der Gesellschaft nehmen. Ihnen ist sicher nicht entgangen, dass ich mich auf Konzerttournee befinde und alle paar Tage in einer anderen Stadt auftrete. Was sollte ich Ihnen mehr bieten, als Ihr Gatte es vermag?“

Nun belebte sich ihr Gesicht, dass ihre Augen blitzten. Temperamentvoll stampfte sie mit ihrem Fuß auf. „Ich will nicht mehr seine Frau sein! Ich habe ihn satt! Er ist so unerträglich langweilig in seiner juristischen Gelehrsamkeit!“

„Wenn das so ist, liebe gnädige Frau, kann ich Ihnen nur anbieten, Ihnen die Langeweile zu vertreiben“, sagte er spöttisch und küsste sie zärtlich auf die Lippen.

Da drängte sie sich mit ihrem ganzen Körper an ihn, dass sein Blut aufwallte. Ihre Bereitschaft weckte auch seine Gier. Er führte Helene zu einem Kanapee. Dort überließ sie sich bedingungslos seiner ungezügelten Leidenschaft. Sie spürte, wie er heiß in sie eindrang. Erregt, wie sie war, gelangte sie fast augenblicklich zum Hö-

hepunkt. Danach brach sie in Tränen der Erschütterung aus.
Als sie sich geliebt hatten, schauten sie sich stumm in die Augen.
„Ich werde dich Elena nennen", flüsterte er und streichelte ihr Haar. „Du hast mich wie eine Festung überrannt."
„Aber nicht als dein Feind", schnurrte sie. „Ich zweifle nicht daran, dass die vermeintliche Festung schon öfter genommen wurde, Niccolò."
„Aber sie ist nie ganz erobert worden", gab er scherzhaft zurück.
Nach einer Zeit – vielleicht eine oder zwei Stunden – machte sich vor der Tür der Garderobendiener durch Räuspern bemerkbar. „Signore Paganini!", rief er leise. „Das Theater wird bald geschlossen."
Rasch kleideten sich beide an.
„Ich muss dich wiedersehen!", beschwor sie ihn. „Du gibst hier in drei Tagen noch ein Konzert. Ich werde meinen Mann bitten, mich noch einmal in die Oper zu fahren. Adieu, Geliebter! Bald bin ich ganz dein!"
Nach diesem wundersamen Liebeserlebnis kam Paganini schwer ins Grübeln. Elena war – sapristi – eine Person, der man sich einfach nicht entziehen konnte. Obwohl sanft und damenhaft, hatte sie ihn einfach überrollt, ihn in Besitz genommen. Fegte mit leichter Hand alle Bedenken fort! Was verlieh ihr diese Macht über ihn? War es ihre Fähigkeit, über die Musik in seine Seele zu blicken? Allzu nackt durfte sie ihn nicht sehen. Fast fürchtete er das erneute Zusammentreffen.

Ein knappes Jahr später schrieb er an seinen Freund Germi in Genua: *„Was soll ich sagen? Es war, obwohl zum wiederholten Mal, einfach wundervoll. Nachdem sie mich gesehen und gesprochen hatte, hat sie sich so sehr in mich verliebt, dass sie keine Ruhe mehr fand und zugrunde ginge, wenn sie mich nicht besitzen könnte. Ich habe das Vergnügen, sie nun schon seit neun Monaten zu kennen. Sie hat eine hübsche Figur und eine sehr feine Erziehung. Ihre Briefe, von denen ich mehr als 24 besitze, sind druckreif und von einem Gefühl, das um*

ein Vielfaches das von Abalards Héloise übertrifft. Sollte ich diese junge Frau heiraten, hätte ich eine gute Ehefrau und Achille eine wundervolle Mutter.“
Elena war es nicht gelungen, Paganini länger an sich zu binden, ihn etwa von seinem Virtuosentum abzubringen. Die Liebenden hatten sich mit leidenschaftlichen Beteuerungen getrennt.
Da sie ihn nicht mehr sehen konnte, verlegte sich Elena aufs Briefeschreiben. Ihr Geliebter hielt sie auf dem Laufenden, wo er sich wann aufhielt. So erreichten ihn ihre Liebesschwüre fast immer.
Paganini eroberte andere Städte wie München, Augsburg, Frankfurt am Main und die großen Metropolen am Rhein. In Kassel wurde ihm vom westfälischen Hof der Titel eines Barons und Komturs verliehen. Nun trugen seine Visitenkarten, lila mit Goldrand, stolz die Aufschrift „*Le Baron N. Paganini. Commandeur et Chevalier de plusieurs ordres*“.

Bei einem Konzert am 12. Juni 1830 in Hamburg befand sich unter den Zuhörern auch Heinrich Heine. Der deutsche Dichter gab später eine der amüsantesten Beschreibungen von Paganinis Erscheinung: „*Endlich aber, auf der Bühne, kam eine dunkle Gestalt zum Vorschein, die der Unterwelt entstiegen zu sein schien. Das war Paganini in seiner schwarzen Gala. Der schwarze Rock und die schwarze Weste von einem entsetzlichen Zuschnitt, wie er vielleicht am Hofe Prosperpinens von der höllischen Etikette vorgeschrieben ist. Die schwarzen Hosen ängstlich schlotternd um die dünnen Beine. Die langen Arme schienen noch verlängert, indem er in der einen Hand die Violine, in der anderen den Bogen gesenkt hielt und damit fast die Erde berührte, als er vor dem Publikum seine unerhörten Verbeugungen auskramte. In den eckigen Krümmungen seines Leibes lag eine schauerliche Hölzernheit und zugleich etwas närrisch Tierisches, dass uns bei diesen Verbeugungen eine sonderbare Lachlust anwandeln musste; aber sein Gesicht, das durch die grelle Orchesterbeleuchtung noch leichenartig weißer erschien, hatte alsdann so etwas Flehendes, so etwas blödsinnig Demütiges, dass ein grauenhaftes Mitleid unsere Lachlust niederdrückte. (...) Aber all derlei Gedanken mussten stracks verstummen, als der wunderbare Meister seine Violine ans Kinn setzte und zu spielen begann.“*

Es war klar, dass nun europaweit die Gazetten sich gegenseitig nicht nur in Lobeshymnen auf Paganinis Spiel übertrafen. Sein immer dämonischeres Äußeres rief auch eine Schar von Karikaturisten auf den Plan. Paganini selbst sammelte akribisch, was er an Veröffentlichungen nur erhalten konnte, und er ließ sich jedes Wort genau übersetzen. Er besaß genügend Selbstironie, um sogar die bösartigen Karikaturen amüsant zu finden. So diejenige, die ihn, hoch oben auf einem Ast sitzend, umgeben von tanzenden Hexen zeigte. Oder diese: Er sitzt an einer Felswand, als ihm ein Teufel die Noten umblättert und drei weitere ihm dazu aufgeigen.

Nachdem er noch in Bremen, Braunschweig, Bad Ems und Wiesbaden gastiert hatte, begab sich Paganini aus gesundheitlichen Gründen für drei Monate zu einer Trinkkur nach Baden-Baden. Eine solche Behandlung hatte ihm der berühmte Göttinger Augenarzt Himily empfohlen. Gleich ihm hoffte Paganini, dass die Heilmaßnahmen die Sehkraft seiner Augen verbessern könnten.

Er teilte dies Elena in einem Brief mit. Prompt machte sie ihm am 7. August einen verwegenen Vorschlag: *„Du weißt, Liebster, wie sehr und inständig ich herbeiwünsche, dass wir uns wiedersehen. Dass ich dich umarmen und dich vergessen lassen kann, was du an Kummer und Krankheit erlitten hast. Ich habe meinem Mann gesagt, dass ich drei Tage zu meiner Freundin verreisen möchte. Sie wohnt in Bayreuth und ist über alles informiert. Ich möchte dich in Ansbach im Hotel ‚Erbprinz‘ treffen. Dort habe ich für dich vom 15. bis 18. August auf den Namen des italienischen Barons Tomasi eine kleine Suite reservieren lassen. Dann werden wir endlich wieder zusammen sein. Bitte komm unbedingt! Ich flehe dich an um ein Lebenszeichen und bitte, dich nicht hinter diplomatischem Schweigen zu verstecken. Ich habe viel mit dir zu besprechen und erwarte dich ganz bald in Ansbach!“*

Paganini schob jeden Skrupel beiseite. Dieser Versuchung konnte er nicht widerstehen.
Heimlich reiste er in seiner Kutsche die etwa 120 Meilen in die kleine Residenzstadt. Obwohl die Temperatur draußen sommerlich hoch, ja, fast heiß war, hatte er sich in einen Pelzmantel gehüllt. Als überaus empfindlicher Südländer fror er in Deutschland, im Norden, wie er sagte, sogar in der warmen Jahreszeit.
So angetan, den Zylinder tief ins Gesicht gezogen, trug er sich beim Portier des Hotels als *„Architekt Seiner Majestät, des Preussischen Königs"* unter dem von Elena genannten Namen ein.
Er hatte Glück, er wurde nicht erkannt.
Oben in der Suite erwartete ihn Elena. Sie stürzte ihm entgegen – kaum konnte er den Zylinder abnehmen – und verschlang ihn geradezu mit Küssen. „Ich habe es zuletzt kaum noch ausgehalten. Endlich bist du da! Du bist wahrhaftig gekommen! Jetzt werden wir bald ganz zusammen sein, Liebster! Ich habe mit meinem Vater gesprochen …"
„Ruhig, Liebste! Du bist ja ganz außer Atem. Ich muss mich erst einmal setzen. Das Treppensteigen strengt mich an. Was sagte dein Vater?"
„Ich habe ihn gebeten, in meine Scheidung einzuwilligen. Ich musste ihn fragen, weil er mein Vater ist, zudem Jurist. Er kann mich in all diesen Fragen beraten."
„Und wie hat er das aufgenommen? Du wirst ihm doch von mir erzählt haben?"
„Natürlich. Die Zeitungen sind voll des Lobes über dich. Wer sollte nicht von dir gehört haben? Natürlich war mein Vater sehr erstaunt, als ich ihm von meinen Absichten erzählte. Lieber wäre es ihm sicher gewesen, ich hätte dich nicht getroffen. Er fürchtet einen Skandal. Da er mich aber liebt, will er mir nicht im Wege stehen. Er selbst verehrt eine andere Frau, obwohl er verheiratet ist."
„Und was sagt dein Gatte dazu?" Paganini hatte ein flaues Gefühl in der Magengrube, wenn er daran dachte, worauf das alles zusteuerte.

„Mit Ludwig habe ich als Erstes gesprochen. Er fiel aus allen Wolken und es gab eine dramatische Szene." Elena setzte eine entschlossene Miene auf. Ihre Stimme klang geradezu metallisch. „Man hat mich mit 17 Jahren an einen Mann verheiratet, den ich nicht liebte. Ich wusste überhaupt nichts davon, wie es ist, wenn man liebt. Ich war ein naiver Backfisch, er immerhin ein erfolgreicher hoher Nürnberger Beamter. Außerdem war er standesgemäß. Meine Mutter sagte mir, die Liebe in der Ehe komme mit der Zeit. Bei mir ist sie nicht gekommen. Ich war zu jung. Ich sehnte mich nach mehr, als mir mein Mann geben konnte. Er ist ein ziemlicher Tölpel. Ständig erzählt er nur von seinen juristischen Angelegenheiten. Er betrachtet mich als kleines Mädchen, ist aufmerksam zu mir, aber ich sehne mich nach wahrer Liebe. Ludwig ist zwölf Jahre älter als ich", schloss sie resigniert.
„Und bei mir hast du sie gefunden?", fragte Niccolò ungläubig. „Aber ich bin noch um einiges älter als dein Mann. Ich bin bereits achtundvierzig. Ich könnte dein Vater sein."
„Aber das bist du nicht. Ich bin ja auch nicht deine Tochter. Wenn du Geige spielst, sprühst du geradezu vor Feuer und Temperament. Es macht nichts, dass du älter bist. Ich liebe dich wegen deiner Kunst."
Paganini war sich noch immer nicht sicher. „Wahrscheinlich sieht dein Gatte auch besser aus. Früher war ich hübscher. Jetzt bin ich sogar außerordentlich hässlich geworden."
„Aber nein, das kann ich nicht finden. Ich liebe dich so, wie du bist. Ludwig hat so ein Gesicht, wie wenn man ihm einen Kochlöffel hineingeschlagen hätte – sagt jedenfalls mein kleiner Neffe."
„So? Und wie sieht man dann aus?"
Elena lachte. Sie hatten sich beide aufs Sofa gesetzt und hielten sich umschlungen. „Ruh dich aus, Niccolò! Erzähl mir von dir! Du schriebst, du seiest krank."
Da berichtete er ihr von seinen verschiedenen Beschwerden, den Krämpfen im Unterleib, dem Rheumatismus in den Gelenken,

von seinem unerträglichen Husten. „An mir haben die besten Ärzte herumgedoktert. In welche Stadt ich auch kam, immer musste ich sie aufsuchen. Jetzt sind es die Augen, die mir zu schaffen machen. Der Augenprofessor Himily aus Göttingen schwört auf eine Trinkkur in Baden-Baden. Deswegen bin ich dort. Es ist noch nicht viel besser geworden. Vielleicht werde ich sogar blind."
„Das darf nicht sein, Liebster!", erregte sie sich. „Ich glaube ganz fest daran, dass die Kur hilft. Du musst Geduld haben! Denken wir an etwas Schöneres! Erzähl mir doch von deinem kleinen Sohn!"
„Von Achille? Ach, ich liebe ihn sehr. Er ist jetzt fünf, musst du wissen, und schon ganz verständig. Er wird täglich schöner. Er gefällt jedermann. Die Damen reißen sich um ihn. Er ist mein Trost und mein ganzes Glück."
Elena schaute Niccolò groß an. Wenn er von seinem Sohn sprach, leuchtete sein Gesicht von innen heraus. Es trug weiche Züge.
„Siehst du ihn denn gelegentlich?"
„Ja, eigentlich immer. Er begleitet mich auf fast all meinen Reisen. Nur wenn die Tournee zu lang wird, gebe ich ihn bei Familie Wunderlich in Frankfurt ab, die ihn schon als Kleinstkind betreute. Er spricht sogar schon recht gut deutsch."
„Dann kann er ja schon beinahe für dich dolmetschen", freute sich Elena.
„Nun, das nur unter uns. Für die berufliche Seite habe ich einen jungen Schweizer unter Vertrag, der sich als mein Reisebegleiter um den technischen Ablauf der Konzerte kümmert. Er spricht drei Sprachen, was sehr vorteilhaft ist. Wenn ich auf der Bühne stehe oder wenn es spät wird, kümmert er sich rührend um Achille und spielt mit ihm. Wenn der Kleine mich aber endlich einmal für sich hat, muss ich mit ihm bis zum Umfallen fechten", lachte Paganini glücklich. „Gesehen habe ich ihn drei Monate nicht und sehne mich sehr nach ihm. Jetzt besuche ich ihn wieder, ehe ich über Karlsruhe und Strassburg nach Paris reise."
„Seine Mutter kümmert sich wohl überhaupt nicht um ihn?", woll-

te Elena wissen. Zwar hatte ihr Paganini erzählt, dass er unverheiratet sei, dennoch drängte es sie, den genauen Hergang der Trennung zu erfahren. Sie selbst dachte ja nur daran, mit Niccolò den Bund der Ehe zu schließen.

„Nein. Sie ist nach Italien zurückgekehrt, wahrscheinlich nach Mailand. Wir haben das Ganze finanziell geregelt", erklärte er ihr und erzählte kurz von den Jahren mit Tonella.

„Ach, du Armer!", küsste sie ihn zärtlich. „Von mir brauchst du solche Eskapaden nicht zu befürchten. Wenn ich nur deine Braut werde, verzichte ich auf alle Reichtümer. Ich will nur deine Hand, dein Herz und deine Liebe. Auch Achille liebe ich schon jetzt, als sei er mein Sohn. Wenn ich erst geschieden bin und wir heiraten können – vielleicht bekommt er sogar ein Geschwisterchen."

Paganini schloss sie äußerst bewegt in die Arme. „Ach, wie sehr wünschte ich mir, endlich eine richtige Familie zu haben! Du glaubst nicht, wie glücklich es mich macht, dass du mich so sehr liebst. Für mich ist es das größte Geschenk. Ich werde ganz demütig. Auch ich liebe dich wie keine andere vor dir. Eine innere Stimme sagt mir, dass du die Frau bist, die ich schon immer gesucht habe. Elena, Geliebte! Wie schön du bist! Ich bin ganz ausgehungert nach dir!"

Damit zog er sie hinüber zum Bett.

Sie verlebten vier Nächte und drei Tage in inniger Zweisamkeit. Die Art, wie rückhaltlos sich Elena ihm auslieferte, wie sehr sie ihm ihre Jugend schenkte, beglückte ihn zutiefst. Paganini dachte immer stärker an ein gemeinsames Leben mit ihr. Er kam geradezu ins Schwärmen.

„Weißt du, wenn ich im nächsten Jahr nach Paris und London gehe, kann ich mir von den Einnahmen endlich ein eigenes Heim leisten. Ich denke an ein schönes Palais in Parma. Ich weiß auch schon, welches. Mein Freund Germi wird mir helfen, es zu erwerben. Das wäre dann unser Zuhause. Sobald du geschieden bist, heiraten wir. Dann begleite ich dich nach Italien. Du wirst als meine Gemahlin ein richtiges Haus führen, Gäste empfangen, Achille eine liebevolle Mutter sein und ganz nebenbei wunderbar Italienisch lernen. Ich komme dann, sooft ich kann. In zwei Jahren, denke ich, beende ich meine Karriere."

Elena strahlte vor Glück. Sie fühlte sich bereits als Paganinis Braut. Verliebt, wie beide waren, vergaßen sie alle äußeren Probleme. Wenn sie außerhalb des Städtchens in der Landschaft spazieren gingen, tollten sie herum wie die Kinder. Sie versteckten sich voreinander im Kornfeld, lagen im Gras, schauten in den Himmel und sahen die Zukunft rosarot. Sie badeten nackt in der Rezat und liebten sich unter den Weidenbäumen.

„Du darfst alles, nur jetzt nicht Violine spielen", drückte sich Elena an ihn. „Sonst weiß jeder sofort, wer du bist. Nämlich bald mein richtiger Gemahl und ich deine Frau!" Während sie eine Locke über ihren Finger drehte, sah sie ihm schwärmerisch in die Augen.

Wenn sie hungrig waren, empfahl Elena dieses und jenes Lokal, das sie von ihrem Vater her kannte. So erfuhr Paganini auch, dass dieser in Bayern ein sehr bekannter Mann war: Ritter Paul Johann Anselm von Feuerbach, Doktor für Philosophie und Jurisprudenz, Inhaber mehrerer Orden, war zu Beginn des Jahrhunderts Professor für Recht in Jena und Kiel gewesen. 1808 wurde er persönlicher Wirklicher und Geheimer Rat in München und Berater von König Ludwig I., 1817 schließlich Erster Präsident des Ansbacher Appellationsgerichtes.

„Aber dann kennt man dich doch sicher auch in der Stadt", gab Paganini zu bedenken.

Doch sie winkte fröhlich ab: „Ich bin in München geboren und aufgewachsen. Dort habe ich auch sehr früh geheiratet. Und wenn schon! Ich muss mich nicht verstecken mit dir, Geliebter!"

Schneller als gewollt kam der Abschied. Elena weinte bitterlich in seinen Armen. „Wie soll ich die Trennung aushalten?", schluchzte sie. „Ich schreibe dir jeden Tag, damit du weißt, wie sehr ich an dich denke. Ich habe ja nur dich, Niccolò. Das Schicksal hat uns zusammengeführt. Es darf uns nicht mehr trennen. Ich könnte dich auf deinen Konzertreisen begleiten – aber nur, wenn du es wünschst. Ich werde alles daransetzen, bald von Ludwig frei zu sein. Mein Vater wird mir dabei helfen. Er hat es mir versprochen. Dann schreibe ich dir nicht nur, sondern komme selbst, wohin du willst. Bis dahin lerne ich auch fleißig Italienisch."

Gerührt küsste er ihr die Tränen von der Wange. „Die Tage mit dir waren einfach wundervoll. Ich bin ganz erfüllt von dir. Du bist die erste Frau, die mich meine Geige hat vergessen lassen."

„Aber nur für Stunden", lächelte sie nun schon wieder. „Wenn wir auseinandergehen, hast du sie wieder."

„Sie wird mich trösten, wenn ich ihr meinen Kummer beichte."

Elena schmiegte sich an ihn. Sie dachte an etwas, was für sie vielleicht wahr werden könnte: an ein Kind von ihm, wenn es denn so sein sollte. Ihm gegenüber verriet sie aber nichts von ihrer Sehnsucht. Sie spürte, dass er innerlich schon auf dem Rückweg nach Baden-Baden war.

„Nun müssen wir sehen, wie wir auch wirklich unerkannt aus dem Hotel kommen. Geh du zuerst, Liebste! Geh einfach zur Tür hinaus! Und warte draußen nicht auf mich!"

„Wenn das so einfach wäre!", schluckte sie und umarmte ihn ein letztes Mal. „Und gib Achille von mir einen Kuss!" Dann wandte sie sich rasch zum Gehen. Schon am nächsten Tag wollte sie ihrem Verlobten schreiben.

Diesem Brief folgten noch viele andere, reisten in Postkutschen von Stadt zu Stadt dem gefeierten Virtuosen nach. Auch Paganini schrieb ihr, wenn es seine Zeit erlaubte, herzliche, aufmunternde, langsam nur noch berichtende Briefe. Hatte er anfangs noch ernsthaft eine Verbindung mit Elena erwogen, schien ihm eine solche bald in weite Ferne gerückt. Sich selbst und ihr gegenüber schob er umfangreiche Konzertverpflichtungen vor. Je weiter er sich von

Elena entfernte, umso mehr entschwand sie seinem Gedächtnis. Umgekehrt klammerte sie sich an die gemeinsam verlebten Stunden und beschwor ihre Liebe zu ihm – bis er ihre Briefe nur noch zur Seite legte. Von seiner Seite aus war die Beziehung nach einigen Monaten endgültig eingeschlafen.
„Ich bin gestern von Ludwig geschieden worden", teilte sie ihm freudestrahlend im November 1831 mit.
Paganini nahm es gerade noch zur Kenntnis. Ihm waren doch Skrupel gekommen, ob er überhaupt heiraten sollte. Auch sein Freund Luigi Germi hatte ihm davon abgeraten. Elena war nicht irgendeine höhere Tochter. Ihr Vater war ein zu berühmter, ein zu wichtiger Mann. Auch war sie nicht katholisch, sondern evangelisch. Das hätte Schwierigkeiten mit sich bringen können. Und letztlich fürchtete Paganini, noch einmal in die „Frauen-Falle" zu geraten. Er hatte Angst vor einem weiteren Skandal wie dem mit der Bianchi. So etwas wollte er sich nicht mehr leisten. Von nun an sollte nur noch die *Guarneri* seine einzige Geliebte bleiben.
Für Elena war Paganinis Schweigen ein schwerer Schock.
Als sie sich eingestehen musste, dass all ihre Bemühungen zwecklos gewesen waren, durchlitt sie eine tiefe psychische Krise. Sie konvertierte zum katholischen Glauben und trat in ein Kloster ein. Doch zweifelte sie schon bald an ihrer Berufung zur Nonne. Sie legte das Gewand wieder ab und begleitete eine adelige Dame als Gesellschafterin nach Paris. In den kommenden Jahren reiste sie durch ganz Europa, insgeheim wohl ständig auf der Suche nach dem Geliebten.
1843 veröffentlichte sie ein Buch mit Reiseschilderungen, Kompositionen und Gedichten. Lange lebte sie in Rom und 41 Jahre nach Paganini starb sie vereinsamt in Treviso. Für das einstige Liebespaar hatte es nie ein Wiedersehen gegeben.

Als Samuel Sendmann am nächsten Morgen erwachte, überdachte er noch einmal, was er geträumt hatte. Vieles blieb verworren und entzog sich seiner Erinnerung. Aber das Letzte war ihm noch gegenwärtig.

„Das war wirklich nicht anständig von dir, Paganini, dass du eine Frau hast sitzen lassen, die deinetwegen praktisch ihre Existenz aufgegeben hat!“, murmelte er halblaut vor sich hin und betrachtete sich beim Rasieren im Spiegel. „Ich werde das für dich wieder gutmachen müssen.“

Wie war das gestern? Diese Frau aus dem Hotel, die ihm den Zettel unter der Tür durchgeschoben hatte, sprach am Telefon mit einer jungen Stimme. Flüchtig stellte Sendmann sie sich vor. Dabei knackte er mit den Fingern. Als er sie anrief, hatte sie gesagt, sie könne leider nicht zu seinem Konzert kommen.

Also kann ich ihr kein Ständchen bringen, werde sie nie kennenlernen. Doch vielleicht ist es auch besser so, bedauerte er selbstgefällig. *Ich muss mich konzentrieren.*

Da klopfte es an die Tür seines Hotelzimmers. Ungehalten über die Störung öffnete er. Vor ihm stand eine ältere Frau.

„Ich bin Ihre Nachbarin von gegenüber. Ich möchte mich nur noch einmal herzlich für Ihren Anruf und die Auskunft bedanken. Sie spielen ganz wunderbar!“, sagte sie auf Englisch und lächelte. Dann verabschiedete sie sich und wünschte ihm abermals Erfolg.

Samuel war überrascht, wusste kaum etwas zu sagen. Er schloss die Tür. Dass die Frau etwa siebzig war, wollte er kaum glauben.

Aber am Telefon hatte sie doch solch eine junge Stimme, dachte er traurig. *Vielleicht glaubte sie auch von mir, ich sei jünger. Sie und ich sind alt – genau wie Hannah und ich. Ich habe mir bloß gedacht, ich wäre noch nicht so alt.*

Er stand still in seinem Zimmer, öffnete das Fenster, woraufhin sofort der Straßenlärm zu ihm nach oben drang.

Was mache ich hier, fragte er sich. *Wozu all der Aufwand? Was will ich noch gewinnen?* Und er wusste auch schon, dass er die *„Campanella“* nicht spielen würde.

Wenig später klingelte das Telefon. Seine Frau Hannah war am

Apparat. „Guten Morgen, Sami! Wie geht es dir? Wie fühlst du dich?“, fragte sie und ließ eine kleine Sorge durchblicken. Sie war immer unruhig, wenn er ein Konzert gab.
„Danke, Liebes, das ist sehr nett von dir, dass du anrufst. Ich habe allerhand geträumt, aber sonst ganz gut geschlafen.“
„Was machst du sonst?“
„Ich denke nach“, antwortete er. „Ich habe gerade einen Entschluss gefasst: Ich ändere das Programm! Wir spielen das Konzert Nr. 3 von Paganini. Ich werde die *‚Campanella‘* nicht spielen.“
Am anderen Ende der Leitung herrschte Schweigen. Was war passiert? Hannah war verwundert. „Und was planst du als Zugabe?“
„Das *‚Duetto amoroso‘*. Ich spiele es für dich, Hannah.“
Wieder gab es eine kleine Pause. Hörte er da einen unterdrückten Schluchzer?
„Komm bald nach Hause!“, sagte sie einfach. „Wir fahren nach Palermo!“
Wenn sie aufgeregt war, hakte ihre Sprache ein bisschen.

Hannah

2008

Was ist da passiert, fragte sich Hannah noch einmal. *Warum das „Duetto amoroso“? Ist die Geschichte mit Katharina vorbei?*
23 Jahre war sie nun mit Samuel verheiratet. Dieses frühe Stück von Paganini hatte er nur in den allerersten Jahren für sie gespielt. Es wurde wirklich Zeit, dass er in Pension ging und seine Konzertreisen aufgab. Er war auch nicht mehr gesund. Erst vor Kurzem hatte man bei ihm einen leichten Altersdiabetes festgestellt.
Hannah saß vor ihrer Staffelei und überprüfte ihr Aquarell. Es zeigte im Wind wiegende Birken vor der schäumenden Ostsee, ein Stück Felsküste und einen bewegten grau-weißen Himmel – den Blick aus dem Fenster, die Landschaft ihrer Heimat. Sie setzte hier

und da noch einen Farbtupfer. Schließlich war sie zufrieden und nahm die Leinwand von der Staffelei.
Als junges Mädchen hatte sie lange geschwankt, ob sie Malerin werden sollte, sich jedoch für die Musik und das Klavierfach entschieden. Musikalisch wie künstlerisch war sie gleichermaßen begabt. „Wenn du die Malerei bevorzugst, könnte es sein, dass du auf eine brotlose Kunst setzt", hatte sie ihr Vater wenig respektvoll gehänselt.
Hannah war ein Mädchen, das mit beiden Beinen auf der Erde stand. Sie erkannte, was für sie richtiger war. Also studierte sie an der Musikhochschule Stockholm Klavier. Dabei strebte sie keine Karriere als Pianistin an. Eher dachte sie an eine Stellung als Musikpädagogin an einem Gymnasium. Als sie jedoch den Geigenprofessor Samuel Sendmann kennenlernte, nahm ihr Lebensweg eine ganz andere Wendung.
Eigentlich war ich schrecklich altmodisch, überlegte sie. *Erst eine Ausbildung zu Ende bringen und dann schon so schnell heiraten! Ob es eine glückliche Ehe ist? Kann ich nicht unbedingt sagen – zumindest aber eine abwechslungsreiche.*
Dabei kamen ihr die gemeinsamen Konzertreisen in Erinnerung, als sie ihn am Klavier begleitete. Dann dachte sie aber auch an Samis zahlreiche Affären. Er hatte sie vor ihr ausgebreitet wie ein Buch, bis sie nicht mehr hinhörte, es nicht mehr wollte. Eifersüchtig war sie nur noch selten. Wo schließlich ihre Liebe für ihn geblieben war, danach fragte sie nicht. Die hatte sich irgendwo versteckt in einem Winkel ihrer Seele. Hannah war zu einer Art mütterlichem Neutrum geworden. Denn Sami brauchte weibliche Anerkennung ebenso wie seine Musik. Diese aber, sein Geigenspiel, machte das meiste wieder gut. Sie war wie ein Pflaster auf der Wunde ihres Herzens. Da sie keine Kinder bekamen, war Hannah mit den Jahren Samis Managerin geworden.
Vielleicht wäre ich wenigstens mit einem Kind glücklicher geworden, überlegte sie. Ob es an ihm oder an ihr gelegen hatte – jetzt war es sowieso zu spät.

Die große Liebe war es bei ihr nicht gewesen. Die hatte fünf Jahre zurückgelegen und war schiefgegangen.
Warum eigentlich? Doch nach so vielen Jahren war die Erinnerung verblasst. Hannah wusste nur noch, dass eine andere Frau im Spiel gewesen war. Sie hatte sich stolz zurückgezogen. Trotzdem – gestorben waren ihre Gefühle für den Pianisten Torben wohl noch lange nicht. Ob es ihr Schicksal war, ihre Männer mit anderen Frauen teilen zu müssen?
Vor acht Jahren hatte es eine Zeit gegeben, da dachte sie, sie halte das nicht mehr aus. Wenn ihr Sami wieder einmal von seiner neuesten Eroberung erzählte, verschloss sie innerlich ihre Ohren. *Warum tue ich mir das an? Warum verlasse ich ihn nicht?* Das hatte sie sich immer wieder gefragt. Sie brauchte ihn nicht einmal zur Rede zu stellen. Er kam ja von selbst mit seinen Abenteuern und Misserfolgen zu ihr. Eine der jungen Studentinnen hatte es ihm wohl besonders angetan. Sie hieß Svenja Lindholm, war vierundzwanzig und als Geigerin sehr begabt. Mit ihrer überaus schlanken Figur, ihren flachsblonden Haaren und wasserhellen Augen war sie nicht gerade schön, in gewissen Augenblicken vielleicht hübsch zu nennen. Aber sie besaß etwas, was sie für Sami ungemein anziehend machte: Sie hatte eine leicht heisere, aufregend erotische Stimme, die sie in tiefen wie in hohen Lagen wie ein Instrument einzusetzen verstand. Auch versprühte sie ein Temperament, das man ihr nicht zugetraut hätte.
Sendmann war hingerissen. Die Affäre dauerte ein knappes halbes Jahr. Dann war diese Svenja plötzlich verschwunden, hatte das Studium abgebrochen, blieb unauffindbar.
Anfangs kam Sami kaum darüber hinweg. Er ließ sie sogar heimlich suchen, jedoch ohne Erfolg. Auch ihre Mutter wusste nicht, wo sie sein könnte. Selbst Monate später hörte er nichts von ihr.
Wie sehr er ihr verfallen war, hatte er seiner Ehefrau nicht zu erzählen gewagt. Sie fragte auch nicht danach. Eine unerklärliche Scheu hielt sie davon zurück. Lange Zeit war er in seinem Kummer

wie betäubt. Feinfühlig, mit dem Instinkt für Gefahr, hatte Hannah sofort die Bedrohung gespürt: Diese Svenja war zum ersten Mal eine Frau, die selbst im Nachhinein ihre Ehe hätte zerstören können. Hannah hatte damals zu trinken begonnen. Erst einen kleinen Sekt am Vormittag, ein Gläschen Cognac am Nachmittag, eine halbe Flasche Wein am Abend. Dann brauchte sie ein Glas Whiskey schon am Morgen und zwei vor dem Mittagessen. Sie wusste, dass jedes Glas zu viel war, wehrte sich gegen den Alkohol und begann, ihre Sucht zu verheimlichen. Auch hatte sie die Angewohnheit angenommen, zu rauchen. Bald war ihr Zimmer in Nebelschwaden eingehüllt.

Wenn sie heute an diese Zeit zurückdachte, wunderte sie sich. Doch nach Jahren war die Erinnerung für Hannah nicht mehr wichtig. Sie hatte sich resigniert mit ihrem Eheleben arrangiert.

„Das geht so nicht weiter! Ich sehe doch, wie du leidest!", stellte Greta, ihre beste Freundin, bei einem ihrer regelmäßigen Treffen energisch fest. „Diese ewigen Frauengeschichten musst du dir nicht bieten lassen! Ich wundere mich sowieso, weshalb du das schon so lange aushältst. Von Liebe kann doch bei dir keine Rede mehr sein."

„Ich weiß es nicht." Hannah strich sich gequält über das Haar. „Irgendetwas bindet mich noch an ihn. Er ist in vielem wie ein Kind."

„Wie ein verzogenes, eigensinniges! Rücksichtsloser als er kann man dich nicht behandeln! Mein Gott, ganze 23 Jahre geht das schon so! Und du nimmst das alles so einfach hin!"

„Nicht einfach. Zuerst war ich erbärmlich eifersüchtig und furchtbar wütend. Dann drohte ich, ihn zu verlassen. Da sah ich, wie er zusammenklappte. Er wurde regelrecht krank."

„Na und?", fragte Greta empört. „Er hat sich ja schnell wieder berappelt. Wann jemals hat er dich nach deinen Gefühlen befragt?!"

Hannah schaute vor sich hin. „Es gab auch sehr schöne Momente zwischen uns. Er sagte mir einmal, es schmeichele ihm zwar, Frau-

en zu erobern, im Grunde seien aber alle für ihn nicht wichtig. Ich einzig sei es."
„Wie rührend! Und du hast ihm nicht ein Mal gedroht, das Maß nicht zu überziehen? Du hättest ihn schon lange verlassen sollen!"
„Ich hatte nicht die Kraft dazu. Ich war allmählich zu verzweifelt. Ich dachte, so weiterzuleben, sei sinnlos. Damals, als die Geschichte mit Svenja zu Ende gegangen war, habe ich einen Selbstmordversuch unternommen", flüsterte Hannah. „Ich habe es versucht, es hat aber nicht geklappt. Vielleicht wollte ich es auch gar nicht."
Greta war außer sich. „Warum hast du mir nie etwas davon gesagt? Du hättest zu mir kommen können! Du hättest bei mir wohnen und ein neues Leben beginnen können!"
Stockend begann Hannah zu erzählen: „Wir haben nach Svenjas Verschwinden nur noch nebeneinanderher gelebt. Als ich sah, wie sehr ihn dieser Verlust mitnahm, habe ich abends Tabletten genommen. Ich dachte, ich würde am Morgen nicht mehr aufwachen. Dann wäre er frei, frei für eine andere Frau. Ich habe noch eine Zigarette geraucht und bin wohl dabei schon eingeschlafen. Aufgewacht bin ich in der Klinik. Das Erste, was ich erkannte, war mein Mann. Sami hielt meine Hand. Er schluchzte, konnte sich kaum fassen. ‚Warum hast du das getan? Fast hätte ich dich verloren!', sagte er immer wieder. Dann erzählte er, abends habe er noch in seinem Zimmer gearbeitet und plötzlich Brandgeruch bemerkt. Der sei aus meinem Zimmer gekommen. Bereits an der Tür habe er gesehen, dass mein Bett am Fußende schon in Flammen stand und ich wie leblos darin lag. Er sagte, er habe keine Sekunde gezögert, mich zu retten, und er habe die ganze Nacht an meinem Krankenbett gewacht. Zum Glück ist nichts Schlimmeres passiert. Nur zwei kleine Brandwunden am rechten Bein. Er sagte, ich dürfe so etwas nie wieder tun. Er würde das nicht überleben. Er brauche mich doch so! Und er würde mich lieben."
Nach vier Wochen in einer psychiatrischen Klinik hatte sich Hannah das Trinken abgewöhnt. Auch rauchte sie weniger. Danach war

zwischen ihr und Sami eine liebvolle Beziehung eingekehrt. Er war zärtlich und aufmerksam zu ihr wie in den ersten Tagen ihrer Ehe, machte ihr hübsche Geschenke und schmiedete sogar Pläne für eine neue Konzerttournee. Er bewunderte ihre Bilder und ermunterte sie eindringlich zum Malen.

Das ging so einige Monate. Doch dann bemerkte sie, wie er unruhig wurde, wieder später nach Hause kam. Er druckste zwar mit Ausreden herum, erzählte ihr aber nichts mehr. Sie ahnte, weshalb, fragte ihn aber nicht. Sie fürchtete, er könnte mit der alten Leier von vorne anfangen. Also konzentrierte sich Hannah umso mehr auf ihren Haushalt, auf Klavierstunden für begabte Schüler und auf das Konzertleben ihres Mannes. Sein Amt als Hochschulprofessor hatte er beibehalten können.

Dass das Konservatorium noch immer eine Art Nährboden für seine gelegentlichen Affären mit Studentinnen war, nahm sie stillschweigend in Kauf. Sie wusste ja, wie das immer ausging und dass sie nichts Ernsthaftes zu befürchten hatte. Was sie viel mehr beunruhigte, war sein zunehmender Spleen, es Paganini auf der Geige gleichtun zu wollen. Je älter Sami wurde, desto mehr verbiss er sich in diese Vorstellung. Er übte wie ein Wahnsinniger das Pizzicato mit der linken Hand und das Flageolettspiel. Für alles, was mit dem legendären Teufelsgeiger zusammenhing, interessierte er sich brennend. Schon seit Jahren hatte ihr gemeinsames Urlaubsprogramm Wallfahrten zu Paganinis Sterbehaus in Nizza, zu seiner Begräbnisstätte in Parma, ins Genueser Museum, wo seine *Guarneri* noch heute ausgestellt ist, und zu den Orten seiner Jugend beinhaltet. Nun wurde die Beschäftigung mit dem Ausnahmevirtuosen für Sami so etwas wie eine Sucht.

Auch in den letzten Jahren vor seiner Pensionierung war es mit ihm nicht besser geworden. Er flüchtete sich mehr denn je in Annäherungsversuche an junge Studentinnen und erlitt bei ihnen unweigerlich Schiffbruch. Nun versuchte er, seine Konzerte zu intensivieren. In Stockholm konnte er nur noch gelegentlich auftreten. Daher unternahm er kleine Touren durch Südschweden und Dänemark. Hannah begleitete ihn widerstrebend und grimmig am Klavier. Dann streikte sie, denn als nächste große Konzertreise stand St. Petersburg auf dem Programm. Diesmal sollte ihn sein Studentenorchester begleiten. Auch Katharina, seine derzeitige Flamme, war mit dabei, zeigte sich aber sehr abweisend. Was Sami beiläufig über sie erzählt hatte, ließ Hannah nur vermuten, dass die Affäre schon wieder vorbei war.

Das muss ein Ende haben, dachte Hannah. *Ich bin nicht der Papierkorb für die Misserfolge bei seinen Studentinnen. Er muss aus dieser unseligen Verstrickung herausfinden. Als alter Schwerenöter macht er sich vollkommen lächerlich. Das möchte ich nicht. Ich will nicht, dass er bei seinen Studenten an Achtung verliert. Dafür ist er zu sensibel, zu besonders.*

Mit Erstaunen stellte sie fest, dass ihr das nicht gleichgültig war. Sie sah ihn vor sich, so, wie er war, wie er für sie allein auf seiner *Scarampella* gespielt hatte – und sie entdeckte mit einem Mal, dass sie ihn noch immer liebte.

In seinem 64. Lebensjahr war es für Hannah nicht zu übersehen: Ihr Mann litt unter Schizophrenie. Wenn sie ihn in seinem Zimmer vor dem Bildnis des Genueser Virtuosen wusste, belauschte sie heimlich seine Selbstgespräche. Sie verrieten, dass er sich schließlich selbst für Paganini hielt.

In ihrer Ratlosigkeit suchte Hannah diskret einen Psychiater auf.

Dr. Vettarskjöld empfing sie freundlich und hörte ihr zu. Hinter seiner randlosen Brille betrachtete er sie mit aufmerksamen Augen. Es schien, als blicke er in sie hinein. Die Altersflecken auf seinen feingliedrigen Händen verrieten, dass bereits ein langes Leben hinter ihm lag.

Hannah fasste schnell Vertrauen.

„Es ist für mich wirklich nicht leicht, zu wissen, wie ich mich verhalten soll", verhaspelte sie sich ein wenig. „Ich lebe schon so viele Jahre mit meinem Mann zusammen. Wenn er in diesen Zustand gerät, wird er mir ganz fremd."

„Sie sprechen ganz richtig von einem *Zustand*, Frau Sendmann. Das ist es zeitweise wohl auch. Was Sie mir erzählen, deutet auf eine schwankende Identitätskrise hin, die auch mit seinem Alter zusammenhängen könnte. Ihr Mann möchte nicht mehr er selbst sein, vielmehr die Persönlichkeit seines Idols annehmen. In diesem Fall die Persönlichkeit Paganinis. Mit Ihrem Verständnis und Ihrer Einfühlungsgabe werden Sie das wohl kaum ändern können … Doch da wir nun schon über Ihren Mann sprechen, sollte er mich am besten doch einmal selbst aufsuchen. Vielleicht würde ihm eine Gesprächstherapie helfen."
Hannah hob abwehrend die Hand. „Nur das nicht! Mein Mann weiß nicht, dass ich Sie um Rat frage. Wenn ich ihm sage, er solle sich zu einer psychiatrischen Untersuchung begeben, fürchte ich nur einen Wutausbruch. Sein Jähzorn hat sowieso zugenommen."
Der alte Arzt lächelte väterlich. „Ohne den Patienten ist eine Therapie schwer möglich. Aber nach dem zu urteilen, was Sie mir erzählt haben, steht es mit Ihrem Mann nicht so schlimm, wie Sie vielleicht glauben. Die menschliche Seele ist ein weites Feld – wie sehr erst die Seele eines Künstlers! Mit Psychopharmaka kann man mehr zerstören als vielleicht heilen. Und es ist ja auch eine philosophische Frage, ob Ihr Mann überhaupt geheilt werden möchte oder ob er nicht lieber in seiner Welt lebt."
Hannah erkannte sehr wohl die Frage, die dahinter stand. „Ich glaube, wenn er mit Paganini eins wäre, wäre er am glücklichsten."
„Das habe ich vermutet", nahm Dr. Vettarskjöld beruhigend ihre Hand. „Am besten helfen Sie ihm, wenn Sie sich gegen seinen … wie soll ich sagen … *Spleen* nicht auflehnen, sondern ihn darin bestärken, das heißt, wenn Sie dabei mitmachen."
Hannah war verwirrt. „Wie meinen Sie das?"
„Bestärken Sie ihn darin, dass Sie sich für Paganini interessieren, sprechen Sie Ihren Mann darauf an. Und wenn Sie es schließlich fertigbringen, behandeln Sie ihn so, als sei er Paganini. Nennen Sie ihn bei dessen Vornamen! Er hieß doch Niccolò, oder?"

„Ja. So ähnlich hat mein Mann auch seinen Künstlernamen in Nikolai geändert."
„Das war zu erwarten. Wenn Sie Ihrem Mann das Gefühl geben, auf seiner Seite zu stehen, erleichtern Sie sich selbst ihr gemeinsames Zusammenleben." Die klugen Augen des Arztes ermunterten sie. „Seien Sie ruhig auch ein bisschen verrückt, was ja ganz wörtlich bedeutet, dass man in gewissen Momenten sozusagen auch einmal ‚neben sich stehen' kann. Sie sind viel zu bodenständig, als dass Sie wie ein Luftballon abheben könnten. In der Psychiatrie nennt man das eine ‚Folie à deux' – eine ‚Narrheit zu zweit'. Das könnte doch sogar ganz verlockend sein, meinen Sie nicht?"
„Und wie sollte ich das anfangen", fragte Hannah verzagt.
Auch dafür hatte der freundliche alte Herr einen Vorschlag. „Verreisen Sie mit Ihrem Mann für einige Wochen! Sprachen Sie nicht von Sizilien? Waren Sie schon dort?"
Hannah schüttelte den Kopf. „Nein, wir nicht – aber Paganini."
„Umso besser! Sagen Sie Ihrem Mann, sie führen auf Paganinis Spuren nach Palermo! Die Geige aber sollte er zu Hause lassen, damit er auch Zeit für Sie hat!"
Das Gespräch war beendet. Hannah erhob sich verlegen.
Dr. Vettarskjöld schüttelte ihr herzlich die Hand. „Viel Glück! Ihnen wird schon das Richtige einfallen. Seien Sie behutsam! Sie sind eine sehr liebenswerte Frau!"
Nach dieser Begegnung fühlte sich Hannah erleichtert. Wie einfach könnte sich doch alles regeln lassen! In St. Petersburg sollte er noch einmal den Paganini spielen – sogar ganz wörtlich. Das 2. Violinkonzert mit seinem technisch kaum zu bewältigenden dritten „Glöckchen-Satz".
Danach werden wir beide verreisen – und zwar nach Sizilien. Ich weiß, wie ich ihn locken kann. Wenn er das Wort Palermo in Zusammenhang mit Paganini hört, wird es ihn beflügeln.
Entschlossen betrat Hannah ein Reisebüro und buchte in Mondello außerhalb von Palermo für vier Wochen im Juni ein hübsches

Hotel am Meer. Sein Name hatte für sie den Ausschlag gegeben. Es hieß „Il nido“ – „Das Nest“.

Es war ein schlichtes weißes Gebäude mit grünen Fensterläden aus Holz. Schon der Vorgarten mit seinen rosa und weiß blühenden Oleanderbüschen, den leuchtenden Hibiskusblüten und einem Sturzbach von violetter Bougainvillea versprach eine heimelige Abgeschiedenheit. Schmuckstück der Anlage aber war mit ihren Palmen und Agaven die breite Terrasse steil über dem Meer. Von hier aus hatte man einen herrlichen Blick über die tiefblaue See auf die prächtige Stadt und den sie überragenden Monte Pellegrino. Zum unten liegenden Strand führte ein gewundener, von Olivenbäumen beschatteter Pfad mit Treppenstufen.

Als sie aus dem Taxi stiegen, wussten beide sofort: Hier würden sie sich wohlfühlen. Während Sami mit dem Handgepäck durch die blau gestrichene Eisenpforte schon zielstrebig auf das Haus zuschritt, machte sich Hannah ans Ausladen. Der Taxifahrer half ihr beim Tragen. Sie entlohnte ihn mit einem Trinkgeld. Dann stand auch sie in dem leicht abgedunkelten kleinen Vestibül. Hinter dem Tresen der Anmeldung begrüßte sie herzlich eine rundliche ältere Frau: „Bon giorno, Signora, Signore Sendmann! Da sind Sie ja, Professore! Wie ich mich freue! Un artista! Ein Künstler! Ihre Frau hat schon vorher geschrieben. Auf Englisch. Ich nicht so gut kann diese Sprack. Aber wir werden verstehen uns. No problem! Ich bin Signora Alberti. Für meine Freunde Signora Faustina. Ich Ihnen zeigen Ihre Zimmer. Roberto?!“, rief sie nach hinten, worauf aus dem angrenzenden Zimmer ein halbwüchsiger Junge hervorkam. „I bagagli! Presto!“, wies sie ihn an, das Gepäck zu tragen. Dann eilte sie ihnen mit der Leichtfüßigkeit mancher Dicker voran, eine halbe Treppe nach oben und schloss eine Türe auf. „Prego!“, winkte sie stolz.

Hannah war überwältigt, Sami nicht minder.

Das Zimmer war geräumig und hell mit einer traumhaften Aussicht,

die Einrichtung im sizilianischen Stil geschmackvoll. Es gab zwei durch einen schmalen Gang getrennte Betten. *Gott sei Dank kein französisches Bett*, dachte Hannah erleichtert. Dazu einen kleinen Schreibtisch mit passendem Stuhl, einen Schrank und eine Kommode für die Wäsche. Sogar ein winziges Sofa stand an der Wand. Dem Zimmer vorgebaut war ein kleiner Balkon, darauf ein Tisch und zwei Stühle. Von hier aus nichts als Bläue und ein mittäglich verschwommener Horizont. Nur an einem Inselchen konnte sich das Auge festhaken. Um das Haus herum schoss ein Schwarm von Schwalben. Weit hinten auf dem Meer zog ein Schiff seine Bahn.
„Es ist sehr schön, Signora. Wir sind sehr zufrieden“, atmete Hannah tief durch. „Wir freuen uns auf die Wochen bei Ihnen.“
„Frühstück von acht bis zehn, Abendmenü ab sieben“, verkündete Faustina. „Sie können auch wählen Büfett. Mittagessen nix. Dafür kleine Trattoria am Strand. Ich Ihnen zeigen Salon.“
Der Speiseraum befand sich im Erdgeschoss. Abgestützt von vier schlanken Säulen durchmaß er die Breite des Hauses. Das Mobiliar war gemütlich, leicht altmodisch, gerade so, wie beide es liebten. Durch die hohen, weit geöffneten Fenster wehte der Wind herein und blähte die hellen Vorhänge. An den runden Tischen konnten bis zu vier Personen Platz nehmen. Glanzstück der Einrichtung war eine breite Bar mit Spiegeln und hohen Lederhockern davor. Ein bisschen zu viel Zugeständnis an den vermeintlichen Geschmack der Gäste, meinte Hannah.
Sami fand sie ganz in Ordnung und murmelte: „Hier kann man sich sogar einen anständigen Drink bestellen.“
Er kippte auch gleich einen Cocktail herunter, den ihm Faustina gemixt hatte. Hannah beeilte sich, ihn wegzulotsen. Wenn er sich erst ein Glas genehmigte, konnten daraus leicht zwei oder drei werden.
Ohne seine Geige wirkte er etwas fahrig, wie heimatlos. Sendmann hatte sie tatsächlich in Stockholm gelassen. Und das nur, weil Hannah ihm gedroht hatte, dass sie sonst nicht mitführe. „Es ist doch nur für ein paar Wochen. Wir sind ja hier, um uns zu erholen – vor

allem du. Die Reise nach St. Petersburg hat dich doch sehr angestrengt. Du musst dich von all dem Stress ausruhen“, hatte sie ihn so lange zu überzeugen versucht, bis er einwilligte.

Sein Instrument, seine herrliche *Scarampella*, doch vor allem das Geigenspiel fehlten ihm sehr. Er lief im Zimmer umher und regte sich über die geringsten Kleinigkeiten auf. Dass Hannah ihm die falschen Hemden eingepackt oder sein Rasierwasser vergessen hätte.

Er muss das durchstehen, dachte sie ohne Reue und setzte ihre Bemühungen, ihn abzulenken, gleich praktisch in die Tat um. „Was hältst du davon, erst einmal das Terrain zu erkunden? Wir könnten sogar baden. Das Wetter ist doch herrlich. Ich zieh mir schon mal flache Schuhe an.“

So riss sie ihn mit.

Am Strand suchten sie sich ein schattiges Plätzchen unter einem Tamarindenbaum. Hannah hatte für Sami einen spannenden Krimi mitgebracht. Sie selbst schmökerte in einem historischen Roman. In den Wellen baden, hinausschwimmen, die Sonne auf der Haut spüren, die Zehen im Sand vergraben – es war Sommer, wie sie ihn sich nur wünschen konnten. *Und die Studentinnen sind abgeschmettert*, triumphierte Hannah.

Die Tage im „Nido“ verliefen friedlich. Der Juni war noch nicht so heiß.

Morgens frühstückten sie auf der Terrasse, mittags suchten sie sich am Tresen der Trattoria von Signora Permona eine Kleinigkeit aus. Hannah freute sich wie ein Kind, wenn sie in der Küche herumschnupperte. Es duftete nach Gebratenem, Gemüse und Kräutern. Jeden Tag entdeckten sie neue leckere Happen, etwa in Öl gebackene Sardinen mit gedünsteten Tomaten, Oliven und einer Flasche Weißwein. Gegrillte Tintenfischringe, geschmorte Hasenkeulen, in Rotwein gekochtes Huhn oder einfach knusprige Pizza. Selbst Sami ließ sich von der köstlichen italienischen Küche verlocken. Besonders gern naschte er süße Nachspeisen und schwärmte für Signora Permonas „wahres Gedicht von einem Tiramisu“.

Als ihnen Faustina beim Frühstück mit großen Gebärden den Fischmarkt von Palermo sozusagen bildlich vor Augen führte, war Hannah sofort begeistert. „Das müssen Sie sehen, Signore, Signora Sendmann! Heute großer Fischemarkt auf der Vuccirίa, ganz zugedeckte mit rote Tücher. Viele, viele Tische mit Fisch, alle frische, große fast ein Meter lang mit richtige Schwert, lange Aale wie Schlange, dicke Fisch mit Riesenmaul und Glotzeaugen. Alles aussehen wie prächtiges Bild!"
Gut gelaunt, wie sie waren, packte sie die Abenteuerlust. So fuhren sie denn die halbe Stunde mit dem Bus nach Palermo und pilgerten, den Reiseführer in der Hand, zur Vuccirίa zwischen dem Hafen und der Piazza San Domenico.
Faustina hatte nicht übertrieben. Der Markt bot schon von Weitem einen äußerst malerischen Anblick. Unter den roten und grau-weißen Segeltüchern, die ihn überspannten, schimmerte weiter hinten ein goldenes Licht aus geöffneten Kirchentüren hindurch. Auf den Tischen lagen die wunderlichsten Meerestiere wie Zackenbarsche und Seeaale. Auch Hummer, Muscheln, Kugel-, Thun- und Tintenfische – alle dick eingepackt in Eis. Dahinter priesen die Händler laut schreiend ihre Ware an und kreischten sich heiser. Das Publikum schob sich in Massen zwischen den Reihen hindurch. Hier kaufte eine Hausfrau einen fetten Rotbarsch, dort ein Gastwirt vier lebende Hummer. In einer Ecke schlug ein Junge mit einem Stein unermüdlich einen Kraken tot.
Die Ausdünstungen von Menschen und tierischer Ware unter den heißen Planen ließen auch den Geruchssinn an diesem überaus malerischen Bild teilnehmen.
„Hier riecht es nach Fisch!", stellte Sami trocken fest und hielt sich die Nase zu.
Hannah lachte. „Du hast ja wohl kaum angenommen, dass es auf einem Fischmarkt nach Blumen riecht … Das müssen wir unbedingt fotografieren!" Und schon holte sie ihre Kamera aus der Tasche und schoss einige Fotos.

Ein schlanker Schwertfisch fiel Sami ins Auge. „Glaubst du, dass uns Signora Permona den zubereiten könnte?“
„Du willst doch nicht den ganzen Fisch kaufen?! Schon ohne Schwert ist er mehr als einen Meter lang. Wir könnten uns doch etwas mehr als ein halbes Kilo abwiegen lassen.“
„Aber das Schwert möchte ich schon mitnehmen!“, bestand Sami auf seinem Wunsch.
„Klar, kannst du! Vielleicht möchtest du es als neuen Bogen benutzen. Oder wir hängen es über unseren Betten auf! Rrrrrrr!“, scherzte Hannah. Sie war so erleichtert über Samis geradezu kindlichen Übermut, dass sie spontan vorschlug: „Wenn du das Schwert nimmst, trage ich den Fisch! Und jetzt gehen wir Eis essen! Dort hinten sehe ich schon das Schild einer Gelateria.“
Ehe sie aber das Eiscafé erreichten, passierten sie ein kleines Restaurant, aus dem Geigentöne klangen. Sofort blieb Sami stehen. „Hörst du? Da spielt doch tatsächlich jemand die ‚*Campanella*‘! Na ja, etwas besser als ein Anfänger …“
Hannah wollte ihren Mann weiterziehen, doch er ließ es nicht zu. „Gehen wir doch erst mal hier herein, einen Wein trinken“, schlug er vor.
Hannah wusste, wenn er erst Platz genommen hatte, konnte das dauern.
Das Lokal war hübsch eingerichtet. Es hatte einen mit Weinlaub überdachten Hofgarten, in dem Tische und Stühle zum Niederlassen einluden. In der Mitte stand der Geiger. Ungeachtet seiner musikalischen Darbietung palaverten die meisten Gäste miteinander. Nur einige lauschten ihm und klatschten Beifall, wenn er ein Stück beendet hatte. Nun spielte er „Liebesleid“ von Kreisler.
„Was willst du dir diese Kaffeehausgeigerei antun?“, versuchte Hannah, ihren Mann aus dem Restaurant herauszulotsen. Aber Sami hatte sich schon auf einer Bank niedergelassen und fixierte interessiert den jungen Mann. Offensichtlich hatte der Schwierigkeiten mit Doppelgriffen und der Intonation.

Hannah war innerlich auf dem Sprung. Schnell fort, ehe Sami den Geiger in ein Gespräch verwickelte, ihm womöglich einige Griffe zeigte! Doch da erhob der sich auch schon, ging auf den Violinisten zu und tippte ihm auf die Schulter, sodass dieser im Spiel innehielt.
„Ich zeige Ihnen, wie Sie es besser machen können. Sehen Sie? So!", sagte er zu ihm auf Englisch. Und schon hatte er dem jungen Mann Geige und Bogen aus den Händen genommen und setzte selbst zum Spiel an.
Gegen seine eigene *Scarampella* war diese Geige natürlich ein kümmerliches Instrument. Sendmann wusste sie aber so zu nehmen, wie sie war. Nach zwei, drei gezupften Proben entlockte er ihr andere, mit den vorherigen nicht zu vergleichende Töne. Die Gäste verstummten, schauten ungläubig auf. Hannah war entsetzt. Ganz im Gegenteil jedoch Sami. Er begeisterte sich zusehends und begann nun erst richtig, sie einzuspielen. Er fügte Kreislers „Liebesfreud" hinzu und gab noch einige Stückchen von Paganini zum Besten. Nun erhoben sich die Gäste und klatschten stehend Beifall. Ihre Bravo-Rufe lockten sogar Menschen von draußen herein.
„Incredibile, che artista! Unglaublich, was für ein Künstler!", lobte ein älterer Mann.
„Mamma mia!", begeisterte sich eine Frau. „Da capo, Maestro!"
Hannah saß wie auf Kohlen.
„Wenn Sie es richtig machen, klingt Ihre Violine sogar gut", meinte Sami väterlich und gab dem verdutzten Geiger sein Instrument zurück.
„Jetzt gehen wir aber wirklich!", bestimmte Hannah. Sie war ziemlich verärgert. „Wir wollten doch Eis essen. Wein trinken wir abends."
Endlich standen sie wieder auf der Straße.
Sami war verstimmt. Dieses kurze musikalische Intermezzo hatte ihn schmerzlich an seine eigene Geige erinnert. Das kostbare Instrument ruhte gut verschlossen in einem Schrank in seinem Bungalow bei Stockholm, Tausende Kilometer entfernt.

Hannah befürchtete einen Rückfall. Sami hatte sich doch schon so gut erholt. Er wirkte entspannt und liebte das Baden im warmen Meer. Er genoss die schöne Natur und die italienische Küche. Es schien sogar, als hätte er selbst Paganini vergessen. Warum mussten sie ausgerechnet an diesem Lokal vorbeikommen?!
Entschlossen sagte sie: „Wir können ja ein andermal Eis essen gehen. Jetzt bringen wir erst einmal unseren Fisch nach Hause. Dafür müssen wir uns allerdings ein Taxi nehmen. Für morgen hätte ich eine schöne Idee. Was hältst du davon, wenn wir nach Taormina fahren? Signora Faustina kann uns da sicher weiterhelfen."
Auf der Fahrt zurück zum Hotel saß Sami in sich gekehrt.
Hannah fiel auf, dass sich der Taxifahrer, wenn ihnen ein anderes Taxi begegnete oder eines sie überholte, mit dem rechten Zeigefinger an die Nase griff oder das Augenlid herunterzog. „Was soll das bedeuten? Die machen sich so komische Zeichen", raunte sie ihrem Mann zu.
„Ich habe mal gehört, dass das eine Art Geheimsprache wäre. Wahrscheinlich teilen sich die Fahrer mit, wen sie als Gäste haben oder ob bei ihnen etwas zu holen ist, sodass sich ein Umweg lohnt."

In der folgenden Nacht schreckte Hannah auf. Sami hatte im Schlaf geschrien: „Ich bin nicht Paganini!" Dabei war er aufgewacht.
„Was ist dir? Du hast nur geträumt. Es ist nichts Ernstes. Du bist in deinem Bett. Ich bin da."
Stockend begann er: „Da waren … viele Menschen im Publikum. Sie wollten immer mehr hören … immer virtuosere Stücke. Sie erhoben sich von ihren Plätzen, drängten auf die Bühne, erstickten mich fast! Da habe ich es ihnen gesagt."
Hannah legte ihm beruhigend den Arm um die Schultern und deckte ihn zu.
„Ich bin es nie gewesen", murmelte er noch und war schon bald wieder eingeschlafen.
Sie selbst lag noch lange wach und dachte darüber nach, was sie

tun und wie sie Sami helfen konnte. Am Morgen sprach sie ihn darauf an. Doch er wollte sich nicht mehr erinnern, versuchte, den Angsttraum als geringfügige Bagatelle abzutun. Aber Hannah ließ nicht locker. Jetzt bot sich endlich einmal die Gelegenheit, mit ihm zu sprechen. „Nicht über Paganini! Über mich, über uns beide!“, forderte sie eindringlich.
Stumm hörte er zu.
Sie erzählte ihm von ihrer Besorgnis um ihn, von ihren Ängsten und ihrem Kummer. Dass sie in all den Jahren mit sich gerungen hatte, ihn wegen seiner andauernden Affären zu verlassen. Und es doch nicht getan hatte. Dass sie sich all seine Geschichten hatte anhören müssen, ihn schließlich kaum noch hatte ernst nehmen können und an seiner Seite unglücklich und vereinsamt war. Dass sie, um nach ihrem Suizidversuch nicht ganz hoffnungslos zu werden, sich mit der Zeit innerlich immer mehr von ihm abgewandt und auf ihre Malerei gestürzt hatte. „In einem unbeobachteten Augenblick habe ich einmal dein trauriges Gesicht gesehen. Da begriff ich, dass du mich brauchst, weil dich das Älterwerden wehrlos macht. Um dich nicht allein zu lassen, bin ich schließlich bei dir geblieben.“ Und leise setzte sie hinzu: „Und ich glaube, auch deswegen, weil ich dich liebe …“
Sami schaute sie erschüttert an. „Du bist wie Elena. Sie wollte mich heiraten, obwohl sie meine Schwäche ahnte. Sie hat das ganz unbedingt gewollt, ohne jeden Eigennutz. Ich habe sie dennoch verlassen.“
Unwillkürlich war Sendmann wieder in Paganinis Haut geschlüpft.
Für Hannah war es, als stürze eine Welt zusammen. Dass er sich auch hier so weit von der Wirklichkeit entfernt hatte, brachte ihre Kraft ins Wanken. Zugleich erfüllte sie maßlose Wut. Immer nur war es um ihn gegangen. Seine Egozentrik war beispiellos. Greta hatte ganz Recht gehabt. Wann hatte er einmal nach ihr – seiner Frau – gefragt?
Hart sagte sie ihm: „Ich bin nicht Elena! Du bist nicht Paganini!

Und wenn du nicht endlich begreifen willst, dass wir hier und heute leben, dass du Samuel Sendmann bist und ich Hannah, werde ich dich auf der Stelle für immer verlassen!“ Sie riss ihren Koffer vom Schrank und begann schon, ihre Kleider hineinzustopfen.
„Nein! Du darfst nicht gehen! Das darfst du nicht einmal denken!“, stöhnte Sami verzweifelt. „Bitte bleib! Was bin ich ohne dich? Ich brauche dich doch!“ Er nahm ihr den Koffer aus der Hand und versuchte, sie zu umarmen.
Doch sie schüttelte ihn ab und blickte ihn herausfordernd an. „Hast du dir das gut überlegt?“
Er wehrte sich gegen ihre Forderung, wusste aber auch, dass Hannah auf ihrer Bedingung bestehen würde. Er fühlte sich hilflos bis zur Erschöpfung. „Bin ich krank?“, fragte er.
„Du lebst in einer anderen Welt“, antwortete sie ihm fest. „Du brauchst Hilfe! Ich allein kann sie dir nicht geben. Das kann nur ein Arzt. Ich kenne da einen Psychiater …“ Und sie berichtete ihm von ihrem Besuch bei Dr. Vettarskjöld, verschwieg ihm aber dessen Vorschlag einer „Folie à deux“. Gleichzeitig beruhigte sie ihren Mann. „Ich verlange nichts Unmögliches von dir. Ich bitte dich nur in allem Ernst, dass wir gleich nach unserer Rückkehr diesen Arzt gemeinsam aufsuchen.“
Für Sendmann war das ein Schock. Seine Stimmung verdüsterte sich. Seine eigene Frau hielt ihn für verrückt, zumindest für übergeschnappt! Sie hatte hinter seinem Rücken einen Arzt aufgesucht und über ihn gesprochen.
Angstvoll versuchte er nun, einen Aufschub zu erwirken. Während sich Hannah auf den Balkon zurückgezogen hatte, um ihre Erregung in den Griff zu bekommen, lief er im Zimmer auf und ab. Das ging so eine Stunde. Schließlich kam er schwer atmend zu einem Entschluss. „Was hältst du davon, wenn wir ganz nach Sizilien übersiedeln? Wenn wir den Bungalow in Stockholm verkaufen und uns irgendwo bei Palermo ein Haus am Meer suchen? Ich finde es hier wunderschön. Hier könnten wir zusammen glücklich sein.“

Samis Vorschlag kam für Hannah völlig überraschend. Sein Geständnis, so reizvoll es war, verwirrte sie. Er hatte einmal nicht nur von sich, sondern von ihnen beiden gesprochen. Damit hatte er sie in seine Problematik mit einbezogen. Sie gehörte zu seinem Leben. Hannah erkannte, dass es nur mit einem Besuch beim Psychiater und einer Gesprächstherapie für Sami nicht getan wäre. Würde ihn das etwa glücklicher machen? Ihre Ehe erneuern? Sein Gedanke, sich auf dieser faszinierenden Insel endgültig niederzulassen, besaß etwas Verführerisches. Was hielt sie schon in Schweden?

Vielleicht, überlegte sie, *kann ich ihm doch selber helfen.*

Warum nicht in die Rolle von Elena schlüpfen? Und hier auf Sizilien bleiben, bis einer von ihnen gehen müsste? Selbst wenn der Psychiater Sami in die Realität führen könnte – würde er dann so sein wie früher? Das beurteilte sie eher skeptisch. Würde sich vor allem ihr Zusammenleben bereichern? Sie wurde noch skeptischer. Und in Schweden neben einem verbitterten, freudlosen Griesgram leben zu müssen, wäre die am wenigsten erfreuliche Aussicht. Hatte ihr Dr. Vettarskjöld nicht geradezu geraten, ihren Mann so zu behandeln, als sei er Niccolò Paganini? An einem neuen Wohnsitz in solch herrlicher Umgebung bot sich eine ideale Chance dazu.

„Wir müssen darüber sprechen. Dein Vorschlag ist gar nicht so abwegig. Ich finde ihn sogar fantastisch! Ich bin davon regelrecht fasziniert."

Augenblicklich erhellte sich Samis Gesicht. „Wärst du wirklich einverstanden?"

„Warum nicht?", lächelte sie.

Diese plötzliche Erkenntnis erleichterte sie ungemein. Warum sollte sie es sich weiter so schwer machen und gegen seine Vorstellung ankämpfen?

„Das wäre eigentlich die beste Lösung. Warum in Schweden bleiben, wo es hier doch ungleich schöner ist? Wir müssen nur noch das richtige Haus finden."

Sie ging auf ihn zu und umarmte ihn.

Er hielt sie ganz fest umschlungen. „Verlass mich nicht, Liebste! Du bist es, die ich am meisten liebe! Du bist der einzige Mensch, den ich nicht fürchten muss. Die Einzige, der ich restlos vertraue."
Hannah war erschüttert, wie sehr er sich in ihre Hand gab. Ein Strom von Liebe durchflutete ihr Herz. Plötzlich war alles ganz einfach. Sie brauchte sich nicht mehr für ihn zu schämen. Beide durften sie selbst sein. Und bei sich dachte sie: *Auch ich werde in eine andere Rolle schlüpfen, genau wie er in Paganinis Haut. Ich werde ebenso Hannah wie Helene oder Elena sein, wenn der Zeitpunkt gekommen ist.*
„Das wird für uns ein Neuanfang sein!", küsste sie ihn. „Wenn wir das Haus gefunden haben, werden wir es herrichten und darin leben, wie es uns gefällt. Jeder bekommt sein eigenes Reich – du für deine Violine, ich für meine Malerei. Die erste Hürde allerdings, die wir nehmen müssen, heißt: Italienisch lernen!"
Als er das hörte, war Sendmann so glücklich wie lange nicht mehr. Dieser Gedanke, für immer auf Sizilien sesshaft zu werden, beherrschte von nun an ihre Tage. Nur noch knapp zwei Wochen blieben ihnen, um ein passendes Haus zu finden.
„Ich weiß nicht, ob das zu schaffen ist", meinte Hannah. „Wir sollten einen Makler einschalten. Außerdem müssen wir uns einen Mietwagen nehmen, um überallhin zu gelangen."
Sami war einverstanden. Er selbst war viel zu bequem, um zu fahren, deshalb überließ er Hannah das Steuer. Er wusste, sie war eine sichere Fahrerin. Auf ihrem bezaubernden Balkon sitzend, stellten sich die beiden das Haus vor und schmiedeten Pläne, wie sie es einrichten wollten.
Hannah zeichnete Skizzen, wie es aussehen könnte. „Am besten eine alte Villa mit Stil, etwas Romantisches! Und ein Garten muss auch dabei sein!"
„Zuerst aber müssen wir unseren Bungalow gut verkaufen", warf Sami ein. Auch er war ganz erfüllt von dem Gedanken, auf der Insel auch innerlich Fuß zu fassen.

„Wenn es so ist, dass wir wiederkommen", meinte Hannah scherzhaft, „können wir Taormina ja verschieben. Jetzt ist jeder Tag kostbar. Überlegen wir mal, wo es am schönsten sein könnte. Palermo, finde ich, ist viel zu laut. Zu viel Verkehr. Aber die Nordküste sollte es schon sein. Wir könnten ein Haus etwas weiter östlich finden. Vielleicht rund um Cefalù. Das ist etwa 80 Kilometer von Palermo entfernt." Sie vertiefte sich zum wiederholten Mal in Karten und Bücher. „Cefalù mit seinem alten Hafen sieht einfach ganz wunderschön aus."
„Also fahren wir hin!", griff Sami begeistert den Gedanken auf.

Gleich am nächsten Tag bestellte Signora Faustina für sie einen Mietwagen.
Nach einer guten Stunde gelangten sie auf der Küstenautobahn in den malerischen Ort, der sich den Charakter eines Fischerdorfes bewahrt hatte. Schon von Weitem erkannten sie den markanten, mächtigen Felsklotz. Zwischen Meer und Felsen drängten sich auf einem schmalen Landstreifen die Häuser. Im Glanz der Mittagssonne leuchtete die „Rocca" von Cefalù in sattem Goldgelb. Vom schönen Sandstrand her gesehen präsentierte sich die Altstadt mit ihrem alten Hafen wie eine Traumkulisse.
„Hier könnten wir bleiben!", rief Hannah aus.
„Und du findest natürlich das schönste Haus für uns", stimmte Sami in ihre Begeisterung mit ein. Alle Sorgen schienen wie fortgeblasen.
Im Tourismusbüro erfragten sie die Adressen dreier Makler.
Die Signorina erteilte ihnen beflissen Auskunft. Rund um die Stadt gäbe es schon einige schöne Anwesen. Ob dieses oder jenes aber zu verkaufen sei, wisse sie nicht. Eines aber sollten die Herrschaften vorab nicht verpassen, riet sie. „Heute findet im Dom die festliche Hochzeit eines reichen sizilianischen Conte statt. Eine wunderschöne Braut, eine prächtige Gesellschaft, ein ganz großes Ereignis!" Die junge Frau strahlte. Man sah ihr an, wie gern sie selbst die Braut gewesen wäre.

„Das können wir uns gern einmal anschauen. Es ist ja noch vor zwölf", meinte Hannah. Auf solch ein Spektakel war auch sie neugierig.
So flanierten die beiden über den Corso Ruggero, durch die Gassen von Cefalù und gelangten bald wie von selbst auf einen weiten, zur Kathedrale hin geöffneten Platz. Der stolze Dom – erster Normannenbau auf Sizilien – wurde von zwei wuchtigen Türmen dominiert. Vor dem Hauptportal hatte sich neben einer Menge von Schaulustigen eine Blaskapelle postiert. Gerade als Hannah und Sami eintrafen, öffnete sich das Kirchenportal und das Brautpaar trat unter Hochrufen der umstehenden Menge heraus. Sogleich setzten die Bläser mit einem feierlichen Marsch ein. Dazu erklangen Instrumente wie bei orientalischer Musik.
Der Zug der Brautleute setzte sich mit Gefolge langsam in Bewegung bis zu den bereitstehenden Kutschen. Die Pferde waren mit aufgesteckten Kronen und Blumen prächtig herausgeputzt. Die kleineren Zweisitzer glichen bunt geflochtenen Körben. An einem solch herrlichen Junitag fuhr man offen bis in das zum Empfang bereitstehende Grandhotel.
Nachdem die Zeremonie vorbei war, zerstreute sich die Menge. Auch die Blaskapelle löste sich langsam auf. Da Sami und Hannah in der Nähe standen, fiel ihnen ein sehr großer, stattlicher Herr auf, der die Bläserschaft in Schwarz um mehr als Haupteslänge überragte. Als Einziger trug er ein dem Barock nachempfundenes grünes Jägerkostüm und einen schwarzen Dreispitz. Darunter quoll sein ehemals wohl rotbraunes, jetzt stark ergrautes Haar dicht hervor. Er besprach sich mit einem seiner Kollegen. Hannah schnappte einige französisch klingende Sprachfetzen auf. Dabei hängte er sich sein gewaltiges Parforcehorn über die linke Schulter, bereit, zu Fuß den Platz zu verlassen.
Hannah stieß ihren Mann spontan in die Seite. „Es scheint, er ist Franzose. Er war mit der Darbietung seiner Kollegen nicht gerade zufrieden. Sprich ihn doch einfach an!"

Sami war nicht nur die ungewöhnliche Uniform des Herrn aufgefallen. Er hatte auch herausgehört, dass dieser sehr gekonnt und sauber sein Instrument zu blasen verstand.
„S'il vous plaît", trat er dem grün Uniformierten mit seinem etwas unbeholfenen Schulfranzösisch entgegen. „Sie haben sehr gut gespielt. Damit haben Sie Ihren Kollegen ein Beispiel gegeben … Sind Sie ihr Chef?"
„Wenn Sie so wollen, ja. Einen Dirigenten haben wir nicht. Wir sind jedoch sehr gut aufeinander eingespielt. Da klappt es auch so. Vielen Dank für das Kompliment, mein Herr!"
„Sie sind Franzose?", fiel nun auch Hannah ein. „Wir sind Touristen aus Schweden."
„Heute bin ich Franzose. Meine Eltern wurden während des Krieges jedoch zu Deutschen gemacht. Ich bin Elsässer, in erster Linie Europäer und in zweiter Sizilianer."
Hannah und Sami lachten.
„Sind Sie schon lange hier?"
„Gerade einmal zwei Wochen – und schon suchen wir ein Haus", sprudelte Hannah hervor. Irgendetwas an diesem Mann flößte ihr Vertrauen ein. Entfernt erinnerte er sie an ihren Vater.
„Das ging aber schnell, oder?", wunderte sich der Elsässer. „Mais oui, wenn man im hohen Norden leben muss, erscheint einem Sizilien als das reinste Paradies. Sprechen Sie deutsch?"
„Ein wenig. Was noch von der Schule übrig geblieben ist, doch sicher besser als französisch." Sami begutachtete neugierig das Parforcehorn. „Wie bringt man es fertig, auf solch einem Instrument zu spielen?"
Der Elsässer lachte. „Ganz einfach, durch Üben, oder?"
„Sie sind Musiker?", fragte Sami, nun schon recht interessiert.
„Nur am Rande. Ich habe in meiner Jugend einige Semester am Straßburger Konservatorium Horn und Posaune studiert, bis mich meine Eltern nachdrücklich an mein Erbe erinnerten. Mein eigentlicher Beruf ist Winzer. Ich besitze ein Weingut im Elsass, genauer

gesagt, in Obernai – oder wie es früher auf Deutsch hieß: in Oberehnheim. Seit ich Pensionär bin, habe ich meinen Wohnsitz nach Sizilien verlegt. Ich lebe seit fünf Jahren hier."
„Und es hat Sie also nach Cefalù verschlagen?", lächelte ihn Hannah an. Sie betrachtete unverhohlen sein männliches, gut geschnittenes Gesicht, das von braunen Augen, buschigen Brauen, einer kräftigen Nase und einem üppigen Schnurrbart markiert wurde. „Vielleicht sollten wir uns vorstellen: Mein Mann heißt Samuel Sendmann. Er ist Geigenprofessor an der Musikhochschule von Stockholm. Ich bin seine Frau Hannah."
„Am Konservatorium? Also auch ein Musiker?", staunte der Herr aus Obernai. „Ich bin Léonard, Marquis de Montvert. Eigentlich nur Leonhard Grünberg." Dabei lächelte er verschmitzt.
Sami und Hannah sahen sich an. War das ein Scherz? Durften Sie lachen?
„Voilà, Monsieur le Marquis, Herr Grünberg, ein Winzer, der das Parforcehorn bläst! Welch hübsche Mischung!", nutzte Hannah die heitere Situation. „Ein französischer Winzer sollte auch vom sizilianischen Wein etwas verstehen. Was halten Sie davon, wenn wir uns in einer Trattoria gemeinsam zu einer kleinen Weinprobe niederlassen?"
Monsieur Grünberg – alias Marquis de Montvert – war gleich einverstanden. „Herzlich gerne!", ging er zum Deutschen über. „Ich möchte sowieso am liebsten meine Jacke ablegen. Es wird schon unerträglich heiß, oder?"
So machten sie sich gemeinsam auf den Weg und steuerten unweit des Doms auf ein schattiges Weinlokal zu.

Der Marquis de Monvert

Aus der „Weinprobe“ wurde bald ein schmackhaftes Mittagsessen. Während Hannah zum Sprudelwasser zurückgekehrt war („Ich muss ja fahren …“), ließen es sich die Herren schon bei einer zweiten Flasche wohl sein.

„Ein italienisches Sprichwort sagt: *Eine Mahlzeit ohne Wein ist wie ein Tag ohne Sonne*“, erklärte der Marquis mit einer ausladenden Gebärde seiner Hände.

Der köstliche Trank löste den Herren die Zunge. Sami kam ins Schwärmen, wer er am liebsten wäre, der Winzer ließ den Chianti hochleben und Hannah hörte einfach lächelnd zu.

„Sie sind in Wirklichkeit also Paganini?“, rückte der Elsässer näher an Sami heran. „Dann müssen Sie auf der Geige ja verdammt gut sein, oder? Das verlangt geradezu nach einer Kostprobe!“

„Ich habe mein Instrument nicht bei mir. Es ist in Schweden. Mir wurde eine Zeit der Enthaltsamkeit verordnet“, lächelte Sami bedauernd mit einem diskreten Blick auf Hannah.

„Ah, ich verstehe, Maestro. Ihre Frau muss sich ein wenig von Paganini erholen, oder?“ Der Marquis blinzelte vergnügt.

Hannah fühlte sich peinlich berührt. Wie konnte dieser Mann in so kurzer Zeit ihr jahrzehntelanges Problem so einfach durchschauen?

„Und jetzt suchen Sie hier also ein Haus?“

„Es ist eigentlich verrückt, es ist eigentlich unmöglich. Wir haben dafür nur noch wenige Tage.“

„Aber nein, Madame, es ist gar nicht verrückt und auch nicht unmöglich. Ich selbst lebe ein wenig außerhalb von Cefalù. Ich weiß von zwei alten Villen, die unbewohnt sind. Vielleicht stehen sie zum Verkauf. Die eine ist ziemlich protzig, aber noch gut erhalten. Die andere ist einigermaßen verfallen, muss aber vor hundert Jahren sehr nobel gewesen sein. Das halbe Dach fehlt, die Fenster sind leer. Ich war mal drinnen. Da müsste viel gemacht werden.“

„Können wir die Villen sehen?“, fragte Sami elektrisiert.

„Hat die verfallene einen Garten?“, fiel Hannah atemlos ein. Der Himmel hatte ihnen diesen Marquis geschickt.
„Sie sind doch mit dem Auto da. Ich hoffe, ich passe mit meinem Parforcehorn hinein. Mein Wagen wäre für uns vier zu klein. Wenn Sie mich mitnehmen, zeige ich Ihnen die Häuser.“

Schon kurze Zeit später schraubten sie sich auf einigen Serpentinen in halbe Höhe hinauf. Sie näherten sich offensichtlich dem Villenviertel von Cefalù. Hinter schmiedeeisernen Toren ahnte man große, gepflegte Gärten und stattliche Häuser.
Bei jedem Tor beugte sich der Marquis vor. Schließlich bat er zu halten.
„Hier ist die gut erhaltene Villa.“
„Die scheußliche?“, fragte Hannah spöttisch.
„Na ja, sie könnte etwas sein für einen arabischen Scheich mit einem Stall voller Kinder.“
Hannah hielt vor dem Gartentor, das leicht angelehnt war. Alle schauten sich um. Ein Schild wies darauf hin, dass das Haus zu kaufen war.
„Gehen wir hinein!“, schlug der Marquis vor. „Hier wohnt sowieso niemand. Die Villa steht schon lange leer.“
Schnell wurde deutlich, dass dieses weitläufige Gebäude mit seinen vielen Türmchen und Terrassen zu groß für zwei Personen war. Dennoch gingen die drei drum herum.
„Ein Gesamteindruck ist immer gut, um die richtige Entscheidung zu treffen“, meinte der Marquis beiläufig.
„Alles sehr schön, aber das ist es nicht“, entschied Hannah. Sie wusste, wenn ihr ein Haus gefiel, würde auch Sami damit einverstanden sein. „Also, zeigen Sie uns bitte das andere.“
„Ich glaube, das wird eher nach Ihrem Geschmack sein“, hoffte der Marquis. „Sonst müsste man mehr im Hinterland, in der Madonie, nach einem Haus suchen.“
Die andere Villa lag dicht an der Straße. Das Schild *„Vendesi“*

verriet, dass sie ebenfalls zum Verkauf stand. Sie war zweistöckig, zeigte eine schlichte, ehemals rosa geputzte Front mit einem hübschen Porticus als Eingang. Darüber schwang sich – sozusagen als Ausguck – ein kleiner Balkon. Rechts und links davon waren in beiden Stockwerken je zwei Fenster symmetrisch angeordnet. Bei den meisten hingen nur noch Scherben in den Rahmen. Ein Teil des Daches musste gedeckt werden. An den Enden der Traufen waren steinerne Akanthusblätter angebracht. Alles in allem aber besaß das Haus eine vollendete Proportion. Es musste einmal wirklich vornehm gewesen sein.

Sehr schön war von hier der Blick. In einiger Entfernung leuchtete das Meer. Im Hintergrund erkannte man sogar die „Rocca" und die Altstadt von Cefalù.

„Kann man in den Garten gehen?", fragte Hannah aufgeregt. „Ich möchte es auch von hinten sehen."

Schon beim Anblick des Gebäudes, nun erst recht beim Betreten des vollkommen verwilderten Gartens hatte sich ihrer ein eigenartiges Gefühl bemächtigt. Ihr war, als habe sie hier schon einmal gewohnt, als kenne sie das Haus seit langer Zeit.

Die hintere Front der Villa war etwas bescheidener. Es gab eine ebenerdige Terrasse – sogar mit einem gemauerten Brunnen, dessen Rand allerdings schon bröckelte. Eine leider fast völlig verfallene Balustrade grenzte sie zum hinteren Gartenstück ab. Es war nicht zu groß, aber ausreichend genug, um es mit Pflanzen und Blumen neu zu beleben. In der Mitte stand ein alter, verwachsener Kirschbaum.

Daran, wie Hannah in sich gekehrt war und schwieg, erkannte Sami, was auch er spürte: Dieses Haus musste – nein, nur dieses konnte es sein! Es war das Haus, wie sie es sich beide gewünscht hatten.

Hannah sah ihn ernsthaft an. Bot sich hier eine Chance für einen Neuanfang ihrer Ehe? Wie hatte Dr. Vettarskjöld gesagt? Seien Sie behutsam! Sie schien ganz entrückt.

„Es hat mich vollkommen verzaubert. Es ist wunderbar! Es ist einfach ein Traum! Ich kann mir ganz genau vorstellen, wie es innen aussieht. Und ich glaube, dir geht es ebenso. Hier gibt es für uns noch allerhand zu tun, was, Niccolò?“
Er tat zuerst so, als habe er das überhört. Doch in Wirklichkeit spitzte er die Ohren. Wie hatte sie ihn genannt? Er war fassungslos. Sie war ihm in seine Welt gefolgt!
„Natürlich. Darf ich dich Elena nennen, Liebste?“
Als Antwort leuchtete ihm ihr Gesicht entgegen. Und schon schrieb er Adresse und Telefonnummer des Maklers auf.
„Es wird Ihnen vielleicht merkwürdig vorkommen, Monsieur Grünberg, Marquis de Montvert, dass mein Mann und ich hier ein neues Leben beginnen möchten. Wir wollen niemanden damit stören, dass wir die Persönlichkeiten ehemals existierender Menschen annehmen und uns ihre Namen geben“, erklärte Hannah.
„Mich stören Sie bestimmt nicht. Ich selbst lebe ja mit zwei Seelen in meiner Brust. Ich habe mir schon gedacht, dass Ihnen dieses Haus gefallen würde. Deswegen habe ich Ihnen auch zuerst das andere gezeigt“, freute sich der Marquis. „Es ist wie maßgeschneidert für Sie, oder?“
„Nur dass es einige Löcher hat“, gab Sami zu bedenken. „Das größte davon scheint mir die Finanzierung.“
„Das muss man abwarten.“ Der Elsässer holte seelenruhig eine Packung Tabak aus seinem Jackett und begann, sich eine Pfeife zu stopfen. „Wenn der Makler glaubt, nach den ganzen Jahren das Haus endlich verkaufen zu können und dann auch noch an Touristen, wird er Ihnen zunächst einen Fantasiepreis nennen. Darauf gehen wir natürlich nicht ein. Wir erzählen ihm, dass wir ein viel preiswerteres Angebot für eine weniger verfallene Villa in den Bergen hätten und die Sache dort schon so gut wie perfekt sei. Ihre Frau kann ja bei der Besichtigung noch ein bisschen herumnörgeln, wie es mit dem Fließ- und Abwasser bestellt ist, ob auch Elektrik vorhanden ist – vom baulichen Zustand und den enormen

Reparaturkosten ganz zu schweigen. Damit werden wir den Herrn ganz schnell auf den Boden der Tatsachen zurückbringen. Dann kann er sich von seinen Preisvorstellungen verabschieden und froh sein, das Haus für etwas mehr als die Hälfte zu verkaufen, oder?“, ließ der Marquis locker verlauten.

Hannah und Sami staunten, wie selbstverständlich der Herr von „wir“ sprach. Wollte er ihnen die Angelegenheit aus der Hand nehmen?

„Ein fairer Preis ist natürlich die Grundvoraussetzung“, erklärte Sami mit Bestimmtheit. „Anderenfalls kann aus dem Projekt nichts werden.“

„Ich habe nur versucht, Ihnen darzulegen, wie Sie mit einem Sizilianer verhandeln müssen. Die Leute hier sind es gewohnt, zu feilschen. Das gehört zum Geschäft – sogar beim Kauf einer alten Villa. Bitte befürchten Sie nicht, dass ich in irgendeiner Weise daran beteiligt bin. Ich habe Ihnen nur die Adresse genannt. Sie brauchen dem Makler ja nicht zu verraten, dass Sie das Haus schon gesehen haben. Und schon gar nicht, dass sie es kaufen möchten.“

„Aber wir sprechen nicht italienisch“, warf Hannah ein und drehte verlegen an einer Haarsträhne. Sie fürchtete, der Marquis könne verärgert sein. „Es wäre wahnsinnig nett von Ihnen, wenn Sie die Verhandlung gewissermaßen übernehmen könnten.“

Der Marquis sah sie überrascht an und wiegte den Kopf. „Ich werde das tun, aber nur, weil Sie beide mir gefallen, Signore Niccolò und Signora Elena. Ich glaube, wir sind verwandte Seelen, sozusagen aus einem Holz geschnitzt, oder? Wenn Sie hier einziehen würden, hätte ich ganz nah die netteste Gesellschaft.“

Nun war es an den beiden, sich herzlich für diese große Hilfe zu bedanken.

Sami und Hannah waren so aufgeregt, dass sie ihr Glück kaum fassen konnten. Sie verabredeten ein Treffen für den nächsten Tag. Bis dahin wollte sich der Marquis mit dem Makler in Verbindung gesetzt haben.

„Ich werde ihn richtig scharf auf Sie machen“, grinste er. „Sie müssen wissen, ich bin hier nicht ganz unbekannt. Mein Wort gilt bei den Leuten!“

Am nächsten Tag trafen sich die drei auf der Via Victor Cavallaro vor einem großen Haus, an dem neben der massigen Eichentür das Messingschild des Maklers Massimo Basti prangte.

Der Marquis war mit einem fabelhaften schwarzen Bentley vorgefahren. Das rund fünf Meter lange Automobil besaß eine rechteckige Form und war mit geschwungenen Kotflügeln und Speichenrädern ausgestattet. An der Kühlerhaube waren zwei runde, herrlich altmodische Lampen angebracht. Neben der rechten Tür befand sich außen eine Hupe, die mit Hilfe eines Ballons betätigt werden konnte.

Als sein Eigentümer dem offenen Zweisitzer entstieg, liefen wie immer einige Männer und Jungen zusammen, um das historische Fahrzeug gebührend zu bestaunen. Dabei bewunderten sie fachmännisch die „Macchina“. Ein Junge wagte es sogar, die Hupe zu drücken, woraufhin ein lautes Hornsignal ertönte.

Diesmal trug der Marquis einen hellen Leinenanzug und einen Panama-Strohhut. Auch das Ehepaar Sendmann hatte sich in Schale geworfen.

Hannah sah sehr hübsch aus in ihrem schmalen roten Trägerkleid. Sie strahlte wie eine Braut vor der Hochzeit. „Ist das Ihr Wagen? So ein schickes Auto habe ich ja noch nie gesehen!“

Der Marquis lächelte geschmeichelt. „Mais oui, gnädige Frau. Ein *Bentley 8 Liter* aus dem Jahr 1930! Eine Schwäche von mir, ich gebe es zu. Allerdings meine teuerste. Ich habe ihn selbst wieder instand gesetzt. Nun ja, mein Gehilfe Carlo und ich haben ihn in monatelanger Arbeit von einem Schrottauto in dieses Schmuckstück verwandelt.“

Hannah kam aus dem Staunen nicht heraus. „So etwas können Sie auch? Das ist ja eine echte Karosse! Und Sie sagten, Ihr Wagen sei zu klein!“, drohte sie schelmisch mit dem Finger.

„Sie sehen ja selbst, leider nur ein Zweisitzer."
„Darin würde ich auch gern einmal fahren."
„Dürfen Sie", meinte der Marquis gut gelaunt. „Aber jetzt geht es erst einmal mit der Villa zur Sache. Und bitte denken Sie daran, nicht zu sehr zu zeigen, dass Sie das Haus unbedingt haben wollen", erinnerte sie der Marquis. „Wir müssen schrittweise vorgehen. Am Telefon wäre der Makler fast vor Freude an die Decke gesprungen. Ich habe ihn tüchtig angespitzt. Er glaubt, dass er heute endlich das Geschäft seines Lebens machen wird. Dann wollen wir ihn mal herunterholen, oder?" Der Marquis musterte Hannah verstohlen mit einem anerkennenden Blick. „Ich würde vorschlagen, wir machen es so: Zunächst trägt Signore Niccolò sein Anliegen vor und lässt sich den Prospekt des Hauses zeigen und alles erklären. Sie, Signora Elena, schauen Signore Basti einfach nur an. Wenn der Herr nun seinen Preis nennt, stellen Sie sich so lange schwerhörig oder schützen Sprachschwierigkeiten vor, bis er seine Geschichte einer exklusiven Adelsfamilie vorbringt. Die Grafen seien bitter verarmt und so weiter. Lassen Sie sich den Kaufpreis aufschreiben. Dann werde ich einen Blick darauf werfen und mich entsprechend äußern. Wenn der Herr nicht einlenken will, setze ich meinen Hut auf. Das ist für Sie beide das Zeichen, dass die Angelegenheit gut läuft. Wir werden uns nämlich kurzerhand von ihm verabschieden. Keine Angst, Signora, Sie bekommen Ihr Haus!", setzte er scherzhaft hinzu.

Signore Basti, ein kleiner Herr in einem elegant geschnittenen Anzug, empfing sie respektvoll in seinem geräumigen Arbeitszimmer. Er küsste der Dame die Hand und verneigte sich leicht vor den Herren. Dann bat er alle, an seinem mächtigen Schreibtisch Platz zu nehmen.
„Womit kann ich dienen?", eröffnete er das Gespräch in holprigem Englisch.
Nachdem er sich vorgestellt hatte, erklärte ihm Sendmann kurz, er

suche ein für sie beide geeignetes Haus in ruhiger Lage bei Cefalù. Nach einem langen Künstlerleben wolle er mit seiner Frau den Lebensabend auf Sizilien verbringen. Eine repräsentative Villa solle es sein, nicht zu groß, mit einem Garten und mit Blick auf das Meer. Sie könne auch gern älter sein, so etwas eben wie ein ehemals vornehmes kleines Palais.

In das Mienenspiel von Signore Basti kam Bewegung. Er klappte seine Augen auf, als gingen zwei Lampen an. „Oh, da habe ich etwas Passendes für Sie, meine Herrschaften! Etwas ganz und gar Konvenables! Nicht weit von Cefalù. Ich habe das Angebot erst kürzlich bekommen. Sie haben Glück, dass Sie sich an mich gewandt haben, Signore. Hier ein Haus von dieser Qualität zu finden, ist äußerst schwierig – was sage ich, geradezu ein Glücksfall! Aber sehen Sie selbst!“ Er holte aus der Schublade seines Schreibtisches einen schon bereitliegenden Prospekt hervor. „Dies ist eine repräsentative Villa, angemessen für einen Künstler. Darf ich fragen, Signore Sendmann, welcher Art Ihr Künstlertum ist?“, scharwenzelte er.

„Ich bin Geiger.“

„Wunderbar! Da suchen Sie natürlich Ruhe, eine schöne Umgebung. All das finden Sie in diesem Haus. Sie sehen, es ist geräumig, aber nicht zu groß.“ Gönnerisch schob er den beiden das Bildmaterial hin.

Man erkannte sofort, dass die Villa von ihrer Schokoladenseite fotografiert worden war. Die baulichen Schäden waren retuschiert und kaum zu erkennen.

„Die Bausubstanz ist erstaunlich gut. Natürlich muss noch etwas gemacht werden. Das Gebäude stammt von 1860. Es ist eines der schönsten in der ganzen Umgebung.“

„Wirklich ordentlich. Wir hatten schon ähnliche Angebote. Gibt es auch einen Garten“, fragte Hannah gelangweilt.

„Selbstverständlich, Signora, sogar einen recht hübschen. Sie können ihn von der Terrasse aus betreten. Es ist ein absolutes Liebhaberobjekt, dazu ein einmaliges Angebot. Wissen Sie, ich habe noch einen Interessenten dafür. Er drängt darauf, es zu erwerben. Wir stehen sozusagen kurz vor dem Notartermin“, beeilte sich Signore Basti zu versichern

Sendmann schien dies überhaupt nicht zu beeindrucken. „Wie sind denn Ihre Preisvorstellungen?“

„Entsprechend, absolut gerechtfertigt. Sie werden verstehen, dass ein solches Bauwerk seinen Preis hat. Dabei habe ich die Vorstellungen des Besitzers schon nach unten korrigiert“, warf er beiläufig ein. „Es handelt sich um einen Grafen, eine sehr alte Familie, die … äh … in finanzielle Schwierigkeiten geraten ist und daher verkaufen muss – was für Sie nur von Vorteil sein dürfte“, fügte er herablassend hinzu.

„Das klingt ja, als wollten Sie mehr für das Haus erzielen, als es wert ist“, ließ sich Hannah vernehmen. „Abgesehen vom Verkehrswert gibt es doch sicher eine amtliche Schätzung. Wir sind schon lange auf der Suche und haben uns entsprechend informiert.“

„Also, wie viel?“, fragte Sendmann.

Signore Basti zierte sich noch immer. „Nur weil Sie es sind, ein Künstler, Signore Sendmann – eine halbe Million“ , sagte er andächtig. „Cinquecentomila!“

„Ich verstehe nicht. Was sagten Sie? Hast du verstanden, was er meint?“

„Vielleicht Lire?“, rätselte Hannah. „Ich hätte gedacht, die Villa ist teurer.“

„Nein, nein! Euro, Signora! Ein Spottpreis!“

„Schreiben Sie bitte den Preis auf! Wir verstehen Ihr Englisch zu schlecht“, verlangte nun Sendmann.

„Sehen Sie? So!“ Basti kritzelte die Zahl auf ein Blatt Papier. „Haben Sie verstanden? Günstiger geht es nicht.“

Nun erhob sich der Marquis, der bisher geschwiegen hatte. „Adesso basta! Das reicht! Dieses Angebot ist für die Herrschaften in keiner Weise interessant. Der Preis ist inakzeptabel“, erklärte er dem Makler auf Italienisch. Er warf einen verächtlichen Blick auf dessen Ge-

kritzel und setzte seinen Hut auf. „Kommen Sie, Signora, Signore Sendmann, wir gehen! Der Preis steht in keinem Verhältnis zum Angebot. Sie erzählten mir doch, dass Sie sich eigentlich schon für ein anderes, weit besser erhaltenes Objekt in der Madonie entschieden hätten“, fügte er auf Englisch hinzu.
Die Angst, den Fisch vom Haken zu verlieren, trieb Signore Basti den Schweiß auf die Stirn. „Aber meine Herrschaften, nicht doch! Sie haben das Gebäude doch noch gar nicht gesehen. Ich wollte Ihnen gerade vorschlagen, es gleich zu besichtigen.“ Er wirbelte um den Schreibtisch herum. „Unten steht mein Wagen. Ich fahre Sie hin!“, beschwor er sie.
Hannah wandte sich um. „Was meinst du, Niccolò?“, fragte sie gedehnt auf Englisch. „Wir könnten uns das Objekt ja wenigstens mal ansehen?“
Der zeigte sich einverstanden. „Va bene“, brachte er sein erstes Italienisch an und fuhr für den Makler verständlich fort: „Wenn meine Frau das sagt, ist sie doch neugierig. Man soll keine Entscheidung unüberlegt treffen.“
„Genau! So ist es! Sie werden sehen, Signora, die Villa ist wirklich vornehm.“ Signore Basti öffnete eilfertig die Tür und begleitete seine Kundschaft hinunter.

Als sie durch das klemmende Gartentor schritten, fühlte sich Hannah wieder seltsam angerührt. Das Haus erschien ihr noch schöner als beim ersten Mal. Schon betrachtete sie es mit den Augen der Besitzerin und sah, was gemacht werden musste, was sie verändern wollte.
Nur jetzt nicht klein beigeben! Der Makler darf nichts merken! Ich will es unbedingt haben, zwang sie ihre aufkommende Furcht nieder. Deshalb setzte sie sich ihre Sonnenbrille auf.
Ein Seitenblick zu ihrem Mann zeigte ihr, dass auch er fasziniert war.
„Was sagen Sie?“, pries Signore Basti einladend sein Objekt an.

„Ich zeige es Ihnen erst von außen, damit Sie auch den Garten sehen. Nachher gehen wir hinein."
Ehe sich Hannah in ihrer Begeisterung verraten konnte, drängte der Marquis den Makler in dessen Muttersprache: „Die Villa ist ganz hübsch, aber eine Ruine. Wer soll denn die Reparaturkosten bezahlen? Beeilen Sie sich, Signore, damit wir hier schnell fertig werden." Und zu dem Ehepaar gewandt, erklärte er auf Deutsch: „Ich habe ihm angedeutet, dass er mit seinem Preis erheblich runtergehen muss, oder?"
Schon beim zweiten Rundgang fühlte sich Hannah wie zu Hause. Regelrecht entzückt war sie von dem Garten. *In dieser Ecke könnte eine kleine Skulptur stehen …*
Endlich schloss Signore Basti unter dem Porticus die Eingangstür auf. Im Halbdunkel der von vier Säulen gestützten Eingangshalle erkannten die beiden eine geschwungene Treppe, die zu den oberen Räumen führte. Signore Basti beeilte sich, deren Einmaligkeit zu erklären. Dann führte er sie unter fortlaufenden Lobreden durch das Erdgeschoss.
Die besonnten Wohnräume lagen zur Straße. Zwei größere gingen ineinander über und waren durch eine Schiebetür voneinander zu trennen. Dahinter lag ein kleines Zimmer zum Garten, zu dem ein Gang ins Treppenhaus führte. Auf der gegenüberliegenden Seite befand sich die Küche mit einem Fenster nach Osten. Daneben gab es einen Wirtschaftsraum. Ein geräumiges Speisezimmer öffnete sich wieder zur Straße. Zwischen den Bäumen ahnte man das Meer.
„Sie ist wohl ziemlich befahren?", fürchtete Hannah.
„Kaum der Rede wert, Signora. Hierher fahren nur die Anwohner. Abends ist es ganz ruhig."
Sendmann wiegte bedächtig den Kopf. „Wenn wir das übernehmen würden, müssten wir das Haus praktisch komplett renovieren."
„Warten Sie, Signore! Sehen Sie erst das Obergeschoss. Dort ist nicht so viel zu machen. Sie werden begeistert sein!" Und schon eilte Basti die Treppe hinauf.

Der Boden wird mit hellen Marmorplatten gefliest. Wenn es geht, auch die Treppe, überlegte Hannah bereits. Die Aufgliederung des Erdgeschosses und die Proportionen der Zimmer hatten ihre Erwartungen noch übertroffen.

Als sie dann im ersten Stock von einer Galerie aus die jeweils zwei Schlafräume rechts und links des Treppenhauses besichtigten, stand für sie fest: dieses und kein anderes Haus!

Signore Basti öffnete die zu dem kleinen Balkon führende Tür und wies mit stolzer Handbewegung über die Meeresbucht. „Bitte schön, da haben Sie Cefalù mit seiner ‚Rocca'!"

Zum Garten gelegen gab es ein Bad und eine Toilette. Die übrigen drei kleineren Räume mochten wohl Zimmer für Personal und Ankleide gewesen sein.

Nun stieg man die Treppe hinunter.

Wieder in der Halle, kam Signore Basti zur Sache. „Wie gefällt Ihnen das Haus?"

„Es war sicher einmal sehr vornehm. Es aber wieder in seinen ursprünglichen Zustand zu versetzen, kostet ein Vermögen!" So beeindruckt Samuel auch war, die zu erwartenden Baukosten schienen ihm für seine Verhältnisse doch zu hoch.

„Das werden wir gleich klären", fiel nun der Marquis auf Deutsch ein. „Angebot und Preis sind hier zweierlei. Lassen Sie mich nur machen!" Er zog Signore Basti einige Schritte zur Seite. „Es wäre möglich, dass sich meine Freunde doch für die Villa interessieren – aber nicht für die von Ihnen genannte Summe. Ich mache Ihnen einen Vorschlag: 250 000 Euro!"

Der Makler warf in gespieltem Entsetzen die Hände nach oben. „Wenn Sie mir mit einer solchen Vorstellung kommen, können wir das Gespräch gleich beenden. Ich habe ja noch einen anderen Interessenten. Er zahlt mir 480 000 Euro. Dazu kommt noch die Courtage."

„Sie sehen ja, Signore, in welchem Zustand sich das Gebäude befindet. Eigentlich gehört es abgerissen. Wenn sich meine Freunde

dennoch dafür entscheiden, läuft es praktisch auf einen Neubau hinaus."
„Aber die Lage, Signore Grünberg, der Blick! Wo bekommen Sie das?", jammerte Basti.
„Nun gut, 280 000 Euro!", setzte der Marquis nach. „Da haben Sie noch ein echtes Geschäft gemacht."
Signore Basti roch den Braten. Die Leute wollten das Haus! Und er war fest entschlossen, es nun endlich zu verkaufen und herauszuholen, was noch ging. „350 000 Euro! Das ist mein letztes Wort."
Der Marquis schüttelte den Kopf. „Das ist zu teuer. 290 000 Euro – sonst platzt die Sache."
Basti wippte angespannt auf den Zehenspitzen. „Nein, nein! Das geht nicht! Das deckt ja kaum meine Unkosten."
„Wie das?", amüsierte sich der Marquis, schon im Gehen begriffen. „Mein letztes Angebot an Sie: 295 000 Euro!" Er winkte und rief dem Ehepaar auf Englisch zu: „Die Sache hat sich erledigt!"
Signore Basti erbleichte. An seinem arbeitenden Gesicht konnte man förmlich sehen, wie sehr der kleine Mann mit sich rang.
Schließlich stieß er hervor: „Halt! Warten Sie noch! In Gottes Namen! Tutto apposto! 295 000 Euro – obwohl Sie mich ruinieren! Ich verlange aber die Hälfte als Anzahlung!"
„Ausgezeichnet!", klopfte ihm der Marquis auf die Schulter. „Das wird alles beim Notar geregelt. Kommen Sie, wir machen gleich den Vertrag fertig!"
Sami und Hannah hatten die kleine Szene aufgeregt verfolgt. Als jetzt der Marquis mit rudernden Armen auf sie zukam, den schon wieder zappeligen Signore Basti im Schlepptau, entspannten sich ihre Gesichter.
„Nun, hat es geklappt?", fragte Hannah mit hochroten Wangen.
„Bestens! Die Villa gehört Ihnen für 295 000 Euro", strahlte der Marquis. „Das ist die Art, wie man in Italien verhandeln muss, oder?" Und zu Signore Basti gewandt, meinte er großmütig: „Die Herrschaften sind einverstanden. Sie wollen das Haus kaufen. Nun

eilt aber die Sache, weil das Ehepaar Sendmann in zwölf Tagen nach Schweden zurückfliegt. Kennen Sie einen Notar?"

„Selbstverständlich!", beeilte sich der Makler zu versichern. „Mein Bruder ist Notar. Ich könnte ihn um einen Termin bitten. Es lässt sich sicher einrichten. Wenn Sie wollen, gleich morgen. Zunächst möchte ich Sie aber zurückfahren, damit wir das Vertragliche im Vorfeld festlegen."

„In erster Linie gilt es ja, die finanzielle Seite zu regeln. Ich kann meiner Bank in Stockholm telegrafieren. Die sagen mir dann, mit welcher Bank sie hier kooperieren. Und dort müssen wir auch noch einen Gesprächstermin bekommen." Sami knackte mit den Fingern. Er wusste, ehe die Kaufsumme fließen konnte, waren noch ein Wertgutachten und viele andere offizielle Bescheinigungen beizubringen.

„Wir brauchen auch einen Architekten, der für uns den Bauplan macht und sich um die Bauarbeiten kümmert. Wir müssen mit ihm die Anordnung der Zimmer und alle baulichen Details besprechen. Das muss unbedingt noch vor unserer Abreise geschehen. Kennen Sie vielleicht einen?", fragte Hannah Signore Basti.

„Das bringt mein Beruf mit sich. Auch da kann ich Ihnen behilflich sein, gnädige Frau. Ich kenne sogar einen sehr guten, der auf die Restaurierung historischer Bauten spezialisiert ist. Das ist mein Vetter."

„Na, so ein Zufall!", grinste der Marquis. „Alles in einer Familie! Das hat Methode und bringt viele Vorteile. Wenn noch alles klappen soll, sind Ihre restlichen Urlaubstage randvoll mit Terminen und Besprechungen. Sie sind mit Ihren Plänen noch schneller als ich mit meinem Bentley. Da kann ich mich jetzt ja verabschieden."

„Oh, bitte nicht!", widersprach Hannah. „Wenn es Ihre Zeit erlaubt, könnten Sie uns sehr helfen. Um die Villa umzubauen, hätten wir gern auch Ihren Rat. Aber Sie haben Recht, für das, was wir hier noch erledigen können, brauchen wir jede Stunde. Es ist ein gewaltiger Plan, aber er muss zu schaffen sein."

„Es wäre mir eine Freude, Signora Elena", lächelte sie der Marquis an. „Da ich hier einigermaßen bekannt bin, habe ich auch so meine Beziehungen, zum Beispiel um bei Firmen auf schnelle Lieferung zu dringen oder die Bauarbeiten zu verfolgen. Schließlich könnten wir miteinander telefonieren, damit Sie den jeweiligen Stand des Baufortschritts erfahren. Ich denke, das würde mir schon Spaß machen."

Spontan ergriff Samuel seine Hände. „Wenn Sie – gewissermaßen als unser Stellvertreter – die Dinge hier überwachen könnten, wäre das ein unglaubliches Glück für uns, Monsieur Grünberg! Wir haben Ihnen ohnehin schon so viel zu verdanken."

„Alte Schätze zum Leben zu erwecken, ist nun einmal meine Spezialität", drehte der Marquis geschmeichelt an seinem Schnurrbart. Aber das kostet Sie etwas, Signore Niccolò: wenn das Haus fertig ist, ein persönliches Ständchen für mich auf Ihrer Geige!"

„Selbstverständlich!", lachte der.

Nachdem die erste Formalität des Kaufes – die Unterschriften der Sendmanns und des Vermittlers unter dem Maklervertrag – erledigt war, ließ Signore Basti von seiner Sekretärin Champagner servieren. Gemeinsam stießen sie an auf ein glückliches Ende des Bauvorhabens. Basti rief auch gleich seinen Bruder an. Der Notar gab ihnen schon für den übernächsten Tag einen Termin. Und auch mit dem Architekten, einem Signore Romano, lief alles überraschend gut. Mit ihm waren sie schon am selben Nachmittag an der Villa verabredet. Und das Beste war: Er kannte das Haus.

„Basta, Signore Basti!", hob ihm der Marquis sein Glas entgegen. „Drei Mal Glück an einem so schönen Tag muss man begießen! Hoffen wir, dass das Ergebnis all dieser Bemühungen noch besser wird!"

Als der Makler ihr den Schlüssel überreichte, umschloss Hannah ihn fest mit ihrer Hand. Vor Glück rötete sich ihr Gesicht. Spontan küsste sie ihren Mann, den Marquis und auch Signore Basti. „Die Villa wird unser schönstes Zuhause!"

Die Herren lächelten überrascht. Signore Basti aber dachte insgeheim, er hätte noch mehr für sich herausholen können.
„Möchten Sie nicht mitkommen, Monsieur Grünberg?“, fragte ihn Hannah. „Auch Sie kennen das Haus. Und sechs Augen sehen mehr als vier. Außerdem könnten Sie uns mit Ihrem Italienisch wunderbar helfen. Wir fahren einfach hinter Ihnen her.
„Gern zu Ihren Diensten, Madame. Ich habe nichts weiter vor“, schaute ihr der Marquis spöttisch in die Augen. „Vorher sollten wir aber noch eine Kleinigkeit essen. Ich kenne ganz in der Nähe eine sehr gute kleine Trattoria.“
Auch Samuel war damit einverstanden. „Selbstverständlich sind Sie unser Gast. Sie müssen entschuldigen, dass wir Sie so vereinnahmen“, entschuldigte er sich. „Aber Sie sind für uns wirklich ein Geschenk des Himmels. Ehe wir zurückfliegen gibt es ja noch so viel zu besprechen!“
Bis zu dem Termin mit dem Architekten Romano hatten sie noch drei Stunden.
In dem ansprechenden Lokal studierten sie die Speisekarte. „Das sollten Sie unbedingt probieren!“, riet der Marquis. „Die ‚Caponata‘ ist hier als Vorspeise das Nationalgericht. Danach würde ich eine ‚Pasta con le sarde‘ empfehlen. Sie mögen doch Sardinen?“
„Wir lassen uns gern überraschen“, meinte Hannah. „Wir können nur nicht so viel essen, sonst sind wir nachher zu müde.“
„Das glaube ich kaum. Sie sind doch viel zu aufgeregt. Stärken Sie sich mal für den Rundgang nachher! Eine gute Mahlzeit beruhigt die Nerven.“
Da sie einverstanden waren, bestellte der Marquis gleich für sie drei und ließ eine Karaffe Rotwein kommen. Als kurz darauf die „Caponata“ vor ihnen stand, stieg ihnen der köstliche Duft von Auberginen, Kapern, Kürbis, Tomaten und Oliven in die Nase.
„Davon bekommt man ja richtig Hunger!“ Hannah bewunderte die bunte Anordnung auf ihrem Teller.
„Darf man fragen, wieso es Sie nach Cefalù gezogen hat? Haben

Sie hier Wurzeln oder ist es wegen Ihres Berufes als Winzer?", erkundigte sich Samuel. Wie es den Anschein hatte, waren er und der Marquis in einem Alter.
„Nein, familiäre Bindungen habe ich hier nicht. Der sizilianische Weinbau erlebt wieder einen Aufschwung. Die junge Generation versteht es, den Rotwein europaweit zu vermarkten. Aber das ist nicht mein Interessengebiet. Ich bin nicht als Winzer hier, sondern als Pensionär und Genießer. Vom Riesling in meiner Heimat verstehe ich mehr als vom Weißwein dieser Gegend. Von dem muss man auch nicht viel verstehen ...", meinte er beiläufig. „Der Rotwein ist ungleich besser. Aber da Sie mich so fragen: Ich lebe getrennt von meiner Frau. Meine beiden erwachsenen Söhne bewirtschaften das Weingut in Obernai. Ich fliege nur ein Mal im Jahr dorthin."
Das Ehepaar Sendmann schwieg ein wenig betreten.
„Aber das muss Sie nicht bekümmern", fuhr der Marquis fort. „Ich lebe in sehr gutem Einvernehmen mit meiner Frau. Sie ist eine tüchtige Geschäftsfrau und seit Jahren anderweitig gebunden. Meine Söhne haben auch schon Familie. Ich habe zwei Schwiegertöchter und vier Enkel."
„Und Sie sehen sie fast nie?", staunte Hannah. Dass der Marquis Großvater war, wollte ihr kaum einleuchten.
„Sie sind noch sehr klein. Meine Söhne haben spät geheiratet. Für Kleinstkinder bin ich nicht sehr geeignet. Wenn sie größer sind, hole ich sie schon einmal für einige Wochen hierher. Haben Sie Kinder?"
Hannah verneinte. „Das hat nicht sein sollen. Wir sind uns selbst genug."
Unterdessen brachte der Kellner die Pasta. Die Teller waren randvoll gefüllt mit von Safran gelb gefärbten Nudeln, auf denen die Sardinen mit wildem Fenchel, Pinienkernen und Rosinen angerichtet waren.
„Sieht ja sehr lecker aus", schnupperte Sami.
Nun stieß der Marquis mit ihnen an. „Auf Ihr neues Zuhause! Sie

werden es nicht glauben, aber auch ich bin sehr gespannt. Für mich allein wäre die Villa zu groß. Mein Domizil ist bescheidener."
Er begann zu erzählen, wie er vor fünf Jahren in Sizilien angekommen war. Zunächst dachte er nur, eine Rundreise über die Insel mit ihren antiken Schätzen zu machen und dann zwei Wochen irgendwo am Meer zu verbringen. Er sah die Tempel und Theater von Segesta, Selinunt und Taormina sowie die Städte Agrigent, Ragusa und Syrakus. Er bestieg sogar mit einem Führer den Ätna. Als er dann jedoch Cefalù erblickte, war es um ihn geschehen. „Ein Blitz der Erkenntnis", lächelte er. Für ihn stand sehr schnell fest: Hier wollte er bleiben. In dieser Landschaft, in diesem Klima, unter diesem Himmel wollte er seinen Lebensabend verbringen. Italienisch konnte er – außer ein paar Brocken – kaum. Er beschloss, sich nach einem kleinen Haus umzusehen.
„Das ging nun nicht so schnell wie bei Ihnen. Ich hatte einige Probleme."
„Das können wir uns denken. Ihnen half ja kein Marquis ...", neckte ihn Hannah.
„Na ja, das mit dem Marquis sollten Sie nicht so ernst nehmen. Das ist nur eine Spielerei meiner Fantasie – fast so wie bei Ihnen. Ich habe eben Spaß daran, oder?"
Weiter ging es so: Er beauftragte mehrere Makler, etwas Passendes zu suchen. Dann musste er jedoch abreisen.
Erst drei Monate später flatterte ihm in Obernai ein Angebot aus Cefalù ins Haus. Einer der Makler hatte einen Bauernhof in der Madonie gefunden, einige Kilometer von Cefalù entfernt. Schon auf den Fotos wirkte er sehr ansprechend, war nicht zu groß, einstöckig mit einem Anbau und einer Scheune und besaß einen ummauerten Obstgarten.
Nachdem er sich mit seiner Familie besprochen und das Nötige geregelt hatte, buchte Grünberg den nächsten Flug, um ihn sich anzusehen.
Das Anwesen gefiel ihm auf den ersten Blick. Im Inneren war nicht

einmal zu viel zu erneuern. Er beauftragte einen Architekten, neue Fenster, ein modernes Bad und einen Kamin einzubauen und den Fußboden mit Eichendielen zu belegen. Außerdem ließ er zwischen zwei kleinen Räumen einen Durchbruch machen, um ein großes Wohnzimmer zu erhalten. Auch die Elektrik des Hauses musste modernisiert werden. Ein Maler wurde bestellt, die Decken und geschlemmten Wände zu weißen. Eine rustikale Küche machte das Ganze dann komplett.

„Ich fuhr noch zwei Mal hin, um die Bauarbeiten zu begutachten. An einem Märztag kam ich an und richtete mich mit neuen Möbeln ein. Ich bin seitdem sehr zufrieden."

„Dann sind Sie ja sehr erfahren in solch einer Sache." Hannah spießte die letzte Sardine auf. „Wie haben Sie denn italienisch gelernt?"

„Hier in einer Sprachschule. Und natürlich im Umgang mit den Nachbarn. Die haben mir sehr geholfen. So habe ich das Bläserensemble in Cefalù und auch Carlo kennengelernt, einen alten Maurer. Ich sagte ihm, wenn er Lust habe, könne er bei mir wohnen und mir gegen ein Entgelt die Wirtschaft führen. Er hat sich im Anbau eingerichtet und sieht in Haus und Garten, was gemacht werden muss. Er ist so etwas wie ein unentbehrliches Faktotum für mich und der beste Bastler vor dem Herrn. Ich bin sehr froh, dass ich ihn habe."

„Er versteht ja wohl auch etwas von Autos?", fragte Sami scherzhaft.

„Ach, Sie meinen, die Sache mit dem Bentley? Das ist eine Geschichte für sich. Die erzähle ich Ihnen ein anderes Mal."

Zum Nachtisch bestellten sie sich „Cassata alla siciliana". Das Eis war mit getrockneten Früchten, Rosinen, Pistazien und Nüssen garniert.

„In der sizilianischen Küche ist der arabische Einfluss unverkennbar. Aber auch andere Kulturen haben sie bereichert. Auf dieser Insel zeugt neben den antiken Bauten auch das Essen von der Lebensart verschiedener Völker."

Nach ihrer Mahlzeit verabredeten sie, hinter dem Marquis herzufahren, und sie gelangten nach kurzer Zeit zu der Villa. Vittorio Romano erwartete sie schon am Eingangstor. Er war ein schlanker, junger Mann und, wenn man ihn so anschaute, ein sehr hübscher Mensch.

Nachdem sie sich miteinander bekannt gemacht hatten, begann der Rundgang zunächst um das Haus.

Was sie am Vormittag an Mängeln nicht bemerkt hatten, zeigte der Architekt jetzt auf und machte sich Schritt für Schritt Notizen. „Das Gebäude ist aus sehr festen Steinen gemauert, die Bausubstanz also noch gut. Wie Sie sehen, blättert an vielen Stellen der Putz ab. Das ist keine große Sache. Aber das Dach muss neu gedeckt werden. Wahrscheinlich ist auch das Gebälk zu erneuern. Das muss ich mit einem Fachmann besprechen. Was die Fenster betrifft, müssen alle ausgewechselt werden."

„Was ist mit dem Porticus?", fragte Hannah. „Die Säulen bröckeln in der Mitte."

„Das muss ich prüfen. Ich glaube aber, das können wir reparieren."

Einer plötzlichen Eingebung folgend, bat sie mit einem Seitenblick auf ihren Mann: „Unterhalb des Daches des Porticus hätte ich auf dem Querbalken gern die Inschrift ‚La Campanella'. Ließe die sich anbringen?"

„Gewiss, gnädige Frau. Das würde ein Steinmetz besorgen. Wenn es so weit ist, faxe ich Ihnen entsprechende Schriftmuster zu."

Auch der Marquis hatte eine Frage: „Können Sie noch an den ursprünglichen Plan herankommen?"

„Das wird schwierig. Aber ich sehe mir alles genau an und mache für Signore und Signora Sendmann einen genauen Aufriss des Hauses."

„Wir haben auch einige Änderungswünsche im Innern", fügte Hannah hinzu.

„Selbstverständlich, Signora. Dazu kommen wir gleich und halten all Ihre Vorstellungen fest."

Nun durchwanderten sie sämtliche Zimmer der Villa. Der Architekt machte Skizzen der Raumaufteilung.
Im Erdgeschoss sah das Konzept einen großen Salon vor, neben der Küche ein kleineres Esszimmer. Samuel bekam sein Musikzimmer zur Straße, Hannah ihres zum Garten. In die große Eingangshalle mit der Treppe und dem Durchgang zum Garten wurde eine Garderobe mit kleinem Sanitärbereich eingeplant. Neben der geräumigen Küche fand noch ein Hauswirtschaftsraum mit Speisekammer Platz. Im Obergeschoss sollten zwei Schlafzimmer zur Straße liegen. Eines davon führte auf den Balkon hinaus. Hannah bewunderte aufs Neue den herrlichen Blick über die Bucht von Cefalù.
„Würde es einen großen Aufwand bedeuten, nach Osten hin noch zwei kleine Gästezimmer mit Duschbad zu planen?“, fragte sie.
„Wenn wir den Sanitärbereich von vorneherein so planen, dass alle Waschräume nebeneinander liegen, ist das sicher kein Problem. Zuerst muss natürlich die gesamte alte Pracht entfernt werden – zum Beispiel Elektro- und Wasserleitungen, Becken und überflüssige Einbauten.“
„Darum ist es nicht schade“, stellte Sami fest.
Nach zwei Stunden erstand vor ihren Augen schon das Bild der Villa, wie sie einmal aussehen würde, wenn die Bauarbeiten abgeschlossen wären.
Signore Romano versprach, so schnell es ihm möglich wäre, Pläne zu fertigen. „Ich weiß ja, dass es bei Ihnen sehr eilt. Ich würde vorschlagen, wir treffen uns hier jeden Tag um 15 Uhr, um alles noch einmal durchzugehen und eventuelle Änderungen vorzunehmen. Dann möchte ich mit Ihnen auch gern noch die Fliesen und Becken der Bäder aussuchen. Das erledigen wir am besten in Palermo. Dort haben wir die größte Auswahl.“
„Und auch die Küche!“, fiel Hannah ein. „Und noch eines: Was wird mit der Terrasse im Garten?“
Nun fühlte sich der Marquis angesprochen. Bisher hatte er hauptsächlich geschwiegen. „Das könnte mein Gehilfe Carlo überneh-

men. Er legt Ihnen die Terrasse so aus, dass Sie sie nicht wiedererkennen werden. Auch den Brunnen kann er wieder herrichten und die Balustrade komplett erneuen. Das würde Ihre Umbaukosten um einiges verringern."
„Wenn das möglich wäre, umso besser", stimmte Signore Romano zu. „Ehe ich Ihnen einen genauen Kostenvoranschlag machen kann, muss ich das Baumaterial berechnen. Dazu kommen noch die Kosten meines Honorars und der verschiedenen Handwerker. Einige habe ich an der Hand. Für Dach und Dachstuhl müsste ich jedoch erst zwei Ausschreibungen machen. Das braucht Zeit – gewiss länger als Ihr Aufenthalt auf der Insel dauert."
Dann fragte er, wie der technische Ablauf der Bauarbeiten zu handhaben sei. „Da Sie bald wieder in Schweden sind, müsste ich die Vollmacht haben, hier alles Erforderliche in die Wege zu leiten. Was die Kosten betrifft, bleiben wir per Telefon oder E-Mail in Verbindung. Es wäre gut, wenn Sie außer mir noch eine andere Vertrauensperson in Cefalù hätten", wandte er sich mit einem fragenden Blick an Sendmann.
„Die haben wir gleich mitgebracht. Signore Grünberg hat sich freundlicherweise dazu bereiterklärt."
„Wenn Sie mit mir Vorlieb nehmen, stehe ich Ihnen gern zur Seite. Auch ich kenne einige Handwerker. Ich habe Zeit und könnte einen Teil der Bauaufsicht übernehmen. Bis zu Abreise des Ehepaars Sendmann stehe ich gern zur Verfügung", erbot sich der Marquis.
Der Architekt nahm es dankend zur Kenntnis. Dann erbat er sich den Schlüssel zur Villa. „Ich werde davon noch drei Nachschlüssel anfertigen lassen, damit Sie, ich und der Bauleiter einen haben. Den dritten erhält mit Ihrer Erlaubnis Signore Grünberg."
„Können Sie in etwa abschätzen, auf welche Summe sich die Gesamtkosten belaufen werden?", wollte nun Samuel wissen.
„Das ist schwer zu sagen", meinte Signore Romano. „Billig wird es nicht, da vor dem eigentlichen Umbau ja noch viel herausgerissen werden muss. Ich schätze, Sie werden mit noch einmal so viel wie

dem Kaufpreis des Gebäudes rechnen müssen, vielleicht auch mit etwas mehr."
Hannah blickte ihren Mann unsicher an. Aber der beruhigte sie mit den Augen. „Wir haben in Stockholm einen Bungalow zu verkaufen. Und meine Frau hat ein Stadthaus in Stockholm geerbt. Etwas Vermögen ist auch vorhanden. Das müsste reichen. Meine Bank wird das alles mit einer Partnerbank in Cefalù klären."
„Das hört sich gut an!", freute sich der Architekt.
„Meinen Sie, wir könnten im nächsten Frühjahr schon einziehen?", fragte Hannah keck.
„Warum nicht? Alles kommt darauf an, wie rasch sich der Behördenaufwand erledigen lässt und ich Material und Leute zusammenbekomme", lächelte der junge Mann. „Ich denke aber, Mitte März können wir auf Ihrer neuen Terrasse zusammen eine Tasse Tee trinken."
Nun tauschte man noch Telefonnummern und Adressen aus. Dann verabschiedeten sich alle voneinander. „Ich komme morgen auch, wenn Sie erlauben!", rief ihnen der Marquis noch zu, stieg in seinen Bentley und betätigte das Hornsignal.

Als sie abends in ihrem Hotel eintrafen, huschte Sendmann schnell bei Signora Faustina vorbei und erbat sich eine Flasche gekühlten Sekt. Den tranken sie auf ihrem Balkon und stießen miteinander an.
„Was für ein großer Tag! Was für ein Glück, dass wir gerade dieses Haus gefunden haben, Nico! Dass sich alles so wunderbar gefügt hat! Alles war, als sollte es so sein. Ich kann es kaum glauben!"
Sie schaute bewegt in den Nachthimmel. Ein sanfter Wind strich vom Meer her durch ihr Haar. Das Mondlicht ließ die Sektperlen in ihren Gläsern schimmern.
„In unserem schönen kleinen Palais beginnen wir unser Leben noch einmal, führen es so, wie du es dir wünschst!"
„Wie wir beide es uns wünschen, Liebste. Und über dem Eingang steht ‚*La Campanella*'".
„Nicht nur dort. Wir könnten auch eine Glocke mit Seilzug an der

Tür anbringen, damit du, wenn jemand läutet, immer an unsere Melodie erinnert wirst."
„So lange sie für uns läutet ...", sagte er leise. „Hast du keine Angst, alle Brücken hinter dir abzubrechen? Angst vor all dem Neuen? Wir sind nicht mehr jung – ich zumindest bin es nicht mehr. Es ist doch ein gewagter Entschluss, in unserem Alter einfach auszuwandern."
„Keine Angst, so lange wir zusammen sind, Nico. Unser Leben wird sich hier um vieles bereichern."
„Ohne dich könnte ich das nicht schaffen. Mit dir ist es herrlich! Dir fällt immer das Richtige ein."
Sie geriet ins Schwärmen. „Du wirst auf deiner Geige fantasieren, so lange du willst. Ich werde malen, vielleicht sogar Unterricht nehmen. Ich könnte mir vorstellen, auch mal eine Ausstellung zu machen. Die Landschaft rundherum ist großartig. Du könntest hier Konzerte geben. Vielleicht konzertieren wir auch mal wieder zusammen. Weißt du, wir beide werden hier nicht nur glücklich sein, sondern auch Spuren hinterlassen."
Er ergriff ihre Hände. „Du hast Recht. Darauf kommt es an. Ich werde wieder einmal etwas komponieren."
Hannah stutzte. Er hatte so etwas noch nie getan ... Sie verriet sich jedoch nicht.
„Das ist eine wunderbare Idee, Nico!"
Sie sprachen noch lange über das Haus, wie sie es einrichten wollten.
„Wir packen nur die Bücher ein. Die meisten Möbel werden wir in Schweden lassen", entschied er. „Wir kaufen uns hier neue. Ich nehme nur meine Geigen und mein Bild mit." Er meinte das Porträt von Paganini.
„Und ich lasse meinen Flügel hierher kommen. Mit dem Flugzeug wäre er natürlich schnell da. Aber das ist sicher zu teuer. Per Schiff und Bahn geht es auch, es dauert nur etwas länger."
Als er fast schon eingeschlafen war, streichelte sie sanft Samis Gesicht. Er schien völlig entspannt. Gerührt strich sie ihm über das

graue Haar. So nah waren sie sich schon lange nicht mehr gewesen. „Ich glaube nicht mehr an Zufälle. Da hat eine höhere Macht ihre Hand im Spiel. Wir müssen Vertrauen haben. Hier werden wir endlich zueinanderfinden. Träume schön, Liebster. Ich bin schon jetzt sehr glücklich."

La Campanella

Seit zwei Wochen waren sie wieder in Schweden. Der Sommer ließ auch hier die Farben verschwenderisch leuchten. Die hellen Nächte verbreiteten einen besonderen Zauber.
Hannah und Sami waren wie ausgewechselt. Sie begannen, sich innerlich von ihrem Bungalow, von der Ostsee und Stockholm sowie von ihren Freunden zu verabschieden. Bei diesen erregte ihr Entschluss einiges Erstaunen – und natürlich auch Neid. Denn wer konnte oder wollte es sich schon leisten, sein Leben in solch andere Bahnen zu lenken?
Die Trennung von Greta fiel Hannah besonders schwer. „Noch ist es ja nicht so weit", tröstete diese sie. „Wenn ihr euch eingerichtet habt und in eurem kleinen Schloss heimisch geworden seid, kann ich euch im Urlaub ja einmal besuchen. Ich platze vor Neugier, Cefalù und Sizilien, natürlich auch den Marquis kennenzulernen."
Als Erstes musste das Haus auf der Schäre verkauft werden. So etwas wurde zwar gesucht, der Käufer aber war noch zu finden. Dass dies vor Ende des Sommers gelingen musste, lag auf der Hand. Ein Makler wurde eingeschaltet, der ließ sich aber sehr viel Zeit. Eine kleine Anzeige in der Zeitung brachte schließlich den gewünschten Erfolg. Ein Arzt verliebte sich in den Bungalow und zahlte sogar den geforderten Preis. Er übernahm auch die Küche und einen großen Teil der Einrichtung. Darüber hinaus erklärte er sich damit einverstanden, erst einzuziehen, wenn das Ehepaar nach Sizilien aufgebrochen wäre.

Nun ging Hannah daran, das Geschäftshaus mit der Galerie ihres Vaters in der Stockholmer Innenstadt langfristig zu verpachten. Sie hatte davon Abstand genommen, es zu verkaufen, behielt jedoch für sich nur eine kleine Wohnung im Dachgeschoss „für alle Fälle". Nach Beratung mit einem Anwalt war ihr dies sicherer erschienen. Die Miete für das Gebäude brachte monatlich eine beachtliche Summe, die sie für die Finanzierung der sizilianischen Villa einsetzen konnten. Sami regelte unterdessen alles Nötige mit seiner Bank.

Ende September flogen beide noch einmal nach Palermo, um die Fortschritte am Bau in Cefalù zu begutachten. Noch immer wölbte sich ein lichter Himmel über dem Land. Hannah war von den Farben entzückt.

An der Villa erwartete sie schon Signore Romano. „Wir sind gut vorangekommen", strahlte er. „Sehen Sie nur den Dachstuhl! Die Zimmerleute haben ganze Arbeit geleistet. Bis auf wenige Balken musste alles erneuert werden. Aber jetzt hält er noch einmal 150 Jahre. Das Dach ist schon halb eingedeckt. Wir wollen es vor der Regenperiode dicht haben."

Auch an den Außenmauern hatten die Putzer gearbeitet. Im Inneren lagen in allen Zimmern Steine, Kacheln und Spuren von Mörtel herum. Die alten Heizkörper waren herausgerissen worden.

„Wir mussten die Rohre und elektrischen Leitungen erneuern. Außerdem bauen wir eine neue Heizung ein. Auch hier können im Winter die Tage empfindlich kalt werden."

Der Architekt ging mit ihnen durch alle Räume. Im Erdgeschoss hatte sich mit dem Durchbruch das Wohnzimmer erheblich vergrößert. In der Halle wie auch im ersten Stock waren Maurer dabei, die Wände für die neuen Sanitärräume zu ziehen.

Hannah sah, wie skeptisch ihr Mann den jetzigen Zustand der Villa beurteilte. „Sei nicht enttäuscht! Du darfst zu diesem Zeitpunkt noch nicht zu viel erwarten. So wird es hier ja nicht bleiben. Ich kann mir

schon genau vorstellen, wie schön am Ende alles aussieht."
Auch Romano versicherte: „All diese Abbruch- und Aufräumarbeiten sind nun einmal nötig. Glauben Sie mir, Signore Sendmann, Sie erhalten eine wunderschöne Villa mit allem Komfort. Schon wenn Sie noch einmal kommen, werden Sie sie nicht wiedererkennen. Wir liegen gut in der Zeit. Ich habe Handwerker aller Gewerke gefunden. Demnach bin ich davon überzeugt, kann es aber natürlich nicht garantieren, dass Sie Mitte März einziehen können. Das hängt auch vom Wetter ab. Wir bleiben ja in Kontakt miteinander. Sie bekommen auf alle Fälle rechtzeitig Bescheid."
„Kommen Sie auch mit der Kalkulation einigermaßen zurecht?" fragte Samuel. Ihm schien der ganze Aufwand gewaltig.
„Im Großen und Ganzen ja. Es könnte sein, dass die Kosten für die Installationen etwas höher liegen. Ich werde mich dann aber an anderer Stelle bemühen, sie niedrig zu halten."
„Und wo wäre das?", erkundigte sich Hannah.
„Zum Beispiel bei den Fliesen. Sie wollten ja den teuren Carara-Marmor im Erdgeschoss. Wir könnten ebenso schöne, jedoch preiswertere Fliesen aus hiesiger Produktion nehmen." Er zeigte ihnen sogleich Muster in verschiedenen Größen. „Das macht doch kaum einen Unterschied."
Die Sendmanns waren einverstanden.
Zum Schluss verabredete man noch einen weiteren Besichtigungstermin Ende Januar. Beim Abschied fragte Hannah: „Haben Sie etwas von Signore Grünberg gehört?"
„Der kommt ab und zu hierher. Er meint, jetzt würde sich das für ihn nicht öfter lohnen. Wenn es dann an den Innenausbau gehe, werde er schon regelmäßig nachschauen und Ihnen berichten", lächelte der Architekt.
Als einen Tag später das Flugzeug mit einem großzügigen Schwung die Insel verließ, schaute Hannah wehmütig aus dem Fenster.
Doch dann tröstete sie sich. Dieses schöne Land tief unter ihnen würde bald ihre neue Heimat werden.

Am 15. Oktober war der Tag der offiziellen Verabschiedung von Professor Samuel Sendmann an der Musikakademie gekommen. Im großen Saal versammelten sich die Professoren und Studenten. Ein Streichorchester spielte eine Suite von Bach. Der Direktor hob den jahrzehntelangen Verdienst des Kollegen lebhaft hervor und sprach salbungsvolle Worte.
Anstatt einer ebensolchen Erwiderung bedankte sich Sendmann nur kurz und sagte: „Ich verabschiede mich von Ihnen allen, besonders von meinen Studenten! Und ich wünsche Ihnen für Ihre künstlerische Zukunft alles Gute. Vielleicht habe ich dazu ja meinen Teil beitragen können. Und damit Sie den ‚Manieni' nicht vergessen, spiele ich für Sie das ‚*Duetto amoroso*' von Niccolò Paganini."
Er ließ sich seine *Scarampella* reichen und trug das Stück so brillant vor wie eh und je.
Begeisterter Beifall brandete im Saal auf. Die Geiger klopften mit ihren Bögen an die Notenständer. Eine Studentin überreichte ihm einen Blumenstrauß, der Direktor eine Ehrenurkunde und einen Bildband über Paganini.
„Siehst du? Was habe ich gesagt?! Manieni konnte es nicht lassen. Er kennt sogar seinen Spitznamen", wisperte eine Geigerin ihrem Freund zu.
Anschließend gab es noch einen Sektempfang. Die Professoren hatten für einen Wochenendurlaub in Kopenhagen für zwei Personen gesammelt und auch viele Studenten kamen mit kleinen Aufmerksamkeiten.
Nach zwei Stunden war die offizielle Verabschiedungsfeier vorbei. Hannah lächelte ihrem Mann aufmunternd zu. Nun konnte ihr neues Leben beginnen! „Damit du weißt, womit wir zuerst anfangen: Ich habe uns beide für einen Italienischkurs angemeldet. Wir werden Grammatik und Vokabeln büffeln wie früher in der Schule. Nach den ersten zwanzig Stunden hat sich die Lehrerin sogar bereit erklärt, privat mit uns Konversation zu machen. Also das volle Programm! Wenn wir Anfang Februar wieder nach Palermo fliegen, können wir schon richtig italienisch sprechen."

So verging der Winter mit Planen und Warten. Mit Samis Einverständnis hatte Hannah die Reise für zwei Personen nach Kopenhagen ihrer Freundin Greta geschenkt. So hübsch der Gedanke war – für so etwas hatten sie jetzt keine Zeit.
Regelmäßig faxte oder mailte ihnen der Architekt Außen- und Innenaufnahmen der Villa zu und berichtete über den Baufortschritt. Manchmal machte er Vorschläge, dieses und jenes zu ändern, und erbat sich die Genehmigung. Sogar der Marquis ließ dann und wann von sich hören.
Hannah hatte sich angewöhnt, ihn am Telefon auf Italienisch zu begrüßen, was ihr sein Kompliment einbrachte. Wenn er ihr dann ebenso antwortete, hörte sie einen persönlichen, fast zärtlichen Unterton heraus und begann sogar ein bisschen mit ihm zu flirten. Doch dann widerlegte sie die lockeren Scherzworte schnell mit sachlichen Fragen nach dem Haus.
Mit der Zeit entwickelte sich zwischen ihnen eine gewisse Vertrautheit. Hannah gestand sich ein, dass sie auf jeden seiner Anrufe wartete.
Als sie für Anfang Februar schon ihre Flüge nach Palermo gebucht hatten, fühlte sich ihr Mann plötzlich nicht wohl. Er litt unter Kopfschmerzen und hatte erhöhte Temperatur. Der Arzt diagnostizierte eine leichte Grippe und verordnete Schonung. Was Sami seiner Frau nicht verriet, war wieder dieser Druck auf dem Herzen.
Ich will sie nicht beunruhigen. Sie freut sich doch so!
„Wenn du krank bist, dann tausche ich die Tickets um. Wir können auch in zwei Wochen fliegen“, schlug sie vor.
Doch ihr Mann wehrte ab. „Nein, lass nur! Du darfst dich nicht anstecken. Ich komme schon zurecht. Es geht mir schon besser. Flieg du nur allein! Gerade in der letzten Bauphase ist es wichtig, dass einer von uns mit dem Architekten die letzten Einzelheiten vor Ort bespricht. Du bleibst ja nicht lange.“
„Höchstens drei Tage“, antwortete sie widerstrebend. „Ich koche dir einen großen Topf Hühnersuppe für die Zeit. Du hast Recht, ich sollte dort noch einmal alles prüfen, ehe wir endgültig einziehen.“

Als ihre Maschine dann mittags in Palermo zur Landung ansetzte, konnte Hannah ihre Aufregung kaum bändigen. Plötzlich verstand sie ihren Mut selbst nicht mehr. *Wenn ich das nächste Mal mit Nico hier lande, ist es für immer.*
Sie hatte mit dem Marquis verabredet, dass er sie abholte. Schon von Weitem erkannte sie ihn an seiner Größe. Er trug einen schwarzen Hut und einen dunklen Mantel. Auch er entdeckte sie sogleich und winkte ihr zu. In ihrem Lammfellmantel und mit ihrer Pelzkappe war sie eine auffallende Erscheinung. Als sie ihr Köfferchen abgeholt hatte, küsste er ihr die Hand und begleitete sie zu seinem Bentley. Diesmal war das Verdeck geschlossen.
„Bitte nehmen Sie Platz, gnädige Frau, Signora Elena. Ich hatte Ihnen ja versprochen, dass sie ihn einmal ausprobieren dürften. Wenn Sie nichts dagegen haben, fahren wir direkt nach Cefalù. Ich habe dort im Hotel ‚Le Calette' für Sie ein Zimmer gebucht."
„Wunderbar! Hier ist ja schon richtig Frühling! Bei uns liegt noch dicker Schnee", sprudelte sie hervor. Überrascht spürte sie die laue Luft im Gesicht. Überall leuchteten die ersten Blumen. Die Mimosen standen in voller Blüte und verströmten ihren Duft. Durch leichte Wolkenschleier schien die Sonne. „Und jetzt fahren wir gleich zur Villa!"
„Wird gemacht. Signore Romano hat sich für vier Uhr angesagt. Sie werden staunen!", verriet er. „Dass Ihr Mann nicht mitkommen konnte, tut mir sehr leid. Ich hoffe, es geht ihm bald besser. Aber Sie werden ihm ja alles berichten."
Sie fuhren die vertraute Autobahn entlang. Hannah genoss die zügige Fahrt. Nach Monaten, in denen sie nur gelegentlich telefoniert hatten, war die plötzliche Nähe des Marquis beunruhigend für sie. Um ihre Verwirrung nicht zu zeigen, bewunderte sie den Bentley.
„Das ist ein fantastisches Auto mit richtig Power! Und man sitzt sogar sehr bequem. Ich komme mir vor wie ein Star."
„Keine Angst! Ich fahre den Motor nicht aus. Er fährt sogar 160 km/h – und das mit ordentlich Krach. Dann hätten wir aber gleich die Polizei am Hals." Der Marquis strahlte Selbstzufriedenheit aus.

„Sie sind ja heute gar nicht in Grün, Marquis“, meinte Hannah scherzhaft.
„Bin ich ein Frosch?“, gab er fröhlich zurück. „Ich freue mich, dass Sie endlich neben mir sitzen. Ich habe Ihnen viel zu zeigen, vor allem im Garten. Und abends lade ich Sie ein.“ Man sah ihm an, dass ihre Bewunderung ihm schmeichelte.
Auf halber Höhe angekommen, traute sie ihren Augen nicht. Die Villa war nicht wiederzuerkennen. Das Dach war mit roten Ziegeln vollständig eingedeckt. Die Fenster waren erneuert. Den fehlenden Putz an der Außenfront hatte man ausgebessert.
„Die Fassade braucht nur noch einen Anstrich“, sagte der Marquis. „Wählen Sie wieder rosa?“
„Ich weiß es nicht. Das sollte der Architekt entscheiden. Vielleicht nehmen wir lieber einen zarten Gelbton …“
„Ehe Sie hineingehen, schauen Sie sich doch mal den Garten an!“, lud er sie ein.
Sie gingen um das Haus herum und erblickten auf der Terrasse einen älteren Mann mit einer Schirmmütze auf dem Kopf. „Das ist Carlo, mein Gehilfe“, stellte ihn der Marquis vor. „Er hat hier mal ein bisschen aufgeräumt.“
Hannah schaute sich um. Nicht zu glauben! Die Terrasse war vollständig mit glatten Marmorplatten gefliest worden. Carlo war gerade dabei, mit kleinen Säulen die Balustrade zu erneuern. „Der Brunnen funktioniert auch, gnädige Frau“, sagte er.
„Ich staune! Die Terrasse sieht sehr schön aus. Wunderbar haben Sie das alles gemacht, Signore Carlo“, lobte sie ihn auf Italienisch, woraufhin er anerkennend die Mütze lüftete.
„Und schauen Sie einmal, wie er den Kirschbaum beschnitten hat!“, raunte ihr der Marquis zu.
Hannah drehte sich um. „Der ist ja gar nicht wiederzuerkennen! Glauben Sie, dass er schon in diesem Jahr wieder trägt?“ Sie schüttelte dem alten Mann dankbar die Hand. „Ich wusste gar nicht, dass Sie auch ein so guter Gärtner sind.“

„Ein Obstbaum muss so aussehen, dass man einen Hut hindurchwerfen kann. Dann trägt er auch besser Früchte“, erklärte Carlo und warf seine Mütze durch die Zweige.
Alle lachten.
„Sie sind wirklich ein Genie. Wenn Sie Zeit und Lust dazu haben, werden wir gemeinsam den Garten herrichten.“
„Zu Diensten, Signora!“, zwirbelte Carlo an seinem Schnurrbart. „Wenn Sie im März kommen, geht's los!“
Inzwischen war auch der Architekt eingetroffen.
„Wir haben auf Sie gewartet, um Ihnen nicht die Schau zu stehlen“, ging Sie lächelnd auf ihn zu. „Ich sehe, Sie haben hier ganze Arbeit geleistet.“
Sie hatte, so gut sie konnte, italienisch gesprochen. Nur ab und zu war ihr der Marquis zur Hilfe geeilt.
„Glückwunsch meinerseits, Signora! Sie sprechen unsere Sprache schon recht gut. Doch nun wollen wir ins Haus gehen!“
Schon in der Eingangshalle staunte Hannah, was alles gemacht worden war. Signore Romano führte die beiden herum wie ein Schlossherr. Die Becken der Sanitärräume waren bereits eingebaut, Fußböden und Wände gefliest. Das Wohnzimmer hatte einen stilvollen Kamin und einen Marmorfußboden erhalten.
Im Zimmer daneben öffnete Hannah die Fenster. „Dies ist mein Zimmer. Und dort wird der Flügel so stehen, dass ich zum Fenster hinausschauen kann. Es ist ein Stutzflügel von *Steinway*.“
„Was spielen Sie, Signora Elena?“, fragte der Marquis interessiert.
„Am liebsten Chopin, Schumann und Brahms.“
„Also eher die Romantiker?“
„Wenn Sie so wollen … Darin treffe ich mich mit Niccolò.“
Auch die oberen Räume waren fertig. Als Erstes betrat Hannah den Balkon, um die Aussicht auf Cefalù zu genießen.
„Ich bin überwältigt, wie schön hier alles geworden ist! Ihre Handwerker haben wirklich sehr gut gearbeitet.“
„Nun fehlen nur noch die Maler. Sie und Ihr Mann wollten ja ei-

nen hellen Anstrich an allen Wänden. Zuletzt kommen die Türen und die Küche“, schloss Romano.
„Auf die bin ich natürlich sehr gespannt. Haben Sie auch an die Inschrift unter dem Dach des Porticus gedacht?“, fragte sie ihn.
„Natürlich. Das wird noch erledigt.“ Er zeigte ihr einige Proben und sie entschied sich für eine kursive Schrift. „Der Name *‚La Campanella‘* sollte gut lesbar sein.“
„D’accordo, Signora!“, verabschiedete sich Romano. „Wenn wir uns dann um den 20. März wiedersehen, trinken wir – wie vereinbart – auf der Terrasse Tee miteinander.“

Abends hatte der Marquis im Restaurant „La Brace“ einen Tisch für sie bestellt. Hannah hatte sich hübsch gemacht und trug ein schmales schwarzes Kleid.
„Darf ich Ihnen verraten, dass Sie bezaubernd aussehen?“, fragte der Marquis galant.
Der Kellner schob ihr den Stuhl zurecht und reichte ihnen die Speisekarte.
Nach einigem Suchen entschieden sie sich für „Pesce spada alla palermitana“, gegrillten Schwertfisch, zu dem eine Sauce mit getrockneten Tomaten, Kapern, Sardellen und schwarzen Oliven gereicht wurde.
„Ich habe gesehen, wie groß so ein Fisch ist“, lachte sie und erzählte ihre Geschichte vom Fischmarkt. „Mein Mann hat damals unbedingt das Schwert mitnehmen müssen.“
„Sie denken wohl viel an ihn?“ Der Marquis hob sein Glas. „Trinken wir auf seine baldige Genesung!“ Dabei sah er ihr offen in die Augen.
Verlegen schlug sie sie nieder.
„Erzählen Sie ein wenig von sich“, bat er. „Es scheint mir, in Ihrer Ehe spielen Sie immer nur die zweite Geige.“
„Wie kommen Sie darauf? Ich spreche nicht viel über mich. Aber Sie haben Recht: Er ist der Künstler. Ich begleite ihn nur am Klavier.“
„Ich würde Ihnen gern einmal zuhören.“

Hannahs Wangen röteten sich. Das intime Interieur des Restaurants, der Wein, das gute Essen, die einfühlsamen Blicke des Marquis – all das schuf eine Atmosphäre der Vertrautheit, der sie sich nicht entziehen wollte. Und so begann sie zu sprechen, kam ins Erzählen und offenbarte schließlich ihre Ehe. Sie verschwieg auch nicht den Spleen ihres Mannes und was ihr der Psychiater geraten hatte. Dabei hatte sie sich so in Fahrt geredet, dass sie mit Gesicht und Händen, mit ihrem ganzen Körper sprach.
Der Marquis betrachtete sie fasziniert. Er fand sie äußerst reizvoll.
„Nun wissen Sie das meiste ...", sagte sie und war fast schon erschrocken, sich so geöffnet zu haben.
„Es ist bei mir gut aufgehoben", beruhigte sie der Marquis. „Sehen Sie, ich glaube, es war kein Zufall, dass wir uns begegnet sind. Dabei schließe ich Ihren Mann voll ein. So schön Sizilien auch ist, ich war bisher doch recht einsam hier. Als ich Sie beide traf, dachte ich gleich, daraus könnte eine interessante Bekanntschaft werden – vielleicht auch eine echte Freundschaft. Darf ich Sie um etwas bitten?" Er legte seine Hand auf ihren Arm. „Nennen Sie mich Léonard!"
„Aber natürlich – obwohl Sie für mich immer ‚der Marquis' sind. Der ist Ihnen geradezu auf den Leib geschneidert. Sie verkörpern einen solchen Herrn vollkommen. Also, Léonard. Ein hübscher Name!"
„Genau wie Ihrer."
„Hatte ich Ihnen schon gesagt, dass ich eigentlich Hannah heiße?"
„Der andere ist schöner."
„Sie sind seit meiner Eheschließung mit Nico der erste Mann, mit dem ich allein ausgehe", verriet sie, vom Wein schon leicht übermütig.
„Ich fühle mich sehr geehrt. Aber ich werde Sie nicht entführen. Sie sind für mich eine Dame, für die ich die größte Hochachtung empfinde. Sie sind eine Frau zum Beschützen."
„Dann seien Sie mein Ritter!", kicherte sie.

„Höchstens Ihr Knappe, der das Geheimnis zu wahren weiß.“
„Das, was ich Ihnen erzählt habe, Léonard?“
„Das Wichtigste an einem Gespräch ist nicht, was gehört, sondern was nicht gesprochen wurde.“
Plötzlich ernst, legte sie für einen Moment, vogelleicht und flüchtig, ihre Hand auf die seine. „Ich danke Ihnen sehr für diesen Abend, Léonard. Nehmen wir ihn als Auftakt für eine besondere Freundschaft!“
Später brachte er sie zu Fuß zu ihrem Hotel. Sie hatte sich wie selbstverständlich bei ihm eingehakt.
Ihn so dicht neben sich spürend, fühlte sie seine Verlässlichkeit und Stärke – ganz anders als bei ihrem Mann. Eine Weile gingen sie so schweigend im Einverständnis durch die erleuchteten Straßen. Dann löste sie sich langsam von ihm und sie verabschiedeten sich.
„Müssen Sie wirklich schon morgen fliegen?“
Hannah trat auf ihn zu und berührte zart seine Wange. „Das ist besser so. Wir kommen ja bald wieder. Nur noch sechs Wochen. Dann feiern wir gemeinsam unseren Einzug als Sizilianer.“

Das Frühjahr verging schneller als gedacht. Auch der Umzug der Sendmanns lag schon einige Wochen zurück.
Am 20. März waren sie eingetroffen. Samis *Scarampella* und Noten im Gepäck, fuhren sie in einem Mietauto zur Villa. Der Flügel, fünf weitere Geigen, sein Klavier, alle ihre Bücherregale mit Inhalt und einige Möbel, die Hannah von ihrer Mutter geerbt hatte, trafen erst 14 Tage später ein. Von einem internationalen Umzugsunternehmen wurden sie über See und Land von Stockholm nach Rostock, über den gesamten italienischen Stiefel bis Reggio und schließlich Cefalù befördert. Bis dahin behalfen sich die beiden mit provisorischen Liegen. Die neuen Möbel, die sie sich in Palermo ausgesucht hatten, wurden zügig angeliefert.
„C’est une maison! *Das* ist ein Haus!“, hatte der Marquis bei ihrem Empfang geschwärmt und sich die Fingerspitzen geküsst.

Auch Samuel war beim Anblick der Villa in wahre Begeisterung ausgebrochen.
„Wenn wir erst richtig eingerichtet sind, ist sie das schönste Schlösschen!“, hatte ihm seine Frau versprochen. Besonders die weiße Küche mit all ihrer technischen Raffinesse hatte es ihr angetan. „Wir haben Signore Romano versprochen, ihn einzuladen. Nur eine Tasse Tee ist zu wenig. Wir geben für ihn, den Marquis, Carlo, die Handwerker und Signore Basti eine kleine Party auf der Terrasse“, schlug sie dann vor.

Bei dieser Einweihungsfeier sorgte der Marquis für eine besondere Überraschung: Er ließ seine Blaskappelle in einem Kleinbus kommen!
Zu diesem Ereignis erschien er wieder „in Grün“, wie ihn Hannah geneckt hatte. In seiner barocken Tenue, weiß behandschuht, einen Dreispitz auf dem Kopf, das Parforcehorn geschultert, stolzierte er an der Spitze seiner Kapelle um das Haus herum auf die Terrasse. Dort hob man alsbald zu einem gewichtigen Konzert an.
Hannah strahlte. „Das haben Sie sich aber hübsch ausgedacht, Léonard! Es ist ja fast so, als seien wir illustre Herrschaften.“
„Sind Sie auch“, zwinkerte er ihr zu. „Ehre, wem Ehre gebührt! Außerdem gibt das meinen Leuten wieder einmal Gelegenheit, ihre Kunst herauszublasen.“
Sendmann klopfte ihm auf die Schulter: „Wie das alles zusammenpasst! Wie nett Sie das geplant haben! Meine Frau und ich danken Ihnen, Signore Grünberg, und Ihnen allen“, er wies in die Runde der Bläser, „sehr herzlich für Ihre schöne Darbietung! Sie haben uns damit eine große Freude gemacht.“
Der Marquis nahm Sami zur Seite. „Wie Sie von Ihrer Frau sicher erfahren haben, nennen wir uns jetzt in allen Ehren beim Vornamen. Ich würde mich freuen, wenn auch Sie mich Léonard nennen.“
„Gern!“, klopfte der ihm auf den Arm. „Und für Sie gilt ab jetzt: Niccolò! Das sollten wir gleich begießen!“

Nach all dem Neuen, das auf sie eingestürzt war wie der sprachliche Wasserfall einer italienischen Marktfrau, kehrte allmählich Ruhe ein. Die Sendmanns begannen, sich auch innerlich einzurichten. Sie ordneten ihre Bibliothek und probten auf ihren Instrumenten. Da ihre Zimmer durch den Salon getrennt wurden, störten sie sich nicht dabei. Hannah stellte fest, dass ihr Flügel gestimmt werden musste und Sami suchte nach einem würdigen Platz für das Porträt von Paganini.
„Häng es doch rechts neben dem Kamin auf! Da kommt es am besten zur Geltung", riet sie ihm. Sie selbst brachte drei ihrer besten Landschaften im Esszimmer unter. Dabei nahm sie sich vor, nach all den Veränderungen der letzten Monate wieder ihre Malerei aufzunehmen.
Sie hatten sich einen kleinen *Fiat* gekauft und streiften mit ihm durch die nahe Umgebung. Sogar den Marquis hatten sie schon besucht. Sein weiß gestrichenes Bauernhaus mit der kleinen Hofstelle lag nur wenige Kilometer entfernt in den grünen Ausläufern der Madonie. Beide staunten, wie bescheiden und gemütlich die Einrichtung war.
Diesmal empfing sie der Marquis in blauen Latzhosen. Er bastelte mit Carlo an einem Hühnerstall.
„Da sind Sie ja endlich! Schauen Sie sich nur um! Wir sind hier auf dem Lande. Wie Sie sehen, brauchen meine Hühner ein neues Zuhause. Dann legen sie noch bessere Eier", schmunzelte er.
Carlo holte unterdessen eine Karaffe Wein. „Die Schmalzbrote kommen gleich", verriet er und verschwand in der Küche.
Der Marquis musterte Hannah verstohlen. „Sie beide sehen gut aus. Jetzt haben Sie ja alle Aufregungen hinter sich und können sich an Sizilien gewöhnen, oder?"
„So schön hier alles ist, ich glaube, das braucht noch ein bisschen Zeit."
Sie drehte an ihrer Haarlocke. Vor ihrem Mann mochte sie den Marquis nicht beim Vornamen nennen.

Als habe er sie durchschaut, meinte der gutgelaunt: „Ich kenne das auch von mir, Elena. Dieses plötzliche Gefühl der Fremdheit legt sich, wenn Sie hier einige Menschen kennenlernen. Belegen Sie doch noch einen Kurs für Fortgeschrittene in der Sprachschule! Dann können Sie Italienisch bald besser als ich."
Daran habe er auch schon gedacht, meinte Sami und überlegte: „Ich könnte sogar Geigenunterricht geben. Hat Cefalù eine Musikschule?"
„Da muss ich, ehrlich gesagt, passen. Ich weiß nur, dass mein Bläserensemble ursprünglich wohl aus der Domgemeinde hervorging. Aber ich werde mich gern einmal erkundigen. Oh, wie ich sehe, sind Sie jetzt motorisiert! Ohne Fahrzeug lebt man hier sehr abgeschieden."
„Wir haben natürlich keinen Bentley wie Sie, Léonard", hänselte ihn Hannah jetzt schon freier.
„Dafür aber ein kleines Palais. Das ist doch immerhin auch schon etwas. Nun können Sie sich ja die Insel ansehen."
„Bei uns muss sich erst einmal alles setzen. Dann unternehmen wir weitere Ausflüge", entschied Sendmann.
Um sich mit dem Städtchen Cefalù vertraut zu machen, schlug ihnen der Marquis eine persönliche Führung vor.
„Wenn Sie gut zu Fuß sind, könnten wir sogar auf die ‚Rocca' gehen. Bis zur Burg muss man allerdings 280 Meter in die Höhe – und das zum Teil sehr steil. Aber von dort aus hat man einen herrlichen Blick auf die Stadt und die gesamte Bucht."
Auch das habe noch ein wenig Zeit, meinte Sami und dachte an seine Kurzatmigkeit. Sie verabredeten sich für die nächsten Tage lieber in der Villa. Dem Marquis war auch das recht.
„Wenn Sie wollen, koche ich für Sie. Ich müsste doch wenigstens ein Mal Ihre schöne neue Küche ausprobieren dürfen. Ich würde Sie dann auch mit einer ‚Pasta al nero di seppia' überraschen."
„Und was heißt das?", wollte Hannah wissen.
„Mit Tintenfisch-Tinte gefärbte schwarze Nudeln."

„Oh! Ob mir das schmecken wird?!“, verzog Samuel den Mund. Seine Frau stieß ihn an. „Léonard wird uns schon nicht vergiften.“ Es reizte sie, den Marquis zu necken. Ihr Mann würde es nicht bemerken.
Dann verabschiedeten sie sich.
„Ciao, Monsieur le Marquis! Bis Freitag bei uns!“

Hannas fröhliche Laune hatte sich auf ihren Mann übertragen. Er schlief lang und fest. Auch gesundheitlich ging es ihm gut.
Eines Morgens erwachte er geradezu heiter. Seine Stimmung war gelöst. Hannah bemerkte es sofort. „Hast du etwas Schönes geträumt?“
„Es muss wohl so gewesen sein. Ich hatte einen besonderen Traum. Ich saß vor unserem Kamin in Schweden – oder war es schon hier? Das Feuer schwelte noch. Da trat Paganini aus seinem Bilderrahmen neben dem Kamin hervor. Sein Gesicht war bleich, umrahmt von langen schwarzen Haaren. Sein schwarzer Anzug schlotterte ihm um die Glieder. Er kam zu mir und reichte mir seine *Guarneri*! ‚Spiel!‘, sagte er zu mir. Ich griff danach, scheu und voller Bewunderung. Als ich jedoch begann, verlor ich schnell jede Scheu. Es ging ganz leicht. Die Töne flogen nur so! ‚Ja, Niccolò! Weiter so!‘, sagte er. ‚Das machst du gut! Bravo! Bravissimo!‘ Dann verhallte seine Stimme in der Dämmerung. Stell dir vor, Elena, er ließ mich auf seiner Geige spielen! Er hat mich gelobt!“
„Natürlich hat er das. Ihr beide seid ja eins …“ Sie sah, wie glücklich und entspannt ihr Mann war. Ihre Ehe, ihr Leben, sein Spleen – sie wusste, all das würde jetzt und hier in eine gemeinsame, hoffnungsvolle Zukunft einmünden. Diese Gewissheit machte sie glücklich.

Wie jeden Morgen trat Samuel im Bademantel auf den Balkon. Hannah rumorte schon in der Küche. Er streckte sich wohlig und genoss den Blick auf Cefalù. Die Tage wurden zunehmend wärmer. Ende April stand die Sonne schon hoch am Himmel. Ein durchsichtig-blaues Firmament spannte sich über die Landschaft.

Hinter dem Haus hatte sich der Garten rund um das Rasenstück in ein üppiges Blumenbeet verwandelt. Auch die Balustrade an der Terrasse war mit bunten Blumenkästen geschmückt. Hannah und Carlo setzten fast täglich noch Pflanzen und Büsche. Sogar eine Skulptur hatte ihren Platz gefunden. Die Nachbildung des „Knaben mit Delfin" aus dem Palazzo Medici in Florenz war ein Geschenk des Marquis zu ihrem Einzug.
Als er mit seinem Gehilfen eine verpackte Mumie anschleppte, waren die neuen Hausbesitzer so gespannt, dass sie sich schon im Voraus bedankten.
„Na, warten Sie nur ab, was herauskommt!"
Alle zusammen machten sich ans Auspacken.
„Es macht nichts, wenn er nicht aus Marmor ist. Schwer ist er trotzdem – und sehr stabil, oder?", meinte der Marquis schwer atmend.
„Er ist wunderhübsch! Genau eine Figur, wie ich sie mir vorgestellt habe!", rief Hannah entzückt aus. „Woher haben Sie ihn denn?"
„Aus einem Garten-Center in Palermo. Ich dachte mir, er passt gut zu der Villa."
Auch ihr Mann war begeistert. „Sollte er nicht besser am Brunnen stehen? Ich meine, wegen des Delfins?"
Gemeinsam rätselten sie herum, ob hier oder im Garten.
Schließlich entschied sie sich für einen verborgenen Winkel am Ende des Rasens. „Hier soll er stehen – und eine kleine Bank neben ihm zum Träumen."
„Aber nicht von Fisch!", grinste Léonard.
Auch Sami lachte. Er und Hannah bedankten sich überschwänglich.

Inzwischen flossen die Tage träge dahin. Der Frühling ging in den Sommer über. Bald aß man nur noch auf der Terrasse. Nachdem er im März prachtvoll geblüht hatte, bog sich der Obstbaum nun unter all den Kirschen. Sie platzten geradezu vor Reife.
Hannah frohlockte: „Jetzt geht es ans Kirschenpflücken!"
Doch ihr Mann wollte davon nichts wissen. Er war zu faul. Auch

fürchtete er, herunterzufallen. Daraufhin nahm sie eine Leiter und stieg selbst in den Baum. Carlo hatte ihn schon im Januar so gestutzt, dass er nicht zu hoch war. Deshalb trug er so reich.
Hannah platzierte ihren Korb in einer Astgabel, damit sie die Hände frei hatte. Bald verschwand sie in den Zweigen, nur noch grünes Blattwerk um sich herum, Und plötzlich empfand sie Stille, so, als sei sie in ein geheimes Reich eingedrungen, in dem nur die Kirschen dunkelrot lockten.
Wie lauter Viertelnoten, dachte sie. *Wenn Paganini das sähe, würde er gleich ein Stück daraus komponieren.*
Sie lehnte sich mit den Knien an die Sprossen und griff so hoch, wie es nur ging. Denn dort hingen die reifsten Früchte. Hier eine Kirsche, dort eine, dahinter sogar zwei. Ein Zwillingspaar, wie sie es sich als Kind über die Ohren als Schmuck gehängt hatte. *Die Guten ins Töpfchen, die Schlechten ins Kröpfchen.* Diese eine noch – und diese da oben zupfte sie von den Zweigen. Auch einige ganz an der Seite. Die angelte sie sich, indem sie die Zweige zu sich bog. Dahinter hingen ja noch viel mehr Kirschen! Ach, die allerschönsten! Es war wie ein Rausch, ein Vollständigkeitswahn.
Ein Glücksgefühl erfüllte sie. Sie vergaß die Zeit. Sie musste sie alle pflücken!
Endlich hatte sie den Korb voll und stieg vorsichtig von der Leiter. „Sieh, was ich dir mitgebracht habe, Nico!", bot sie ihrem Mann einige Kirschen an. Der hatte in seinem Zimmer gerade mit dem Üben aufgehört und legte die Geige beiseite. „Sie schmecken fantastisch! So schöne gab es bei uns in Schweden nicht. Du hast übrigens etwas versäumt …"
Er blickte sie fragend an.
„Ich hatte soeben auch ein Rendezvous mit Paganini. Die Kirschen sind wie Noten. Mit ein bisschen Fantasie habe ich die ‚Campanella' daraus gelesen."
„Du bist mir eine!", lachte er. „Dafür hast du ja fast jede Woche ein Rendezvous mit dem Marquis."

„Aber er besucht uns doch beide!“, stellte sie richtig.
Was war das? Hörte sie da etwa einen Ton von Eifersucht heraus? Das brauchte sie nicht weiter zu beachten. Und doch! In der Küche füllte sie eine Tüte mit Kirschen für Léonard ab. Er würde ja morgen Nachmittag kommen und mit ihrem Mann die Noten eines schwierigen Stückes von Sibelius durchgehen. Schade, dass sein Parforcehorn nicht zur Geige passte!
In ihrem Zimmer betrachtete sich Hannah aufmerksam im Spiegel. Sie schaute sich in die Augen, strich die Fältchen aus den Winkeln. Sie massierte die Passage rund um den Mund. Es war nicht zu übersehen: Die Jahre hatten ihre Spuren hinterlassen.
Wie sieht er mich? Was findet er an mir?
Jedes Mal, wenn sie sich trafen, spürte sie seinen Blick. Es war wie ein geheimes Einverständnis zwischen ihnen, ein prickelnder Reiz, dem sie nicht nachgeben durfte. Das würde alles nur zerstören. Sie wusste, dass sie nicht wirklich hübsch war. Dennoch hatte sie ein reizvolles Gesicht. Sie lächelte sich zu, spitzte die Lippen und trieb den Schalk in ihre Augen. Da sah es schon ganz anders aus.
Das wird es wohl sein, was ihn an mir interessiert.
Sie selbst gestand sich ein, dass er ihr doch gefährlich werden konnte. *Ich warte ja geradezu auf ihn.*
Sie strich sich die Haare straff aus der Stirn, zauste sie hoch. Da entdeckte sie mit Schrecken am Hinterkopf die ersten grauen Strähnen. An der Seite waren sie ihr schon vertraut – aber auf dem Kopf?
Ach nein! Ich werde grau. Das muss ich ändern!
Entschlossen meldete sie sich in Cefalù bei einem Friseur an.

In dem kleinen Salon wurde sie regelrecht hofiert. Eine Fremde, eine Ausländerin! Dass sie sogar italienisch sprach, machte sie noch interessanter.
Ein junges Mädchen schamponierte ihr Haar mit Hingabe. Hannah genoss es, einmal so verwöhnt zu werden. Danach trat der

Chef hinzu und besah sich seine neue Kundin. „Ich möchte eine Färbung. Ich werde grau“, erklärte sie ihm.
„Bei solch dunklem Haar ist das ganz natürlich, gnädige Frau. Ich würde Ihnen eine Färbung in Ihrem Naturton empfehlen – vielleicht einen ganz zarten Rotton dazu, einen Schimmer von Mahagoni. Das bringt richtig Leben in Ihr Haar.“
„Haben Sie ein Farbmuster?“
„Selbstverständlich, Signora.“ Er zeigte ihr eine Palette mit verschieden gefärbten Strähnen.
„Vielleicht die?“, deutete Hannah mit dem Finger darauf.
„Ich würde noch einen Braunton hinzumischen. Das wirkt weicher und würde sehr gut zu Ihren Augen passen. Ich empfehle Ihnen sogar eine andere Frisur.“ Er eilte mit einer Mustermappe herbei. „So etwa …“
Sie starrte auf den jungen Pagenkopf. „Sie meinen kürzer?“
„Ich habe eine Ausbildung als Visagist, Signora. Sie haben ein sehr interessantes Gesicht. Sie sollten Ihre Augen betonen und die Haare nicht so straff nach hinten tragen. Das wirkt zu streng.“ Er betrachtete sie von allen Seiten. „Wir erreichen das mit einem Pony und einem kinnlangen Schnitt. Der Hinterkopf wird durch einen Stützschnitt ausgeformt. Sie werden sehen, wie gut Ihnen das steht. Kürzere Haare machen jung.“
„Sie meinen wegen meiner Nase?“, fragte sie spöttisch, entschied sich aber schon für seine Kunst. „Verändern Sie mich – aber machen Sie kein kleines Mädchen aus mir!“
Als die knapp dreistündige Prozedur beendet war, erkannte sich Hannah kaum wieder. Aus dem Spiegel blickte ihr ein ganz anderer Typ entgegen, eine jüngere Frau. Sie erschrak. Was würde ihr Mann sagen?
Dann dachte sie, der sollte mal schweigen.
„Gefällt es Ihnen?“
„Ich muss mich erst noch daran gewöhnen.“
„Vertrauen Sie mir, Signora! Die neue Frisur hebt Ihren aparten

Typ hervor. Auch die Farbe steht Ihnen ausgezeichnet. Wer Ihnen begegnet, schaut Sie an“, lächelte er.
Die taktvolle Art, wie er sie behandelte, gefiel ihr. „Sie haben mich überzeugt, Signore Bartoli. Ich werde auch in Zukunft zu Ihnen kommen.“

Zurück in der Villa, zögerte sie den Augenblick hinaus, ihren Mann zu sehen. Als sie jedoch den Tee zubereitete, ließ es sich nicht mehr vermeiden.
„Oh, du warst beim Friseur“, stellte er fest. Er betrachtete sie ein wenig kritisch, gab aber kein weiteres Urteil ab.
„Ich wollte einmal etwas anderes. Es ist ja schließlich mein Kopf.“
„Hast du eine andere Haarfarbe?“
„Ich bin mit dem Friseur sehr zufrieden.“
Mehr gab dieses Thema nicht her.
Sie hat sich die grauen Haare wegfärben lassen. Sie wollte sich hübsch machen für den Marquis, dachte er.
Hannah bemerkte es mit einer kleinen Schadenfreude: Er war eifersüchtig!
Aufmunternd sagte sie: „So schlimm sieht es doch nicht aus, dass du dich nicht daran gewöhnen könntest.“ Ihren morgigen Hochzeitstag verriet sie ihm nicht.

Auch der Marquis machte am nächsten Tag große Augen. „Ihre neue Frisur steht Ihnen ausgezeichnet, Elena!“, begrüßte er sie. Dass sie so etwas für ihn hätte arrangieren können, fiel ihm gar nicht ein. „Schauen Sie, ich habe etwas für Sie!“ Damit reichte er ihr ein großes pergamentfarbenes Kuvert.
Es enthielt eine Einladung an Signore Grünberg für die Vernissage einer Malerin vom italienischen Festland. *„Sie dürfen gern Freunde mitbringen“*, stand am Ende. Unterzeichnet war die Karte mit Gabriella Marochetti.
„Ich dachte, Sie beide würden gern mitkommen, oder?“

„Wer ist das?"
„Eine Freundin. Sie ist Galeristin und stellt meist einheimische Künstler aus. Sie sollten sie kennenlernen, Elena. Sie würde Ihnen gefallen."
„Ich muss das mit Nico besprechen. Ich nehme an, er könnte schon Lust dazu haben. Ich komme bestimmt. Aber jetzt muss ich in die Küche."
„Darf man erfahren, was es gibt?", fragte der Marquis neugierig.
„Nein, das ist eine Überraschung. Um sieben ist das Essen fertig."
Da sie bisher nur Kleinigkeiten zubereitet hatte, wenn er kam, wollte sie an diesem Abend ein Festessen mit Vorspeise, Hauptgericht und Nachtisch servieren. Außerdem gab es ja einen Anlass. Alles sollte möglichst exotisch sein. Und so hatte sie ihre Kochbücher gewälzt und sich für etwas Karibisches entschieden. Schließlich war ihre Wahl auf einen Langusten-Snack, ein sehr würziges Schweine-Curry aus Guadeloupe und gefüllte Bananen aus Haiti gefallen. Sie hatte den ganzen Vormittag damit verbracht, die Speisen zuzubereiten. In ihrer Küche duftete es schon verlockend.
Sie schmückte den Tisch und deckte ihr schönstes Geschirr.
„Heute machen wir einen kulinarischen Ausflug in die Karibik!", verkündete sie fröhlich, als ihr Mann mit dem Marquis aus dem Musikzimmer kam. Die beiden schnupperten.
„Oh, es riecht ja köstlich! Irgendwie exotisch! Haben wir etwas zu feiern?", fragte Samuel und biss sich gleich darauf auf die Lippen.
„Natürlich, wir haben heute unseren 24. Hochzeitstag!", sagte sie. „Mindestens zehn hast du vergessen. Ich wollte dich auch nicht daran erinnern und nur mal sehen, ob du daran denkst. Ich habe für uns beide daran gedacht."
Er war ganz zerknirscht. „Ich gelobe Besserung! Dass mir das auch hier wieder passieren musste …"
„An den nächsten werden Sie bestimmt denken. Das ist dann immerhin ein Vierteljahrhundert", vermittelte der Marquis heiter. Dann setzte man sich zu Tisch.

Hannah hatte in Cefalù für die Vorspeise einen guten Elsässer Riesling besorgt.
Der Winzer betrachtete interessiert die Flasche und nahm einen Probeschluck.
„Ah! Sehr gut! Strahlig, frisch, feine Säure! Ich wusste gar nicht, dass er so gut zu karibischen Langusten passt." Das gab ihm die Gelegenheit, sich über den Charakter des Rieslings auszulassen. „Die Farbe des Weins kann von einem Blassgelb mit Grünstich bis ins Goldgelbe reichen. In der Jugend zeichnet sich der Geschmack durch einige fruchtige Aromen aus. Sie finden darin Grapefruit, Limone, Zitrone, Apfel oder Pfirsich, sogar Passionsfrucht. Wegen ihres relativ hohen Säuregehaltes kann man Rieslingweine fünf bis sogar zehn Jahre lagern. Wenn ein Riesling älter ist, verlieren sich die Fruchtaromen. Und auch die Säure nimmt ab. Die Elsässer Rieslinge sind wegen des dort herrschenden Klimas trocken und haben, wie dieser hier, einen verlockenden Duft. Gratulation! Ich bin entzückt, Elena, dass Sie daran gedacht haben! Es ist für mich wie ein Gruß aus der Heimat."
Immer wieder staunten die beiden Herren über Hannahs Kochkünste. Sami schwelgte geradezu im Genuss der gefüllten Bananen.
Am Ende meinte der Marquis: „Bestellen Sie mein Lob bitte in der Küche!"
Hannah war etwas verstimmt.
Was meint er damit?
Als er den Satz beim Abschied noch einmal vorbrachte, entgegnete sie: „Das Personal hatte heute leider Ausgang."
„Aber meine Liebe, das weiß ich doch!", tröstete sie der Marquis. „Vielleicht ist der Witz etwas aus der Mode gekommen. Sie kochen fast besser als ich."
„Eitel sind Sie wohl gar nicht?"
„Nur ein bisschen, wenn es die Gelegenheit erfordert. Aber an Ihnen ist wirklich eine Köchin verloren gegangen."
„Nun, das auch wieder nicht", lächelte sie.

„Doch noch etwas anderes: Haben Sie schon mal daran gedacht, sich eine Putzhilfe zu nehmen? Ich meine, dieses große Haus bedeutet für Sie allein doch zu viel Arbeit. Ich wüsste da jemanden."
Hannah sah ihn fragend an. Auch sie hatte sich das schon überlegt.
„Carlos Nichte ist ordentlich und zuverlässig. Sie wohnt auch nicht weit. Wenn Sie Interesse haben, könnte sie sich einmal bei Ihnen vorstellen."

So kam Serafina, eine Frau um die dreißig, zu ihnen ins Haus und kümmerte sich drei Mal wöchentlich um die Wirtschaft.
Immer öfter ertappte sich Hannah dabei, dass sie den Marquis in ihre Gedanken mit einbezog. Er hatte immer eine Idee parat. Er war wie selbstverständlich in ihr Leben getreten und auch eifrig dabei, sich darin zu behaupten.
Ich spüre genau, dass er mich hofiert. Er macht das sehr liebenswürdig, ohne Nico zu verletzen. Gleichzeitig gibt er mir aber zu verstehen, dass das unser Geheimnis ist. Es ist wie eine kleine Verschwörung, überlegte Hannah. *Er spielt dabei unsere Rollen mit und als Marquis spielt er seine eigene. Das wäre die perfekte „Folie à trois". Ich darf nicht zu viel an ihn denken!*
Ihr war klar, sie würde vorsichtig sein müssen, dass aus dieser freundschaftlichen Beziehung nicht ein Abenteuer entstand. Eine „Ménage à trois" konnte nur alles zerstören, was sie sich mit ihrem Mann aufgebaut hatte. Das durfte sie nicht aufs Spiel setzen.

Zur Vernissage wurde sie von Samuel begleitet. Er war schließlich doch neugierig gewesen.
Der Marquis stellte sie der Galeristin vor. „Das ist das schwedische Künstlerehepaar, von dem ich Ihnen vorgeschwärmt habe, Gabriella. Die Signora malt auch – und wie ich sagen muss, sehr ausdrucksstarke Bilder. Signore Sendmann ist auf der Geige ein wiedergeborener Paganini."
„Das klingt ja sehr vielversprechend!", lachte Signora Marochetti. „Da

werden wir wohl von beiden demnächst Kostproben bekommen."
Diese Gabriella war Hannah gleich sympathisch.
Da die Künstlerin selber wegen einer Erkrankung nicht anwesend war, begleitete die Galeristin das Paar durch die Ausstellung und wusste zu jedem Bild einige Worte zu sagen. Hannah spürte, dass diese Frau viel kreatives Kritikvermögen und Einfühlungsgabe besaß.
Im Verlauf des Abends kam man sich näher. Gabriella sprach mit ihr über deren Malerei und erkundigte sich, welche Themen sie bevorzugte. Samuel hatte sich für das Bild eines Bergdörfchens in den Abruzzen erwärmt und klebte gleich drei Punkte auf den Rahmen. Der Preis war nicht allzu hoch.
„Sie können das Bild leider noch nicht gleich mitnehmen. Es bleibt bis zum Ende der Ausstellung in meiner Galerie. Wenn Sie wollen, bringe ich es Ihnen später persönlich. Dann habe ich auch Gelegenheit, Ihr wunderschönes neues Heim und die Bilder Ihrer Frau kennenzulernen."
„Oh ja, besuchen Sie uns! Wir würden uns freuen", verabschiedete sich Hannah von ihr. So trennte man sich und kam überein, weiter in Kontakt zu bleiben.
Auch der Marquis überdachte noch einmal den Abend. Ob Gabriella eifersüchtig war?
Das hat sie sich jedenfalls nicht anmerken lassen. Sie kennt mich, seufzte er. *Unsere kleine Affäre liegt auch schon drei Jahre zurück. Italienisch habe ich schließlich bei ihr gelernt. Elena kann nichts davon mitbekommen haben. Ich muss aufpassen, dass sie sich nicht in mich verliebt. Ich werde mich rar machen müssen und nicht mehr so oft hingehen,* bedauerte er und wusste gleichzeitig, dass sie ihm schon viel zu viel bedeutete.

Eine Woche darauf – Hannah war zum Einkaufen in der Stadt – zog der Postbote lange an dem Seilzug, sodass die Glocke anhaltend läutete. Er brachte einen Brief aus Schweden, der an Professor Samuel Sendmann adressiert war.

Dieser nahm ihn selbst in Empfang.
Eine hohe, steile Handschrift. Wer wollte da etwas von ihm? Etwa ein Amt oder eine Behörde? *Doch die schreiben ja nicht mit der Hand.*
Er öffnete ihn sogleich.
Was er schon auf den ersten Zeilen las, brachte seine Welt ins Wanken, sollte sein Leben von Grund auf verändern. Was würde bloß Elena sagen? Er schleppte sich in sein Zimmer und sank auf das Bett. Das war ja gar nicht möglich! Da spielte ihm jemand einen Streich! Er konnte es einfach nicht glauben.
Er hatte einen Sohn!

Lars

„... teile ich Ihnen mit, dass Sie einen Sohn haben. Er ist das Kind von meiner Tochter Svenja und Ihnen. Lars ist sieben Jahre alt. Als meine Tochter Stockholm verließ, um in Kopenhagen eine Stelle in einer Musikschule anzunehmen, hat sie mir nicht gesagt, dass sie schwanger ist. Nach fünf Jahren kam sie zurück und bewarb sich in Stockholm als Sekretärin in einer Exportfirma. Auch da verriet sie nicht, wer der Vater des Jungen ist.
Vor vier Monaten schickte ihre Firma sie für einige Wochen in den Sudan. Von dort ist sie leider nicht zurückgekehrt. Sie starb völlig überraschend und sehr schnell an einer Tropenkrankheit.
Für die Zeit ihrer Abwesenheit habe ich den Jungen versorgt. Dann kam diese schreckliche Nachricht. Zuerst verstand ich es gar nicht. Ich war zu verzweifelt und wusste nicht weiter. Svenja hat einen an mich adressierten versiegelten Brief hinterlassen, den ich erst nach ihrem Tod öffnen durfte. Darin nannte sie den Namen des Vaters und verfügte, dass er sich um das Kind kümmern solle.
Ich habe Ihre Anschrift über das Stockholmer Konservatorium herausbekommen. Das Vormundschaftsgericht hat mir das Sorgerecht zuerkannt.

Ich wende mich nun heute an Sie mit der großen Bitte, sich des Jungen anzunehmen und für seine Zukunft zu sorgen. Er ist ja Ihr Sohn. Wenn Sie es nicht tun, kommt er entweder in eine Pflegefamilie oder in ein Heim. Ich hänge sehr an ihm, kann ihn aber nicht mehr lange versorgen. Ich bin 54 Jahre alt und leide an der Parkinson-Krankheit. Bitte melden Sie sich und entscheiden Sie, was mit Lars weiter geschehen soll. Er ist ein sehr liebenswertes Kind.

Hochachtungsvoll,
Karen Lindholm, die Großmutter"

Sendmann schlug die Hände vors Gesicht. Konnte das wahr sein? Ein Kind, ein Junge – sein Sohn?! Er hatte immer gedacht, es liege an ihm, dass in seiner Ehe mit Hannah keine Kinder kamen. Er hatte sich damit abgefunden und es einfach vergessen. Und nun das!
Er erinnerte sich vage an Svenja Lindholm, das Mädchen mit den weißblonden Haaren und der rauen Stimme. Dann starrte er auf das kleine Foto, das ihm die Großmutter mitgeschickt hatte. Es zeigte einen mageren, blonden Jungen. Ratlos forschte Sendmann in dessen Zügen nach einer Ähnlichkeit mit ihm. Er konnte keine feststellen.
Ob das eine bloße Unterstellung ist? Vielleicht will mir da jemand ein Kind unterschieben. Oder jemand erlaubt sich einen gemeinen Scherz mit mir?
Aber das konnte nicht sein. Dafür hatte diese Großmutter zu ehrlich geschrieben. Sie tat ihm wirklich leid.
Wie sage ich es meiner Frau, war sein nächster Gedanke und ein eiskalter Schrecken durchfuhr ihn. Wie würde sie reagieren? Ihn endgültig verlassen?
Ich habe ihr wirklich viel zugemutet mit meinen Frauengeschichten. Sie hat sich großartig verhalten, immer über alles hinweggesehen. Sie weiß auch, dass ich Paganini bin. Sogar darin ist sie mir gefolgt. Und jetzt noch ein Kind!

„Was würdest du tun?“, fragte er sein zweites Ich.
Da kam ihm ein tröstlicher Gedanke: Das Liebste, was Paganini auf Erden besaß, war sein Sohn Achille. Ihn hätte er nie hergegeben. Auf ihn war er immer stolz gewesen. Warum sollte es bei ihm selbst nicht ebenso sein?
Er erhob sich und ging im Zimmer auf und ab. Gleich würde Hannah zurückkommen. Sie hatte ja keine Ahnung, was sie erwartete!
Ich kann es ihr verschweigen oder erst später sagen. Ich brauche auch gar nicht auf den Brief zu reagieren. Ich habe ihn einfach niemals bekommen. Das alles ist nicht real!
Gleichzeitig wusste er jedoch, dass er seine Frau nicht belügen konnte. Sie würde sofort bemerken, dass etwas nicht stimmte. Wie schade – gerade jetzt, wo sie so wunderbar zusammengefunden hatten!
Ich werde es ihr sagen, entschloss er sich. *Schließlich ist sie meine Frau, eine Frau, die mein Kind nicht verstoßen würde.*
Wie das klang: *Mein Kind! Mein Sohn! Ich habe einen Sohn! Wir beide haben einen Sohn!*
Er eilte, den Brief in der Hand, die Treppe hinunter. Im Salon goss er sich einen doppelten Whiskey ein. Im Garten hörte er schon das Knirschen im Kies von Hannahs Wagen. Eben schloss sie die Tür auf. Er lief ihr in die Küche nach und umarmte sie.
„Was hast du? Du bist ja ganz aufgeregt. Hat jemand angerufen?“
„Nein, geschrieben!“ Er zog den Brief hervor und reichte ihn seiner Frau.
Hannah las ihn zwei Mal durch. Dann ließ sie das Blatt sinken.
„Verzeih, ich kann jetzt nicht antworten. Es gibt heute kein Mittagessen“, stieß sie hervor. „Ich muss das erst einmal verdauen.“
Draußen im Garten setzte sie sich auf die Bank neben den reizenden Knaben mit dem Delfin. Ihr Herz war versteinert wie er. Es war grotesk. Ihr Mann hatte einen Sohn, von dem er nie etwas gewusst hatte. *Da müssen wir so alt werden, um zu erfahren, dass unsere Kinderlosigkeit an mir lag!*
Der Schock saß tief. Ein Junge! Erst sieben! Und ausgerechnet von

dieser Svenja, wegen der sie sich vor acht Jahren fast umgebracht hätte! Nun war sie selber tot. Hannah empfand eine gewisse Genugtuung.

Was fällt ihr eigentlich ein, einfach zu sterben und uns den Jungen zu überlassen?! Reicht es denn nicht, dass sie mir – wie all die anderen – den Mann fortgenommen hat? Und jetzt soll ich mich auch noch um dieses „Kind der Liebe" kümmern, ihm sogar die Mutter ersetzen?

Sie sprang auf, musste einige Schritte gehen, lief aus dem Garten hinaus auf die Straße und zwei Kehren abwärts. Dort kletterte sie auf eine kleine Anhöhe, von der aus man das Meer sehen konnte. Dann setzte sie sich ins Gras.

Wie dachte Sami überhaupt über diese Sache? Fand er sich so schnell mit diesem Sohn ab?

Hannah packte die Wut. *Was hast du mir angetan! Mit einer anderen Frau! Endlich hat man sich nach Jahrzehnten in seiner Ehe besser eingerichtet, da kommt einfach ein Kind dazu!*

Sie schluchzte auf und dachte an Greta. *Sie würde mich trösten, mir sagen, was richtig ist.* Gleichzeitig wusste sie jedoch, dass nur sie selbst ihr Problem mit Lars bewältigen konnte.

Vielleicht sitzt Greta jetzt an der Ostsee, so wie ich am Mittelmeer.

Dieser Gedanke hatte etwas Tröstliches. Der Blick über die weite Fläche beruhigte sie.

Dann las sie den Brief ein drittes Mal und betrachtete das Foto.

Er ist sehr blond, hat leicht abstehende Ohren und ist mager.

Und so sehr sie sich auch bemühte, ihn zu verabscheuen, es wollte ihr nicht gelingen. Sie empfand sogar Mitleid mit ihm. Irgendwie rührte sie sein sommersprossiges Gesicht.

Vielleicht ist er ganz nett.

Nach zwei Stunden erhob sie sich und ging zurück ins Haus. Ihr Zorn war einer großen Ratlosigkeit gewichen. Samuel hatte inzwischen vier Eier mit Speck gebraten. Er schnitt gerade Tomaten in Scheiben für einen Salat. Das brachte er allemal zustande. Hannah sah es mit Staunen.

Sie musterte ihren Mann, stellte ihn sich als Vater vor. Vielleicht war er dafür gar nicht unbegabt. Vielleicht führte ihn dies sogar in die Realität zurück. Wenn er sich für seinen Sohn entschied, musste er Verantwortung übernehmen. Darin konnte für ihn eine Chance liegen, von seiner Verirrung abzurücken. Könnte ein Kind es fertigbringen, seine Verstrickung aufzubrechen. Ein Du gegen ein Ego?

„Ich wusste gar nicht, dass du auch kochen kannst", bemerkte sie trocken.

Ihr Mann blickte auf. Sie sah seinen bittenden Blick.

„Glaubst du, dass diese Großmutter echt ist?"

Er nickte.

„Dann sollten wir sie zumindest einmal anrufen. Wenn der Junge sieben ist, geht er schon zur Schule. Mein Gott, ein Schuljunge!", rief sie und stand plötzlich weinend da.

Sami nahm sie fest in die Arme. „Sag jetzt nichts! Ich weiß ja, wie weh dir das tut. Wir müssen darüber nachdenken. Wenn Lars wirklich mein Sohn ist, soll er es auch sein. Dann hätten wir endlich das Kind, das auch du dir schon so lange gewünscht hast, Liebes!", strich er ihr zärtlich die Tränen von den Wangen.

„Und ich dachte, wir beide könnten hier endlich zusammen glücklich sein!", schniefte sie.

„Warum nicht auch mit einem Kind? Ja, warum eigentlich nicht? Das Haus ist doch groß genug!"

„Du meinst, wir müssten dann nicht zurück nach Schweden, weil er dort zur Schule geht? Wir könnten hierbleiben?"

„Das wird sich alles klären", sagte Sendmann schon gefasster. Er fürchtete sich auch nicht mehr so davor, Vater zu sein. Der Gedanke besaß sogar etwas Verlockendes. „Für mich war es wie ein Paukenschlag. Da ist man fünfundsechzig, vom Alter her ein Opa, und soll plötzlich Vater eines Siebenjährigen sein?! Natürlich gerät da fürs Erste die Welt aus den Fugen. Ich werde mir den Jungen ansehen. Ich möchte wissen, wie mein Sohn ist – unser Sohn", fügte er leise hinzu.

„Diese Karen Lindholm ist die Großmutter, wie sie selber schreibt.

Sie ist nur drei Jahre älter als ich. Ich soll mit einundfünfzig Mutter – oder besser gesagt, gleich Großmutter werden?! Dabei habe ich mich gerade daran gewöhnt, deine Frau zu sein."

Insgeheim dachte sie auch an den Marquis. Es war reizvoll, von einem Mann wie ihm verehrt zu werden. Es schmeichelte ihr, dass er in ihr eine attraktive Frau sah. Sie hatte das so lange entbehrt. Und in ihren entferntesten Träumen hatte sie sogar eine „Ménage à trois" nicht ausgeschlossen.

Und nun werde ich Großmutter!

Plötzlich lachte Hannah auf. „Es führt kein Weg daran vorbei, Nico! Wir beide haben das richtige Alter für einen Siebenjährigen erreicht. Das Leben ist doch voller Überraschungen! Aber jetzt lass uns essen! Die Eier sind ja schon fast schwarz."

In den nächsten Tagen dachte sie an kaum etwas anderes als an den Jungen. Der konnte schließlich nichts dafür, der Sohn ihres Mannes zu sein. Sie ging durch das Obergeschoss und überlegte, wo er schlafen sollte. Sie konnte eines der beiden Gästezimmer für ihn einrichten. Da hatte er auch gleich sein eigenes Bad. Sie ertappte sich bei der Vorstellung, wie er durch die Räume laufen und das große, stille Haus mit seiner Stimme erfüllen würde. Mehr als zuvor würde es zum Leben erweckt. Langsam, kaum merklich, begann sie auf ihn zu warten.

Samuel hatte unterdessen mit Frau Lindholm telefoniert. Es war ein langes Gespräch mit vielen traurigen Erinnerungen geworden.

„Ich habe Lars noch nicht erzählt, wer sein Vater ist. Ich wollte erst abwarten, wie Sie reagieren. Sie können sich denken, dass der Tod seiner Mutter für ihn ein großer Schock war. Das liegt erst drei Monate zurück. In seinem Schmerz ist er sehr ernst geworden. Nur gut, dass er mich hat! Ihm jetzt zu erzählen, dass sein Vater lebt – und das auch noch so weit fort –, würde er kaum verkraften. Ich schlage vor, Sie kommen persönlich zu uns. Ich bin sicher, Sie werden ihn lieb gewinnen. Zunächst müssen wir aber sehr behutsam vorgehen. Bitte kommen Sie allein!"

Gemeinsam machten sie einen Termin für zwei Wochen später aus und Sendmann buchte für sich einen Flug nach Stockholm.
Es konnte natürlich nicht ausbleiben, dass auch der Marquis von dieser Neuigkeit erfuhr. Hannah selbst erzählte sie ihm.
„Dann darf man Sie ja nur beglückwünschen, oder?“, erwiderte er freundlich. Dabei hatte sie das Gefühl, er schaue direkt in ihr Herz. „Ihr Leben wird sich sehr verändern, ma chère. Ich finde, Sie sollten nicht mit Ihrem Schicksal hadern. Sie haben es mit Ihrem Mann sehr gut getroffen. Er ist … hmmm … trotz allem ein feiner Mensch, ein wunderbarer Künstler. Ein siebenjähriges Kind bringt ja Leben ins Haus. Das wird Sie sehr beschäftigen. Wenn Ihr Mann als Vater das Sorgerecht für den Jungen erhält, kann er auch hier zur Schule gehen. Dann lernt er schneller die italienische Sprache als Sie und kann später immer noch entscheiden, ob er nach Schweden zurückkehren möchte. Ich weiß sogar schon einen Spielkameraden für ihn.“
Er sprach ihre Befürchtungen einfach aus und widerlegte sie zugleich.
„Wen? Einen Jungen im gleichen Alter?“
„Serafinas Sohn Gianni! Ich glaube, er ist nur wenig älter als Lars. Da ließe sich gewiss etwas arrangieren.“
Hannah schwieg.
Als wisse er, was sie dachte, fügte der Marquis hinzu: „Wir haben den schönsten Sommer. In Schweden sind sicher auch noch Sommerferien. Es liegt doch auf der Hand, dass Lars zunächst einmal mit seiner Großmutter herkommt, oder? Und wenn es ihm bei Ihnen gefällt, könnte man alles Weitere in die Wege leiten. Dann käme er eben in Cefalù in die zweite Klasse. So klein, wie er noch ist, wird er sich schnell eingewöhnen.“
„Und wenn er bei seiner Oma bleiben möchte?“
„Das wird ja auf Dauer nicht möglich sein, wie sie schreibt. Natürlich wird er sich zunächst dagegen wehren, so weit fort zu gehen. Da kommt es ganz auf Sie an, liebste Elena! Sie müssen den Jungen

erobern, damit er jemanden zum Liebhaben hat und hierbleiben möchte."
„Ach, Léonard! Sie sprechen alles so klar aus. Vieles ist ja gar nicht so einfach. Es kostet mich doch sehr viel Kraft."
Der Marquis legte behutsam den Arm um ihre Schultern. „Die haben Sie, das weiß ich. Sie wären eine wunderbare Mutter. Ich weiß auch, dass ich dann mal wieder für eine Weile verreisen muss, damit Sie sich voll auf den kleinen Mann konzentrieren können und er Zutrauen fasst."
„Marquis, Sie überschätzen sich!", neckte sie ihn. Gleichzeitig schluckte sie die aufkommenden Tränen herunter. „Sie sind wirklich ein lieber Freund!"

Schon Tage vor seinem Abflug war Samuel sehr aufgeregt. „Glaubst du, dass er musikalisch ist? Eigentlich müsste er das sein. Vielleicht würde er sogar lernen, Geige zu spielen."
„Wer weiß?", zuckte Hannah die Achseln. „Vielleicht solltest du eher mit ihm boxen, ein Kämpfchen mit ihm machen und dich dabei unterkriegen lassen. Er ist ein Junge." Ihr war klar, dass auch sie mit der Großmutter des Jungen telefonieren musste. Davon brauchte ihr Mann jedoch nichts zu wissen.
Ich werde ihr sagen, dass ich Nicos Sohn voll akzeptiere und mich sehr auf ihn freue, überlegte sie. *Schließlich ist die Vergangenheit vorbei. Nur die Zukunft zählt.*
Sie wollte Frau Lindholm versichern, wie wichtig ein Sohn für ihren Mann sei, wie sehr sie beide sich immer ein Kind gewünscht hatten.
„Obwohl wir nicht mehr jung sind, wollen wir alles daran setzen, verantwortungsvolle Eltern für Lars zu sein. Ich möchte, dass wir eine richtige Familie werden. Natürlich müssen wir noch lernen, uns auf einen kleinen Jungen einzustellen. Meinen Mann beschäftigt das inzwischen sehr. Und auch ich werde versuchen, ihm bei allem, was er braucht, eine gute Mutter zu sein."

„Sie sind sehr großmütig. Auch Lars muss sich an Sie beide gewöhnen. Gerade zu Ihnen muss er Vertrauen fassen. Ihr Mann hat vorgeschlagen, dass wir zunächst einmal zu Besuch kommen. Das ist eine gute Gelegenheit, uns gegenseitig kennenzulernen. Dafür danke ich Ihnen beiden von ganzem Herzen. Wenn das Kind sieht, wie Sie leben, wird es seine Scheu verlieren."
„Wir wohnen hier in der schönsten Umgebung. Unser Haus hat Platz genug für mehr als uns beide. Ich bin fest davon überzeugt, dass Lars sich hier wohlfühlen wird."
„Sie glauben nicht, wie mich das beruhigt! Ich muss wissen, dass er in die besten Hände kommt. Für ihn wäre es ein wahres Glück, wenn Sie ihn als Kind aufnehmen."
Schließlich kommt er in eine gut situierte Familie, dachte sie bei sich.
„Wir freuen uns auf Sie beide", verabschiedete sich Hannah.

Einige Tage später stand Samuel endlich vor dem kleinen Haus von Frau Lindholm in einem Vorort von Stockholm. Er trug einen hellen Anzug und einen Panamahut, wie er es in Cefalù gewohnt war.
Die Großmutter selbst öffnete ihm. Sie war eine schlanke Dame in einem geblümten Kleid. Ihre ehemals wohl blonden Haare waren schon ergraut. Sie schaute ihn mit Svenjas Augen an.
„Da sind Sie ja! Wie bin ich froh, dass Sie gekommen sind!", zog sie ihn ins Haus. Er bemerkte, dass sie leicht vornübergebeugt ging und schlürfte.
„Wundern Sie sich nicht darüber, wie ich mich bewege. Das kommt von meiner Krankheit", erriet sie seine Gedanken. „Lars kommt erst später. Ich habe ihn zu seinem Freund geschickt. Ich habe ihn auch lange auf Ihren Besuch vorbereitet und ihm erzählt, dass Sie sein Vater sind. Er wollte zuerst nichts davon wissen. Aber dann ist er doch neugierig geworden."
Sie führte ihn in das kleine Wohnzimmer, das mit weißen Möbeln, bunten Vorhängen, Teppichen und Kissen gemütlich eingerichtet war. „Zuerst koche ich Ihnen mal einen Tee", entschied sie und stell-

te zwei Tassen auf den Tisch. Samuel fühlte sich sofort heimisch. Sie betrachtete ihn aufmerksam über ihre Brille hinweg. Sie suchte in seinen Zügen nach einer Ähnlichkeit mit Lars. „Ich glaube, er wird nach Ihnen geraten. Er ist das Einzige, was mir von meiner Tochter geblieben ist."

Als sie den Tee serviert hatte, begann sie zu erzählen. Am meisten habe es sie getroffen, dass Svenja ihr das Kind so lange verheimlicht habe. Und den Vater dazu. Sie habe angenommen, dass dieser verheiratet sei. Als Lars in die Schule kam, sei Svenja mit ihm zu ihr in die Dachwohnung ihres kleinen Hauses gezogen, damit er ein warmes Mittagessen bekomme und beaufsichtigt sei.

„Ich habe viel Spaß mit dem Jungen", sagte Frau Lindholm. „Er hat eine rasche Auffassungsgabe. Die Schule fällt ihm leicht. Wenn er sieht, dass ich mit diesem oder jenem Handgriff im Haushalt manchmal Schwierigkeiten habe, macht er das, so gut er kann. Er ist sehr hilfsbereit. Wenn Sie ihn kennenlernen, sagen Sie ihm nicht gleich, was Sie mit ihm vorhaben."

Endlich klingelte es. Frau Lindholm öffnete die Tür und kam mit einem finster dreinblickenden flachsblonden Knaben herein. Um den Hals herum baumelte ihm ein Walkman.

„Siehst du? Wie ich dir erzählt habe, das ist dein Vater!", bemühte sie sich, ihn freundlich zu stimmen.

„Der ist ja viel zu alt! So einen Vater will ich nicht!"

„Aber Lars!", sagte die Großmutter entsetzt.

Sofort beruhigte sie Samuel: „Nein, bitte, er hat ja ganz Recht." Und zu dem Jungen gewandt, lächelte er: „Wenn mir so ein alter Kerl gesagt hätte, er sei mein Vater, hätte ich genauso reagiert. Ich finde, für dein Alter bist du ziemlich groß."

Frau Lindholm zog sich taktvoll in die Küche zurück.

„Warum haben Sie meine Mutter nicht geheiratet?!" Noch immer schaute sein Sohn ihn finster an. Er hatte eine leicht raue Stimme – wie Svenja.

„Das ging nicht. Ich hatte schon eine Frau."

„Aber warum haben Sie ihr das dann nicht gesagt?"
„Sie hat nicht danach gefragt. Ich glaube aber, sie wusste es. Das war ihr jedoch nicht so wichtig, sonst würde es dich ja nicht geben. Ich bin sehr froh, dass es dich gibt. Weißt du, ich habe mir immer einen Sohn wie dich gewünscht."
Langsam hellte sich Lars' Gesicht auf. „Nun gut, wie ein Vater sehen Sie nicht aus, eher wie ein Großvater."
„Leider kann ich mich für dich nicht jünger machen. Dann bin ich eben beides. Spielst du Fußball? Ich habe früher selbst gekickt", schwindelte er. „Wenn du allerdings weiter beim Sie bleibst, muss ich dich auch siezen. Ich heiße übrigens Nico. So nennen mich meine Freunde."
Lars gluckste. „Ich muss mich erst daran gewöhnen. Warst du auch in einer Mannschaft?"
„Oh, ich war sogar ziemlich gut. Ich war Obero oder so ähnlich", druckste Sendmann herum. „Bist du das auch?"
„Du meinst bestimmt Libero!" Jetzt platzte Lars heraus: „Ich bin sogar Stürmer!"
„Na, das kannst du nur von mir haben!"
Über diese kleine diplomatische Ebene kamen sie miteinander ins Gespräch. Sendmann staunte, wie leicht ihm die Sätze von den Lippen flossen. Er fragte Lars, wie es ihm in der Schule gefiele, ob er einen Freund habe, in seinem Fußballclub beliebt sei. Dann erzählte er ihm, dass er in Italien auf der Insel Sizilien am blauen Meer lebe, und er berichtete von dem großen Haus.
Urzeiten war es her, dass auch er ein kleiner Junge war. Jetzt erinnerte er sich wieder daran.
Nachdem das erste Eis gebrochen war, betrachtete er seinen Sohn und staunte, wie lebendig der war. Wenn Lars sprach, redete er mit seinem ganzen Gesicht. Seine hellen Augen blickten aufgeweckt in die Welt. Er war spontan und ohne Zweifel intelligent. Für sein Alter sogar einigermaßen unerschrocken, den Fragen nach zu urteilen, die er seinem neuen Großvater gestellt hatte. Mit seinen

Sommersprossen und den abstehenden Ohren sah er drollig aus. *Mein Gott! Sieben Jahre! Das ist ja erst der Anfang. Wie wird er mit dreißig sein? Dann gibt es mich schon nicht mehr*, dachte Sendmann und eine warme Welle der Zuneigung durchströmte sein Herz.
„Komm her, Lars! Ich tu' dir nichts. Ich möchte dich nur bald um mich haben. Dann lernst du auch Elena, meine Frau, kennen. Sie ist schon sehr neugierig auf dich."
Das war nun wieder ein Punkt, der Lars gar nicht behagte. Er setzte sich demonstrativ den Walkman auf. „Die möchte ich nicht sehen! Ich habe ja schon eine Großmutter. Die will ich nicht verlassen. Aber du kannst uns besuchen, immer wenn du in Stockholm bist."
Samuel spürte die Klippe. Wenn er jetzt klein beigab, war alles verloren.
„Setz' mal das Ding da ab! Weißt du, ich habe eine tolle Idee: Was hältst du davon, wenn du mit mir und deiner Oma nach Sizilien kommst und für den Rest deiner Sommerferien bei uns bleibst?"
„Na, Lars, was sagst du dazu?", fragte Frau Lindholm, die einen duftenden Streuselkuchen hereinbrachte. „Das wäre doch fantastisch! Ich würde zu gern einmal in den Süden reisen!" Man sah ihr an, wie sehr sie sich freute.
Lars schaute von ihr zu diesem neuen Verwandten. Noch zweifelte er ein bisschen. „Würden wir dann auch fliegen, Nico?" Es war das erste Mal, dass er ihn so nannte.
„Natürlich. Sonst wäre es ja eine ewig lange Reise. Ich habe sogar schon Flugtickets für dich und deine Oma." Er zog ein schmales Päckchen aus seiner Brusttasche. „Sieh, hier! So sehen sie aus. Unser Flugzeug ist eine Boeing 727, eine große Maschine."
Nun war Lars schnell überzeugt. „Fliegen muss toll sein! Wann soll es denn losgehen?"
„In zwei Tagen", erklärte Sendmann. „Schneller geht es leider nicht, denn ich habe in Stockholm noch einiges zu erledigen."
Frau Lindholm schlug die Hände zusammen. „Dann muss ich ja schleunigst für uns packen, Lars! Du hast noch drei Wochen Schul-

ferien. Für die Zeit brauchen wir eine ganze Menge Sachen. Und wenn wir zurückkommen, kannst du in der Klasse viel erzählen."
„Und die Badehose nicht vergessen! Wir wohnen am Meer! Kannst du schwimmen?", fragte Samuel.
„Klar! Was denkst du denn?!"
Jetzt war Lars Feuer und Flamme. Eine so weite Reise! Bis nach Sizilien! Er würde in einem Flugzeug sitzen, natürlich auf einem Fensterplatz, und sich anschauen, wie die Welt von oben aussah.
„Fliegen wir auch über Berge?"
„Natürlich, ohne das geht es nicht. Über die Schweizer Alpen und den ganzen italienischen Stiefel entlang. Haben Sie einen Atlas?", wandte sich Samuel an Frau Lindholm.
Sie suchte einen heraus und schlug die Karte von Italien auf.
„Siehst du? Hier geht es lang!" Er fuhr mit dem Finger die Entfernungen ab. „Das sind gut und gerne 3000 Kilometer!"
„Das ist ja fast in Afrika!"
Nun konnte für Lars die Zeit gar nicht schnell genug vergehen. An seinen neuen Großvater Nico hatte er sich schon ein bisschen besser gewöhnt. Die beiden Erwachsenen warfen sich einen Blick schweigenden Einverständnisses zu.
„Was für Musik hörst du denn am liebsten?", tippte Sendmann auf den Walkman.
„Och, so alles Mögliche. Björk hab ich am liebsten. Aber auch ABBA und klassische Musik, so, wie Mami sie gespielt hat. Ich hör mir manchmal ihr Lieblingsstück an." Dabei verriet er nicht, dass er es immer wieder auflegte.
„Du meinst ein Stück auf der Geige?", fragte Samuel hoffnungsvoll.
„Ja. Spielst du auch Geige?"
Sein Vater nickte.
„Dann kannst du mir ja mal etwas vorspielen", sagte Lars gnädig.
„Erst zu Hause, wenn wir in Cefalù sind. Meine Violine ist dort. Spielst du auch ein Instrument?"

„Ich hab ein bisschen angefangen mit Geige. Viel lieber spiele ich aber Schlagzeug. Mein Freund hat ein kleines."
Samuel betrachtete seinen Sohn liebevoll. Gott sei Dank! Er hatte Interesse an Musik. Es hätte auch anders sein können.

Abends im Hotel rief er Hannah an. „Wie ist es gelaufen?", fragte sie.
„Er ist ein prächtiger Junge!", verriet er stolz. „Ich glaube, er sieht mir sogar ähnlich. Zumindest hat er einen Leberfleck am Hals – so wie ich. Du wirst staunen, wie gescheit er für sein Alter ist. Wir müssen ihn nur ein bisschen füttern."
„Hat er dich so ohne Weiteres akzeptiert?"
„Na ja, einen kleinen Anlauf brauchte es schon. Er hängt sehr an seiner Großmutter. Die Trennung von ihr könnte noch ein Problem werden. Aber das müssen wir wagen. Hauptsache, es gefällt ihm bei uns."
„Du bist ja schon jetzt in ihn vernarrt."
„Klar! Er kann sogar schon schwimmen!"
Hannah lachte. „Wie sieht er aus?"
„Er hat große, abstehende Ohren wie ein Elefant, einen Rüssel wie ein Nasenbär und Augen wie ein Krokodil."
„Du meine Güte", gluckste sie. „Das ist ja ein Monster!"
„Wir werden ihn sehr lieb haben", flüsterte Samuel.
Sie war überwältigt. „Und was glaubst du, wie er mich finden wird?"
„Na, wie schon? Er ist ziemlich neugierig", log er munter in den Hörer. Seit er den Jungen gesehen hatte, war etwas in ihm aufgebrochen – etwas lange Verschüttetes.
Plötzlich dachte er an seine eigene Kindheit. Damals hatte er einen gleichaltrigen Freund gehabt, einen schmächtigen blonden Jungen. Sein Name war Lasse. Viel Zeit war den beiden für ihre Streiche nicht geblieben, denn immer hieß es für Samuel: Üben, üben, üben! Schon damals arrangierte man für ihn Auftritte und kleine Tourneen. Das hatte ihm Lasse entfremdet. Dann war der plötzlich krank geworden und gestorben. Lasse, sein einziger Freund!

Über diesen Verlust hatte ihn nur seine Geige hinwegtrösten können. Doch das hatte lange gedauert.
Und jetzt war er Lars begegnet, seinem einzigen Sohn. Wie schicksalhaft war die Ähnlichkeit der Namen! Für Sendmann stand unwiderruflich fest: Dieses Kind, diesen Jungen würde er nicht wieder hergeben! Einen Vaterschaftstest würde er nur veranlassen, wenn es nötig war. Das war zunächst einmal nicht wichtig, denn er spürte, in seinem kleinen „Monster" steckte ein Stück von ihm selbst. Das regte ihn auf, beflügelte ihn. Mit einem Mal fühlte er sich herrlich verjüngt.
Ich möchte, dass er nicht mehr den Großvater, sondern den Vater in mir sieht, nahm er sich vor.
Mit Hannah verabredete er, wann sie ihn, Lars und seine Großmutter vom Flughafen in Palermo abholen sollte. „Mach dich hübsch für ihn!", bat er sie.

Zwei Tage später stand sie am Ausgang für die Fluggäste und wartete. Die Maschine war eben gelandet. Hannah konnte ihre Nervosität kaum in den Griff bekommen. Wie würde der Junge sie begrüßen? Auch fürchtete sie sich ein wenig vor der Großmutter. Sie war immerhin ein Stück von Svenja. Warum musste diese Frau sie bis heute verfolgen?!
Als ihr Lars dann mit einem schüchternen Lächeln die Hand reichte, war alle Bangigkeit wie weggeblasen. „Hattet ihr einen guten Flug?", fragte sie ihn. In seinem blauen Blazer sah er sehr nett aus. Er war hellauf begeistert: „Ja, toll! Ich habe die Alpen und das Meer von oben gesehen! Und den Himmel! Noch weiter als bis zum Horizont!"
Auch Frau Lindholm gab sich ganz natürlich. „Der Flug war einfach wundervoll. Die vier Stunden sind uns schnell vergangen. Ihnen danke ich ebenfalls herzlich für diese wunderschöne Einladung. Wir sind sehr gespannt auf das große Haus. Ihr Mann hat uns viel darüber erzählt."

Sie und ihr Enkel stöhnten ein bisschen, wie heiß es hier war. Doch die Fahrt bei offenen Fenstern brachte Kühlung.
Als Lars am Ziel aus dem Wagen stieg, kam er aus dem Staunen kaum heraus. „Das sieht ja beinahe aus wie ein Schloss! So toll haben wir uns das Haus nicht vorgestellt, was, Oma?"
„Eine richtige südliche Villa! Einfach wunderschön!", rief Frau Lindholm entzückt aus.
Hannah hatte Serafina gebeten, zum Empfang ein kleines Büfett mit kaltem Huhn, Salaten und Früchten anzurichten. Jetzt kam sie den Gästen entgegen und nahm der Großmutter den Koffer ab.
„Was heißt denn das?", fragte Lars und deutete auf die Inschrift über der Tür.
„*La Campanella* – die Glocke!", erklärte Samuel. „Was es damit auf sich hat, erzähle ich dir ein andermal."
„Und wozu ist das Seil da?"
„Wenn du daran ziehst, läutet es."
Das musste Lars sofort ausprobieren. „Das klingt ja schön!" Er zog gleich noch einmal – und weil es so schön klang, ein drittes Mal.
Die Erwachsenen lachten.
„Siehst du, wenn so feiner Besuch kommt, soll man es auch hören", neckte ihn Hannah.
Lars schielte verlegen zu ihr herüber. In ihrem hellen, weiten Sommerkleid sah sie richtig hübsch aus, gar nicht wie eine Großmutter, fand er. Samuel bemerkte es mit Wohlgefallen.
„Meine Freude nennen mich Elena. Du kannst ruhig du zu mir sagen wie in Schweden. Und das ist Serafina, meine Haushaltshilfe. Aber kommt doch beide herein. Drinnen ist es angenehm kühl."
Und wieder konnte sich Lars nicht sattsehen. *So eine große Halle!* „Da würde ja unser ganzes Haus in Schweden reinpassen!"
„Komm mal mit! Ich zeige dir, wo du schläfst", fasste sie ihn einfach an der Hand. Er ließ sich ohne Widerstreben nach oben ziehen. Die Frau gefiel ihm. Sie roch so gut und sie hatte eine weiche Haut.

Hannah zeigte ihm die Gästezimmer. „Hier schläft deine Großmutter und dies ist dein Zimmer. Das Bad habt ihr zusammen."
Dann führte sie Lars auf den Balkon.
Als er das tiefblaue Meer sah und Cefalù mit seiner gewaltigen „Rocca", war er überwältigt. „Alles ist so weit und hell! Bei uns ist die Ostsee auch blau, aber nie so … so …"
„So herrlich dunkelblau?"
„Ja, genau! Das Meer sieht sehr schön aus, ich möchte am liebsten sofort baden gehen!"
„Das kannst du morgen. Jetzt zeigen wir dir erst einmal, was hier alles los ist."
Hinten am Tor bewegte sich etwas. Lars sah genauer hin. „Wer ist das?"
Hannah spähte zum Zaun. „Das ist Gianni, der Sohn von Serafina. Ich glaube, er ist in deinem Alter. Es würde mich nicht wundern, wenn er neugierig auf dich wäre."
„Wohnt er auch bei euch?"
Sie schüttelte den Kopf. „Nicht weit von uns, zwei Straßenbiegungen höher."
Obwohl er nach dem langen Reisetag todmüde war, wollte Lars möglichst alles schon am ersten Tag sehen. Er ließ sich von Samuel das ganze Haus zeigen und durchstöberte den Garten. Unterdessen saß Hannah mit Frau Lindholm im Salon bei einer Tasse Tee. Nach den ersten einleitenden Worten kamen die beiden Frauen schnell auf das Hauptthema.
„Ich bin sicher, dass Lars sich hier sehr wohlfühlen wird", sagte die Großmutter. „Nennen Sie mich Karen. Wir sollten auch gleich zum Du übergehen, wo wir doch bald eine Familie werden. Ich glaube, du gefällst ihm."
„Ich mag ihn ebenfalls sehr", versicherte ihr Hannah spontan. „Ich habe den Eindruck, wir werden gut miteinander auskommen. Ich dachte, weil ich nie Kinder hatte, würde es mir schwerfallen, mich darauf einzustellen. Es ist aber gar nicht so schwer."

„Man muss ihn einfach gern haben!“, bestätigte Karen. „Mir ging es genauso. Da erfährst du, dass deine Tochter in einem fremden Land gestorben ist, siehst sie nie wieder – und plötzlich bist du für einen kleinen Jungen verantwortlich! Ich dachte zuerst, das kann ich nicht – nicht mehr, weil ich krank bin. Aber dann tröstete er mich: ‚Oma, ich bin ja auch für dich da!‘ Er ist ein ganz lieber Junge. Und er braucht eine neue Mutter.“

„Ich will alles versuchen, ihm Svenja zu ersetzen“, brach es aus Hannah heraus. „Du siehst ja, dass es an äußeren Dingen nicht fehlt. Ich habe mir damals wegen deiner Tochter das Leben nehmen wollen. Mein Mann hat es im letzten Augenblick verhindert. Aber das ist lange vorbei. Ich habe mir immer ein Kind gewünscht. Es ist seltsam, dass nun sein Sohn zu uns kommt. Es ist wie eine Fügung.“

„Ja, manchmal waltet über uns eine höhere Macht …“ Karen wischte sich die Augen. „Es hat sich inzwischen ja so vieles geklärt. Ich weiß jetzt, dass Svenja die Schülerin Ihres Mannes war. Er war ihr Geigenprofessor an der Musikhochschule. Svenja erzählte mir einmal, dass er den Spitznamen Manieni trug. Er soll ganz verrückt nach Paganini gewesen sein. Ist das der Grund, weshalb er sich Niccolò oder Nico nennt?“

Hannah strich sich verlegen durchs Haar. *Bloß nichts erzählen von seinem Spleen*, dachte sie.

„Es stimmt schon, er hält große Stücke auf Paganini. Das hat er an seine Studenten weitergegeben. Aber jetzt ist er ja pensioniert und unterrichtet nicht mehr. Und da er keine Studenten mehr hat, ist ihm die Sache mit Paganini auch nicht mehr so wichtig. Diesen Namen hat er aber beibehalten, weil er ihn hübsch findet. Mich stört das nicht. Ebenso wenig, dass er mich Elena nennt.“

„Ist das nicht dein richtiger Name?“

„Eigentlich heiße ich Hannah. Als wir hierher kamen, haben wir aber gedacht, wir lassen unser altes Leben zurück und beginnen ein neues. Wir wollten noch einmal von vorne anfangen – obwohl oder

gerade weil wir nicht mehr jung sind. Dafür haben wir uns eine Spielerei ersonnen und uns andere Namen gegeben. Du kannst es auch künstlerische Freiheit nennen", sagte sie fröhlich.
„Ihr seid ja auch Künstler. Für Lars werdet ihr ja wie Eltern sorgen." Hannah spürte die kleine Unsicherheit.
„Natürlich! Wir sind doch erwachsen! Lars wird es an nichts fehlen. Da kannst du ganz sicher sein. Seit mein Mann weiß, dass er einen Sohn hat, ist er wie umgewandelt. Er stellt sich der Verantwortung. Er hat eine neue Aufgabe und wird sie erfüllen. Ich glaube auch, danach hat er gesucht. Er ist schon jetzt ganz vernarrt in den Jungen. Er wird ihm ein guter Vater sein."
„Auf dich kommt es am meisten an, Elena. Wenn Lars bei euch ist, hast du gleich zwei Kinder im Haus – ein großes und ein kleines", stellte Karen mit komischem Ernst fest.
„Du hast Recht. Ich bin der Mast, an dem die Fahne flattert. Du sagst es selbst, Nico ist ein Künstler. Und die leben oft in ihrer eigenen Welt!"
Karen lehnte sich erleichtert zurück. „Dass Lars bald ein neues Zuhause findet und ihr euch um seine Zukunft kümmern werdet, beruhigt mich sehr. Er allein muss entscheiden, ob er für immer bei euch bleiben will. Ich denke jedoch schon, dass er das möchte. Ihr müsst das sehr ernsthaft mit ihm besprechen. Für uns beide allerdings wird der Abschied sehr schwer werden. Aber er ist ja noch ein Kind. Er wird leichter darüber hinwegkommen."
Hannah ergriff Karens Hand. „Wie es aussieht, wird er hier auch schnell Freunde finden. Einer hat schon durch den Zaun gespäht. Es ist Gianni, Serafinas Sohn. Ich glaube, der platzt schon vor Neugier. Wenn in Stockholm alles geregelt ist und Lars endgültig zu uns kommt, kannst du uns jedes Jahr gern für ein paar Wochen besuchen."
„So lange es geht, wäre das wunderbar. Hoffen wir, dass sich mein Zustand stabilisiert. Bald seid ihr die Eltern von Lars. Ich glaube, auch Svenja wäre mit dieser Lösung sehr einverstanden. Sie hat das

in ihrem versiegelten Brief an mich ja so gewollt. Ob sie ihren Tod geahnt hat?“

Schon am nächsten Tag stand Gianni vor der Tür.
Die beiden Jungen schauten sich an. Der eine mit einem schwarzen Lockenkopf, der andere mit flachsblonden Haaren, die ein wenig abstanden. „Bon giorno!“, sagte der eine. „Hallo!“, entgegnete der andere. Das klang schon mal ganz international.
Hannah trat hinzu. „Ihr macht euch am besten miteinander bekannt, wenn ihr in den Garten geht. Nico ist gerade dabei, ein Schiffchen aus Papier zu falten. Er zeigt euch, wie's geht. Die könnt ihr dann im Brunnen schwimmen lassen.“
Dasselbe übersetzte sie für Gianni.
„D'accordo!“, rief der und rannte los, Lars hinterdrein.
Sie müssen sich im Spiel miteinander verständigen. Der Rest geht mit Händen und Füßen, dachte sie.
Nach zwei Wochen konnte Lars schon die ersten Brocken Italienisch. Wenn er das Wort für einen Gegenstand nicht wusste, zeigte er fragend darauf und Gianni erklärte es ihm in seiner Sprache. Die beiden trafen sich fast jeden Tag und waren bald dicke Freunde. Auch zu Samuel und Hannah hatte Lars nach anfänglicher Scheu guten Kontakt gefunden.
Nun war auch der Augenblick gekommen, dass sein Vater ihm seine Geige zeigte. „Ich spiele dir etwas vor, das, was du so gerne hörst.“ Im Wohnzimmer von Frau Lindholm hatte er die Töne sogar durch den Kopfhörer des Walkmans seines Sohnes erkannt. Es war eine Passage aus Mendelssohns Violinkonzert. Die hatte er auch für Svenja gespielt, damals, als sie noch seine Schülerin und Geliebte war.
Lars saß auf einem Stuhl in der Nähe des Klaviers. Samuel stand vor dem offenen Fenster und hob den Bogen. Alsbald erklang die süße Melodie und schwang sich wie ein Vogel hinaus in den Garten. Der Sohn starrte seinen Vater an. Der war ganz entrückt, dem Spiel hingegeben.

„Du bist ja ein Künstler!“, staunte Lars.
Er verstand nicht viel vom Violinspiel, aber dass sein Vater auf der Geige ein Zauberer war, das spürte er. So ähnlich hatte auch seine Mutter gespielt. Ihm war, als höre er sie aus der Ferne. Ihm war auch ein wenig nach Weinen zumute, was er tapfer unterdrückte.
Sendmann bemerkte es. „Wenn du Lust hast, unterrichte ich dich ein bisschen. Ich habe noch meine alte Kindergeige. Willst du sie sehen?“
„Später! Gianni wartet auf mich.“
„Na, dann lauf!“, lächelte sein Vater. Bewegt schaute er dem Jungen nach. *Später, hat er gesagt. Ja, später, wenn du ganz bei uns bist!*

Auch Hannah zeigte ihm ihr Reich. „Weißt du, ich male sehr gern“, führte sie ihn zu ihrer Staffelei. Darauf stand ein noch unfertiges Bild, auf dem man schon Cefalù und die „Rocca“ erkennen konnte. Auf einem großen Tisch lagen lose Blätter herum. Lars entdeckte einen Kasten mit Farben und viele Pinsel in einem Becher. Er schnupperte ein bisschen.
„Das sind die Ölfarben. Pass auf, dass du dich nicht beschmierst. Wenn ich male, ziehe ich mir immer einen weißen Kittel über. Malst du auch gern?“
„So gut wie du kann ich es nicht, aber sonst schon“, nickte Lars.
„Wenn du mal nicht weißt, was du tun sollst, komm einfach zu mir. Ich habe genug Tapetenreste, die du bemalen kannst. Oder willst du etwas auf dem Flügel hören?“ Schon hatte sie auf dem Hocker Platz genommen und spielte zwei Stücke aus den *„Kinderszenen“* von Schumann.
Lars stand neben ihr und bewunderte die Schnelligkeit ihrer Finger.
„Das sind *‚Fürchtenmachen‘* und *‚Haschemann‘*“, lachte sie. „Vor dem brauchst du dich aber nicht zu fürchten.“
Als sie geendet hatte, tippte Lars vorsichtig einige hohe Töne an.
„Du bist gar nicht wie eine Großmutter“, sagte er plötzlich.
„Nein, natürlich nicht. Ich bin ja auch nicht deine Mutter. Ich gebe

mir aber große Mühe, dir eine zu sein. Und wenn du das gar nicht willst, bin ich doch immer deine Freundin.“ Sie schloss ihn fest in die Arme und streichelte ihm zärtlich über den Kopf. „Du musst wissen, ich habe dich nämlich sehr lieb.“
Eine kleine Weile standen sie so da. Dann machte sich Lars mannhaft los. Er wollte ihr nicht zeigen, dass auch er sie mochte. Sie war so ganz anders als seine Großmutter.

Diese herrlichen Ferien näherten sich ihrem Ende. In wenigen Tagen mussten Lars und seine Oma wieder abreisen. Samuel und Hannah waren schon sehr traurig.
Der Marquis hatte sich bisher nicht blicken lassen. Nun aber ließ er sich hören. Er fuhr auf dem Kies knirschend mit seinem Bentley vor und betätigte kräftig das Hornsignal.
Lars stürzte zum Fenster. Was er da sah, ließ ihn erstarren. Ein Superauto! Ein Oldtimer! Ein Bentley wie aus dem Sammelalbum! Dazu ein Fahrer in Uniform! Lars fegte aus dem Zimmer und war schneller draußen als gedacht. Der Marquis erwartete ihn schon. Zur Feier des Tages hatte er seine grüne Tenue angelegt. Nun zog er elegant den Dreispitz.
Hannah war Lars gefolgt und stand lächelnd in der Tür.
„Ich kann leider kein Schwedisch“, rief ihr der Marquis zu. „Sie müssen meine Dolmetscherin sein! Sagen Sie dem jungen Mann bitte, dass ich ihn zu einer Fahrt einlade!“
Lars konnte sich gar nicht beruhigen. So ein toller Wagen!
„Una macchina!“, trat jetzt Gianni fachmännisch hinzu. Er war nur der Staubwolke gefolgt und ihr nachgelaufen. Natürlich durfte auch er mitfahren. Abwechselnd drückten die Jungen auf die Hupe. Das Posthorn brüllte und der Marquis brauste mit seinen Gästen los.
Hannah sah ihm nach.
Was für ein guter Freund! Er ist im richtigen Augenblick gekommen. Sein Bentley fasziniert jeden Jungen. Das ist sicher noch ein weiterer

Magnet für Lars. Er wird erkennen, was ihn hier alles erwartet und dass er wiederkommen möchte, hoffte sie. *Und für immer bleiben!*
Drinnen im Salon besprachen die Erwachsenen, was sie weiter für Lars und seinen Umzug in die neue Heimat unternehmen wollten. Samuel fragte Frau Lindholm, ob sie damit einverstanden sei, dass sein Sohn auch seinen Namen trüge.
Sie nickte. Sie wollte sich auch in Stockholm sofort mit den zuständigen Behörden in Verbindung setzen und alle notwendigen Schritte in die Wege leiten. „Schade, dass wir das alles nicht einfach unter uns abmachen können! Ohne amtliche Vorschriften geht es eben nicht. Wenn von offizieller Seite alles geregelt ist, müsst ihr beide Lars abholen. Dann hat Schweden einen Bürger weniger."
„Auch wir sind immer noch Schweden", meinte Hannah scherzhaft. „Wir haben nur unseren Wohnort verlegt."

Kurz nach Weihnachten hatte von behördlicher Seite aus endlich alles geklappt. Karen Lindholm hatte an das Vormundschaftsgericht geschrieben, sie habe den Vater von Lars gefunden. Dieser werde für die Zukunft seines Sohnes sorgen. Sie selbst könne aufgrund ihrer Parkinson-Erkrankung die gesetzliche Vertretung für den Jungen nicht mehr ausüben und bitte darum, die elterliche Sorge auf den Vater zu übertragen.
Um auch im Sinne des Kindes ganz sicherzugehen, sollte ein Vaterschaftstest vorgenommen werden. Dafür hatten sich Samuel und Lars von einem Arzt jeweils an ihrem Wohnort Blut abnehmen lassen. Der italienische schickte das Ergebnis an den schwedischen und der Test bewies, dass Sendmann tatsächlich der Vater war. Auch offiziell war Lars nun sein Sohn.
Sogar die Frage des Lernens war gelöst worden. Lars durfte in Italien zur Schule gehen. Nun waren es nur noch wenige Tage, bis seine neuen Eltern ihn abholen konnten.

Karen verabschiedete sich von ihm unter Tränen. „Wir sehen uns schon im Frühjahr wieder, mein Schatz! Dann kann ich mich den ganzen Winter darauf freuen, zu euch zu kommen."
Endlich war es so weit: Nur mit einem Köfferchen kam Lars zu seinen neuen Eltern. Anfangs fremdelte er noch ein bisschen. Er hatte Heimweh. Obwohl er jeden Winkel der Villa und des Gartens kannte, hockte er manchmal stundenlang in seinem Zimmer, betrachtete ein Buch oder hörte Musik über seinen Walkman. Auch Gianni hatte er nur zwei bis drei Mal gesehen. Die vier Monate, die zwischen dem Heute und dem Ende seiner Sommerferien lagen, ließen die Sprachschwierigkeiten zwischen beiden wieder hervortreten.
Dann gab es noch etwas, weshalb sich Lars in Einsamkeit verkroch: Er hatte Angst vor der Schule!
Ich kann doch nicht einfach hingehen und so tun, als würde ich alles verstehen. In Wirklichkeit verstehe ich kaum etwas. Die Kinder werden mich auslachen.
Hannah erriet seinen Kummer. „Hör mal, ich habe etwas Interessantes für dich. Du könntest mir helfen. Ich soll einen Hund in Pflege nehmen. Für drei Wochen. Es ist ein junger Jagdhund. Du könntest mit ihm spielen und ihn ausführen." Sie zeigte Lars ein Foto. Es war ein mittelgroßes Tier mit glattem, falbem Fell und hängenden Ohren, der begeistert an einem großen Knochen aus Leder kaute. „Es ist ein Rüde. Er heißt Aldo."
Lars betrachtete das Bildchen. Der Hund schien ihm zu gefallen.
„Wann kommt er?"
„Ich hole ihn heute Nachmittag mit dem Auto ab. Willst du mitfahren?"
Das ließ sich Lars nicht zwei Mal sagen. „Ich habe noch nie einen Hund gehabt. Ich glaube, ich würde ihn mögen. Angst habe ich sowieso nicht."
Hannah klopfte ihm auf die Schultern. „Er soll ganz lieb sein – aber leider nur Blödsinn im Kopf haben. Das werden wir ja sehen. Du

musst aufpassen, dass er nicht zu viel Unfug anrichtet. Vielleicht kannst du mir raten, wo er schlafen soll."
Mit einem Mal war aller Kummer wie weggeblasen. Ein junger Hund kam ins Haus! Aldo hatte Lars sogar besonders gut gefallen. Dann bekam er einen Spielkameraden zum Tollen. Das musste er unbedingt Gianni erzählen. Der würde Augen machen!
„Hier könnte sein Lager sein", schlug Lars vor und breitete in einem Winkel des Treppenhauses eine dreifach gefaltete Decke aus. „Tagsüber kann er dann in den Garten laufen. Nachts passt er auf, dass niemand kommt. Es ist ja nur für drei Wochen."
Hannah war einverstanden. Insgeheim war sie sehr erleichtert, dass sie Lars aus seinem Zimmer gelockt hatte. Aldo würde ihm das Heimweh vertreiben. Und auch sie selbst freute sich auf das Tier. Sie war mit Hunden aufgewachsen.
„Hoffentlich bellt er nicht so viel und stört Nico."
„Wenn er das tut, dann auf Italienisch!", feixte Lars. „Wem gehört er denn?"
„Einer Galeristin, die wir kennen, Signora Marochetti. Sie verreist für ein paar Wochen aufs Festland nach Florenz und kann Aldo unmöglich mitnehmen. Ich habe ihr angeboten, dass er zu uns kommen kann und du dich um ihn kümmerst."

Als Aldo begeistert an Lars hochsprang, war es zwischen den beiden Liebe auf den ersten Blick. Für seine sechs Monate war er schon recht groß. Dass er noch mehr wachsen würde, verrieten auch seine patschigen Füße. Er lief mit schlackernden Gliedern. Das sah drollig aus.
Auf der Heimfahrt ließ Hannah das Fenster etwas offen. Lars saß mit dem Tier auf dem Rücksitz und hatte den Arm um seinen seidigen Körper gelegt. Aldos Ohren flatterten im Wind.
Auch Samuel war von dem neuen Gast sehr angetan. Aldo leckte ihm sofort die Hand. „Das ist ja ein butterweiches Tier!", streichelte er ihm den Rücken. „Er hat noch richtige Sorgenfalten auf der Stirn."

Es stellte sich bald heraus, dass nichts vor Aldos Spürnase sicher war. Besonders erzogen schien er noch nicht zu sein.
„Darum werde ich mich kümmern!“, erklärte Lars im Brustton der Überzeugung.
Die Erwachsenen sahen sich an. „Na, wir werden dir ein bisschen dabei helfen. Jetzt bekommt er erst einmal sein Fressen.“ Hannah füllte Trockenfutter in einen Napf.
„Er ist doch stubenrein?“, fragte Samuel besorgt.
„Auf jeden Fall! Gabriella hätte ihn uns sonst nicht übergeben.“
Im Zusammensein mit Aldo blühte Lars richtig auf. Längst machte er wieder mit Gianni und dem Hund die Gegend unsicher. Er ging auch in die Grundschule nach Cefalù. Dort hatte die Lehrerin zuvor mit den Kindern gesprochen und ihnen geschildert, wie schwer es für ein fremdes Kind sei, in ihrer Sprache zu sprechen. „Stellt euch einmal vor, ihr solltet plötzlich in China zur Schule gehen. Da würdet ihr euch aber umgucken! Kein Wort würdet ihr verstehen! Und bestimmt sehr traurig sein, wenn euch die Kinder deswegen auch noch auslachen. Nein, ihr müsst Lars helfen! Er kann ja schon ein bisschen italienisch sprechen. Und wenn ihr ihm erklärt, wie dieses und jenes auf Italienisch heißt, gibt es bald keine Sprachschwierigkeiten mehr.“

Der Januar war vergangen. Lars und Aldo waren unzertrennlich. Natürlich schlief der Hund längst in seinem Zimmer, meistens sogar in seinem Bett. In wenigen Tagen sollte er wieder zu seinem Frauchen zurückgebracht werden. Lars war schon ganz traurig.
Da sagte Hannah beim Mittagessen: „Gabriella hat mich gerade angerufen. Ihre Rückkehr verzögert sich. Sie möchte noch Gespräche mit einigen Künstlern führen und fragt, ob Aldo noch etwas länger bei uns bleiben kann. Sie kommt erst in 14 Tagen zurück.“
„Klar!“, rief Lars. „Dann habe ich ihn ja noch an meinem Geburtstag. Ich habe ein paar Kinder aus meiner Klasse eingeladen. Die wollen Aldo unbedingt sehen.“

Wieder warfen sich die Sendmanns einen Blick zu. Sie hatten mit Gabriella eine Vereinbarung getroffen. Die Galeristin hatte eingestanden, dass sie sich nicht so um das Tier kümmern konnte, wie sie es ursprünglich wollte. Der Geburtstag von Lars war nun die Gelegenheit, Aldo an seine neue Familie zu übergeben. Besser als dort konnte er es nicht haben. „Ein Hund ist der einzige Freund, den man kaufen kann", sagte Samuel. Er und Hannah wollten ihn Lars schenken. Doch das blieb – wie jedes Geschenk – vorerst noch ein Geheimnis.

Der frischgebackene Vater machte sich viele Gedanken um seinen Sohn. Er blickte jetzt oft auch auf seine eigene Kindheit zurück und sah vieles mit anderen Augen.

„Ich möchte, dass er ein glücklicheres Kind ist, als ich es war!", sagte er zu Paganini. Der blickte ihn schweigend aus seinem Rahmen an. Samuel las Zustimmung daraus.

„Ich will nicht zu viel von ihm verlangen. Er soll spielen und toben dürfen. Ich freue mich, dass er Aldo hat. Auch dir hat man die Kindheit gestohlen. Du wurdest als Wunderkind vorgeführt. Vielleicht war das der Grund, dass du später so ruhelos warst. Ich bin es jetzt nicht mehr. Ich habe das Haus gefunden, in dem du mit Elena leben wolltest. Ich spüre, dass ich mehr und mehr zu mir selbst finde. Vielleicht, weil ich einen Sohn habe … Er ist ein ganz anderer Junge, als ich es war, viel lebhafter, viel stärker. Darin bewundere ich ihn. Seine Jugend inspiriert mich. Ich komponiere auch wieder. Mir kommen Melodien. Ich schreibe an einer Violinsonate. Wenn sie fertig ist, werde ich sie dir vorspielen."

Lars' Geburtstag wurde ein richtiges Frühlingsfest. Das ganze Haus war erfüllt von Kinderstimmen. Dazwischen kläffte Aldo wie toll. Lars hatte einige Kinder aus seiner Klasse eingeladen. Gianni war natürlich auch dabei. Auf der Terrasse diente eine Pingpongplatte als Tafel. Hannah und Serafina hatten mehrere Kuchen gebacken. Dazu gab es Tiramisu und Eis.

Unter den Gästen befanden sich auch Gabriella und Carlo. Vom Marquis hatte man leider noch nichts gehört.
Die Erwachsenen setzten sich an einen kleinen runden Tisch.
„Nehmen Sie ihn wieder mit?“, fragte Lars ängstlich.
Die Galeristin schüttelte nur vielsagend den Kopf.
Samuel packte seinen Sohn an den Schultern. „Er ist nämlich unser Geburtstagsgeschenk für dich! Gabriella möchte, dass du ihn behältst. Das ist aber eine große Verantwortung.“
Kaum hatte er das gehört, sprang Lars begeistert herum. Er rannte mit Aldo auf den Rasen, die Kinder hinterher.
Dort hatte Carlo schon ein Krocketspiel aufgebaut. Auch Luftballons wollte man steigen lassen. Mit kleinen Wunschbriefchen der Kinder stiegen sie hoch hinauf in den Himmel.
„Sie haben einen so reizenden Sohn! Er kann mich gern einmal besuchen“, wandte sich Gabriella an Samuel. Sie glaubte, ihm damit etwas Nettes zu sagen.
Das Fest hatte gerade seinen Höhepunkt erlebt, da ertönte vor der Villa das bekannte Hornsignal. Lars stürzte um die beiden Ecken herum. Eben stieg der Marquis aus seinem Bentley. „Herzlichen Glückwunsch zum Geburtstag“, sagte er auf Schwedisch. Das hatte er mit dem Wörterbuch geübt. Und auf Italienisch: „Wenn man acht wird, muss man Salut blasen. Hier, drück mal!“
Lars begriff sofort. Es ertönten gleich acht Hornstöße.
„Kannst du schon besser Italienisch?“
Lars nickte.
„Das ist gut, d’accordo! Wir hätten uns aber auch mit Händen und Füßen verstanden. Hier, mein Geschenk für dich!“ Er reichte ihm ein silbern blitzendes Flugzeugmodell. „Ich komme gerade vom Flughafen. Und ich dachte, das würde dich interessieren.“
Da liefen auch schon die Kinder herbei und von nun an gab es nur noch ein Thema: die Macchina!
Inzwischen fraß in der Küche das „Geburtstagsgeschenk“ seelenruhig die Kuchenreste vom Tisch.

„Wie läuft es?“, trat der Marquis aufgeräumt zu Samuel und Hannah. Beide waren freudig überrascht. „Ich wollte doch bei seinem Geburtstag nicht fehlen. Ich habe den Eindruck, der Junge passt haargenau.“
„Ich glaube, er fühlt sich wohl bei uns“, sagte sie warm. „Wir sind sehr glücklich über ihn.“ Insgeheim hatte das auch eine kleine doppelte Bedeutung.
Als die Gäste fort waren, spielte Sendmann zum Abschluss dieses schönen Tages wieder einmal die *„Campanella“*. Seine Tür stand offen, sodass die Melodie lockend durch das Haus drang.
Lars kam leise ins Zimmer.
„Was ist das? Wer hat das komponiert?“, fragte er fasziniert.
„Das Stück heißt *‚La Campanella‘* und ist von Niccolò Paganini. Dieser italienische Komponist lebte vor 200 Jahren. Er war auch der größte Geiger aller Zeiten.“
„Niccolò? So heißt du doch auch!“
„Das ist kein Zufall. Ebenso nicht, dass unser Haus den Namen der Melodie trägt, die du eben gehört hast.“
Lars staunte. „Du bist ein toller Geiger. Wie dieser Paganini!“ So richtig begriff er das alles nicht.
„Ich erkläre es dir später einmal“, sagte sein Vater und packte die Geige ein. „Wenn du Lust hast, zeige ich dir, wie man spielt.“
„Ich könnte es ja mal versuchen.“
Er war entzückt. „Wenn du das wirklich willst, werden wir beide viel Spaß damit haben. Ach, am liebsten würde ich dich Achille nennen!“
„Ist das ein italienischer Name? Ich habe doch schon einen schwedischen Namen.“
„Achille war der einzige Sohn von Paganini. Den liebte er über alles. Ich habe dich auch sehr lieb. Wärst du mit Achille einverstanden?“
Lars rümpfte die Nase.
„Achill war auch ein berühmter griechischer Held“, wich Samuel aus. „Paganini wollte seinen Sohn mit diesem Namen ehren.“
„Ist der denn auch ein Held geworden?“

„Nicht so wie in der griechischen Sage. Das ist ja lange her. Ich werde dir auch irgendwann davon erzählen", lächelte Sami.
„Aber wenn du mich so nennst, könnte ich dann einer werden?"
„Vielleicht. Einer, der in unsere Zeit passt. Also, was ist? Achille?"
War das eine gute Idee? Der Name klang ja eigentlich ganz hübsch.
Lars willigte schließlich ein. „Na gut, aber nur in diesem Zimmer. Das soll unser Geheimnis bleiben."
Sendmann schien zufrieden. „Dann spielen wir beide, du und ich, zusammen ein wenig Paganini."
„Was hältst du davon, wenn ich draußen läute?"
„Warum jetzt?"
„Weil die Glocke zur Musik passt. Außerdem läute ich sie so gern. Das klingt so feierlich. Gute Nacht, Papa!"
Der blickte ungläubig, konnte sich gar nicht genug wundern, so schnell war sein Sohn fort.
Hannah kam an die Haustür und öffnete sie: „Du! Was machst du hier draußen? Es ist schon dunkel. Die anderen sind doch fort!"
„Ich läute die Glocke. Ich werde nämlich ein Held", schaute Lars sie triumphierend an. „Nico nennt mich jetzt übrigens Achille – aber nur in seinem Zimmer!"
„Das klingt ja nach einem richtigen Geheimnis!", staunte sie und fühlte eine leise Unruhe aufsteigen. „Jetzt aber ab ins Bett! Ich komm gleich nach."
Dann ging sie noch einmal bei ihrem Mann vorbei. Sie öffnete die Tür einen Spalt und sah ihn, wie er mit der Geige in der Hand am offenen Fenster stand.
Ob es so, wie sie drei jetzt vereint waren, glücken könnte, ihr gemeinsames Leben weiter zu bewältigen? Auch der Marquis war wichtig.
Hannah war ganz zuversichtlich. Sie lächelte und schloss wieder leise die Tür.
Mehr, als dass sie es aussprach, dachte sie: *Alles Gute für uns! Ogni bene!*

Tonellas Schatten

Als Hannah die Tür geschlossen hatte, schaute ihr Samuel nach. Natürlich hatte er das leise Geräusch gehört. Ihm war aber nicht daran gelegen, in ein Gespräch verwickelt zu werden. Tief sog er die Luft ein. Sie war ihm zuvor knapp geworden. Wie schon mehrmals, so spürte er auch jetzt wieder diesen Druck auf dem Herzen. Es war ihm, als griffe eine Hand danach und wolle es umschließen. Er zwang sich zur Ruhe, redete sich selbst gut zu. Das hatte immer geholfen. Doch wuchs in ihm die Aufregung.

Er schloss das Fenster. Aber das plötzliche Gefühl des Gefangenseins jagte ihm noch mehr Angst ein.

Ich muss hier raus! Am besten fahre ich ans Meer, dachte er panisch. *Dort kann ich frei atmen.*

Noch die Geige mit dem Bogen in der linken Hand, eilte er zur Tür, spähte hinaus, ob seine Frau in der Nähe wäre, suchte im Dunkeln den Autoschlüssel am Haken neben dem Eingang und huschte hinaus.

Draußen schien der Mond zwischen jagenden Wolken. In den Bäumen bewegte der Nachtwind heftig die Zweige. Es war empfindlich kühl. Er fror.

Samuel schloss die Tür des Wagens auf. Dabei bemerkte er, dass er ja noch seine *Scarampella* mit dem Bogen dabei hatte. Einfach so mitgenommen und vergessen. Und ohne Kasten! Ob er sie noch zurückbringen sollte?

Noch einmal ins Haus? Nein, lieber nicht!

So verstaute er Geige und Bogen sorgsam auf dem Rücksitz und startete langsam. Er wollte nicht, dass Hannah ihn hörte, ihm womöglich nachriefe. Dann verließ er das Grundstück und fuhr die Kehren abwärts, bis er an den Strand kam.

Dort parkte er den Wagen am Straßenrand. Niemand war zu sehen. Um diese Zeit – Mitte Februar – hatten sich die Menschen schon in ihren Häusern verkrochen. Nur im Zentrum der kleinen Stadt mochten noch Nachtschwärmer unterwegs sein.

Sendmann stieg aus und spürte sofort den starken Wind. Dazu schlug ihm ein leichter Nieselregen ins Gesicht. Die Wellen klatschten hörbar an den Strand und nahmen mit knirschendem Geröll die kleinen Steine wieder mit zurück.
Ich habe vergessen, eine Jacke mitzunehmen, dachte er und schlug sich die Arme um die Schultern. So blieb er stehen und schaute auf das dunkle Meer. Er atmete tief.
So ist es besser.
Die plötzlich empfundene Einsamkeit konnte ihn jedoch nicht beruhigen. *Ich muss spielen*, nahm er sich vor. *Doch hier geht es nicht. Es würde dem Instrument schaden. Ich muss irgendjemandem vorspielen!*
Er ließ die Menschen, die er in Cefalù kannte, vor seinen Augen Revue passieren. Es waren nicht viele.
Plötzlich dachte er an Gabriella. Die Galeristin war ja erst am Nachmittag zum Geburtstag von Lars bei ihnen gewesen. Samuel erinnerte sich an ihren Ausspruch: „Sie haben einen so reizenden Sohn. Er kann mich gern einmal besuchen." Eigentlich nett. Das gab für ihn den Ausschlag.
Er stieg wieder ins Auto und fuhr zu ihrer Wohnung.
Gabriella öffnete ihm verblüfft. Sie war noch nicht zu Bett gegangen.
„Signore Sendmann, was führt Sie zu mir? Es ist halb elf. Ich wollte mich gerade hinlegen. Ist es dringend?" Sie sah, wie er fror. „Ihr Pullover ist ja ganz feucht! Kommen Sie für einen Augenblick herein!"
„Sie haben Recht. Es ist wirklich dringend. Hätten Sie etwas dagegen, wenn ich Ihnen meine neue Komposition vorspiele? Sie ist nicht lang. Ich habe die Geige dabei."
Gabriella war nicht gerade begeistert. Als sie aber sah, wie wichtig ihm die Sache zu sein schien, nickte sie. „Ich verstehe nicht viel von Musik. Nun ja, für eine Viertelstunde …" Von ihrem Umgang mit Künstlern wusste sie, dass sie manchmal ein seltsames Völkchen waren.
In ihrem Salon brannte gemütliches Licht. Im Kamin glommen

noch zwei Scheite. Auf dem Couchtisch stand eine Flasche Rotwein mit einem Glas.
„Möchten Sie sich mit einem Chianti aufwärmen?"
Sendmann nickte und sie reichte ihm ein Glas. Die Flüssigkeit rann angenehm durch seine Kehle. Die Wärme des Zimmers legte sich wie ein Mantel um ihn.
Er rieb sich die Hände, knackte mit den Fingern und griff nach seiner Geige. „Es ist meine erste Komposition nach vielen Jahren. Es ist eine Sonate. Ich habe sie ‚Siciliana' genannt. Sie sind die Erste, der ich sie vorspiele."
Gabriella lächelte freundlich. Nach ihrer anfänglichen Befremdung nahm sie diesen Überraschungsbesuch als eine charmante Laune. Was sollte man da sagen? Ein berühmter Geigenvirtuose beehrte sie, obwohl zur ungewohnten Zeit, mit seiner Aufmerksamkeit! Sie musterte die vor ihr stehende große, hagere Gestalt. In seinem dunkelblauen Pullover zu dem weißen Haar sah er noch immer gut aus. Dafür, dass er seine Frau nicht mitgebracht hatte, mochte er seine Gründe haben.
Sicher weiß sie nichts von seiner Eskapade, überlegte Gabriella.
Wollte er vielleicht etwas von ihr?
Sie nahm auf dem Sofa Platz und lud ihn mit einer Handbewegung zum Spielen ein.
Sendmann begann mit einem schnellen Satz, der rondoartig um eine heitere Melodie kreiste. Dazwischen gab es langsamere Passagen, von Dur zu Moll variierend, die miteinander spielten, um jedoch immer wieder in das Grundthema zu verfallen. Das klang sehr hübsch. Der zweite Satz, ein Andante, erinnerte an ein altes italienisches Volkslied. Die Geige sang geradezu von Wehmut und Verzicht. Der dritte Satz, ein Presto, spiegelte ein Feuerwerk von musikalischen Ideen wider.
„Und jetzt die *‚Streghe'* von Paganini!", rief er plötzlich.
Je länger er spielte, umso mehr steigerte sich seine Erregung. Seine Finger huschten wie Insekten auf den Saiten umher und warfen

magische Schatten an die Wand. Sein Gesicht rötete sich. Auf seiner Stirn brach Schweiß aus. Erbarmungslos fuhr er mit dem Bogen auf die Saiten herab und entlockte ihnen Aufschreie, Quieken, ja, Gejaule. Dazu stampfte er mit den Füßen den Takt.
Gabriella erschrak.
„Ja, die *‚Streghe‘* – die ‚Hexen‘“, rief er triumphierend. „Das Stück ist von mir! Ich habe es 1813 in Mailand komponiert. Es hatte beim Publikum den größten Erfolg. Hören Sie nur, wie die Hexen keifen, wie sie kichern und toben? Ihr Lachen klingt so wie diese Oboe!“
Tatsächlich erkannte Gabriella den Klang des Blasinstruments, mochte den Virtuosen dafür aber nicht bewundern. Von dem höhnischen Gelächter fuhr sie zusammen.
Sie rückte auf dem Sofa hin und her und überlegte, wie sie ihn loswerden konnte. Die Situation begann ihr unheimlich zu werden. Entschlossen erhob sie sich. „Signore Sendmann, haben Sie vielen Dank für Ihr kleines privates Konzert. Ich bin sehr beeindruckt. Aber jetzt gehen Sie bitte! Ich bin müde!“
Doch er ließ sich nicht beirren. Er begann auf seiner *Scarampella* regelrecht zu rasen und geriet dabei in höchste Erregung. „Hören Sie, hören Sie die Hexen!“
Jetzt wurde Gabriella ärgerlich. „Signore Sendmann!“, rief sie ihm ins Gesicht. „Jetzt ist es genug! Ich kann das nicht mehr ertragen! Gehen Sie!“
Plötzlich hielt der Geiger inne und fixierte sie mit irrem Blick. Sein Gesicht war vor Hass verzerrt. Langsam legte er das Instrument mit dem Bogen auf den Tisch und drehte sich zu Gabriella um. Er murmelte zornig einige Worte, die sie nicht verstand. Er sprach wohl schwedisch. „Was glauben Sie wohl, weshalb ich hier bin?“, schrie er dann unvermutet. „Sie wollen mir meinen Sohn wegnehmen! Sie sagten, er könne Sie gern einmal besuchen, doch Sie wollen ihn gleich behalten! Erst auf dem Geburtstag haben Sie das gesagt!“
Sie wich entsetzt zurück. Er näherte sich ihr drohend.

„Aber Signore Sendmann, das haben Sie vollkommen missverstanden!“, versuchte sie, ihn zu beruhigen.
Er ist verrückt! Panik ergriff sie.
„Ich habe das ganz genau verstanden, Tonella!“, kreischte er. „Du bist zurückgekommen, um mir Achille wegzunehmen! Ich musste ihn dir abkaufen, damit ich ihn behalten konnte, du Miststück! Ich dulde nicht, dass du ihn doch noch bekommst! Du bist ihn gar nicht wert! Er gehört mir!“ In äußerster Wut stürmte er auf sie los, um sie zu packen.
Gabriella floh hinter das Sofa. Im Vorbeirennen riss sie die Geige vom Tisch.
„Noch einmal erpresst du mich nicht, Tonella! Ich habe genug erlitten von dir, genug von deiner ewigen Eifersucht, deinem Nachspionieren, deinem Geiz! Du hast mich behandelt wie einen Hund!“
Damit wollte er sich auf sie stürzen. Doch sie hob mit beiden Händen die Geige hoch – bereit, sie in Sekundenschnelle auf seinem Kopf zu zerschlagen.
Da blieb er unvermittelt vor ihr stehen. Seine *Scarampella* war in Gefahr! Das brachte ihn zum Einhalten.
„Nein … nicht! Paganini hat sie mir geschenkt …“, flehte er jetzt weinerlich. Seine Hände fielen kraftlos herab. Er pustete, griff sich ans Herz und sank auf das Sofa, weiß wie eine Wand, Schweißtropfen auf der Stirn.
Gabriella stand wie erstarrt. Dann fasste sie sich, lief aus dem Zimmer und drehte von außen den Schlüssel um.
Er ist verrückt! Er ist wahnsinnig geworden! Allein sein Geigenspiel!
Sie schauderte. Gleichzeitig erkannte sie jedoch, dass sie schnell handeln musste. Sie war allein mit einem Geisteskranken!
Fieberhaft überlegte sie, was sie tun sollte. Die Polizei rufen? Nein. Einen Arzt rufen? Nein. Doch offensichtlich hatte Sendmann einen Herzanfall erlitten. Entsetzt dachte sie daran, in was sie hineingeraten konnte, wenn er bei ihr stürbe. Schauer liefen ihr über den Rücken.

Dann aber wusste sie, was zu tun war: Sie rief Léonard an!
„Bitte komm schnell! Sendmann ist bei mir! Er ist einfach so hereingeschneit. Ein Irrer! Er ist wahnsinnig geworden! Er ist auf mich losgegangen. Ich dachte, er bringt mich um. Nur ein Herzanfall hat das verhindert. Ich habe ihn eingeschlossen. Ich bin ganz krank vor Angst. Vielleicht ist er auch schon tot …“
Als der Marquis kam, informierte ihn Gabriella in aller Kürze. Inzwischen ging es Sendmann etwas besser. Er konnte sich auch kaum an den Vorfall erinnern. Gabriella reichte ihm ein Glas Wasser.
„Ich möchte mit dieser Sache nicht in Verbindung gebracht werden. Glaubst du, wir können es wagen, ihn nach Hause zu fahren?“, fragte sie leise. „Es darf aber, um Gottes willen, unterwegs nichts passieren!“
Der Marquis nickte. „Es geht ihm doch schon einigermaßen. Er hat sogar wieder etwas Farbe im Gesicht.“ Und zu Samuel sagte er in einem Ton, der keinen Widerspruch duldete: „Wir fahren Sie jetzt in Ihre Villa!“ Er klemmte den Arm des Geigers fest unter den seinen. „Sie sind krank! So können Sie nicht allein fahren! Ihr Auto kann morgen geholt werden.“
„Vergessen Sie aber nicht meine Geige!“, stieß Samuel hervor. Er fühlte sich sehr schwach.
Gabriella warf ihm eine Decke über die Schultern. Zu zweit brachten sie ihn die Treppe hinunter auf die Straße und setzten ihn in den Bentley. Dann fuhren sie eilig zur Villa.
Es half nichts. Dort angekommen, musste der Marquis die Glocke läuten.
Nach einer Weile öffnete Hannah. Als sie die drei vor sich sah, stand ihr der Schrecken ins Gesicht geschrieben. „Nico?! Wie kommt es, dass Sie ihn bringen? Ich wusste gar nicht, dass er fort war! Was ist passiert?“
Der Marquis schob ihren Mann zur Tür herein. Gabriella trat hinter ihnen ein. An seinem erloschenen Gesicht erkannte Hannah, dass ihm etwas Ernstes zugestoßen war.

„Wie konnte das geschehen?", flüsterte sie fassungslos.
„Er muss sofort ins Bett!", entschied der Marquis. „Er hat wahrscheinlich einen Herzanfall erlitten. Er ist sehr krank! Bitte rufen Sie Dottore Benetti an! Sagen Sie ihm, es sei ein Notfall! Ihr Mann muss unverzüglich versorgt werden!"
Als sie ihn zu dritt ins Bett gebracht hatten, berichtete Gabriella, was vorgefallen war. Hannah hörte es mit immer größerem Entsetzen. „Ich kann das nicht begreifen. Er war doch so gelöst, hatte so viel Spaß mit Lars."
Der Marquis trat langsam hinzu. „Wir wissen doch beide, dass er unter einer Persönlichkeitsstörung leidet. Er glaubt, er sei Paganini. Deshalb ist er nicht etwa glücklich. Er gerät zusehends mit sich und seiner Umwelt in Konflikt. Durch Ihre Geduld, liebe Elena, haben Sie ihn lange Zeit so beruhigen und im Zaum halten können, dass er die Furcht vor Entdeckung vergaß. Ich bin aber davon überzeugt, dass er jetzt psychiatrische Hilfe braucht."
Sie bedeckte gequält die Augen. „Ich dachte, das Haus, die schöne Umgebung, die Sonne und nun auch wunderbarerweise sein Sohn würden ihm Halt geben … Ich dachte, wenn ich seine Welt teile, ganz auf ihn eingehe, wäre unser Zusammenleben leichter." Sie brach in Tränen aus.
„Ganz recht, es muss an seinem Sohn liegen, dass er in diesen Zustand geriet", machte sich Gabriella Gedanken. „Er war ganz außer sich vor Zorn, schrie mich an, ich wolle ihm Achille wegnehmen. Dabei nannte er mich Tonella. Er ging sogar richtig auf mich los. Ich habe mich fast zu Tode gefürchtet."
„Ach, diese alte Geschichte! Ewig Paganinis Biografie!", wischte sich Hannah die Augen. „Die echte Tonella war Achilles Mutter. In Wahrheit hat sie Mann und Sohn aus Habgier verlassen."
„Vielleicht lag es auch an der Ähnlichkeit unserer Namen? Ich wusste gar nicht, dass Ihr Mann so gespalten … ich meine, so krank ist. Er könnte ja gefährlich werden. Er macht doch sonst einen ganz normalen Eindruck."

Der Marquis legte ihr beruhigend die Hand auf die Schulter. „Vielleicht sollten wir das, was geschehen ist, zunächst einmal vollkommen für uns behalten. Niemand braucht etwas davon zu wissen, ehe klar ist, ob es sich nicht doch nur um einen einmaligen Ausnahmezustand gehandelt hat. Ich denke, auch Dottore Benetti muss nichts von dem Vorfall erfahren. Das würde die Sache nur komplizieren, ihn womöglich in Konflikt bringen, ob er die Polizei oder die Nervenklinik informieren soll. Warten wir doch ab, wie sich der Zustand Ihres Mannes entwickelt. Der Dottore wird sich selbst ein Bild machen und danach handeln."
Trotz ihrer Erschütterung fragte Hannah ihn aufgeregt: „Und was soll ich dem Arzt sagen?"
„Dass Sie uns heute Abend als Gäste eingeladen haben, um Nicos neueste Komposition zu hören. Er selbst wollte sie uns vorspielen. Dabei hat ihn das Spielen so erregt, dass er einen Schwäche- oder Herzanfall erlitten hat. Das ist nur logisch und in gewisser Weise ja auch die Wahrheit. Erwähnen Sie ruhig, dass er sich schon vorher etwas unwohl gefühlt, aber unbedingt auf dem Vorspielen bestanden hat. Seinen Besuch bei Gabriella mit den übrigen Einzelheiten lassen wir lieber ganz weg."
Gabriella stimmte ihm zu. „Das ist das Beste. Ich verspreche, dass ich über alles andere absolut schweige. Ich möchte weder mir noch Ihnen Schwierigkeiten bereiten." Sie wandte sich erschöpft zum Gehen und bat den Marquis, sie zurückzufahren.
„Gabriella hat Recht. Erwähnen Sie dem Arzt gegenüber zunächst nichts von Nicos Spleen. Das würde nur Untersuchungen und Stress für Sie beide bedeuten. Dass er zumindest einen Zusammenbruch erlitten hat, ist offensichtlich. Warten Sie – ich glaube, ich höre draußen schon ein Auto. Das wird Benetti sein."
Der Marquis ließ sich beim Aufbruch noch ein wenig Zeit. Als Gabriella schon vorausgegangen war, flüsterte er Hannah zu: „Es kommt jetzt alles auf Sie an, meine Liebe. Sie müssen stark sein! Holen Sie sich Ihre Kraft von Lars und dem kleinen Aldo. Sie wis-

sen, was ich denke. Und wann immer Sie Hilfe brauchen – ich bin da." Er schloss sie spontan in die Arme. Dann verabschiedete er sich schnell und verließ mit Gabriella die Villa.

Dottore Benetti fand Sendmann wach, aber etwas benommen vor. Hannah schilderte ihm, wie besprochen, die Szene im Salon, verschwieg aber deren wahre Dramatik. Samuel gab an, schon vor dem Besuch ein Gefühl von Atemnot gehabt zu haben. Die Beklemmung sei aber gewichen.

Was Benetti gehört hatte, musste er akzeptieren. „Haben Sie noch Schmerzen? Wie fühlen Sie sich jetzt?", fragte er.

„Schwach, aber freier. Es geht mir schon besser", sagte Sendmann.

Nach dem ersten Eindruck mochte der Arzt einen leichten Infarkt nicht ohne Weiteres ausschließen. Die Aufregung hätte ja ausgereicht. Doch der Blutdruck war normal, der Puls nicht abgeflacht, das Gesicht keinesfalls mehr grau. *Sieht so jemand aus, der ein Vernichtungsgefühl hat*, fragte er sich skeptisch.

„Hatten Sie so etwas schon öfter?"

Samuel schüttelte den Kopf. „Manchmal Herzschmerzen."

„Es hätte schlimmer kommen können", beruhigte ihn der Arzt. „Das muss ja eine rasante Komposition gewesen sein, dass Sie sich so aufgeregt haben ..." Dabei schaute er Hannah fragend über seinen Brillenrand hinweg an. „Ich gebe Ihnen für den Moment ein sedierendes Medikament. Um aber sicherzugehen, dass nichts zurückgeblieben ist, lasse ich Sie jetzt ins Krankenhaus bringen, um ein EKG machen zu lassen. Falls man es dort für besser hält, bleiben Sie über Nacht. Das würde ich Ihnen sowieso empfehlen. Wenn man Sie gehen lässt, kommen Sie in den nächsten Tagen in meiner Praxis vorbei. Dann sprechen wir darüber, ob nicht doch ein Herzkatheter empfehlenswert wäre. Ein EKG, auch wenn es in Ordnung sein sollte, zeigt sowieso nur den jetzigen Zustand an, nicht das, was kommen könnte." Er rief mit seinem Handy den Notdienst und forderte einen Krankenwagen an.

„Ich fahre selbstverständlich mit!", entschied Hannah.

„Das wäre mir nur recht, gnädige Frau. Sie werden Ihren Mann ja auch wieder nach Hause begleiten müssen. Und generell – Sie wissen, was in einem solchen Fall geboten ist: ihn in Ruhe lassen, keine Aufregungen, viel Schlaf und viel freundlicher Zuspruch."
Die Untersuchung im Krankenhaus erbrachte keine nennenswerten Auffälligkeiten. Das EKG war eigentlich in Ordnung.
„Bleiben Sie doch noch einen Tag zur Beobachtung!", riet der diensthabende Arzt. Aber Sendmann lehnte ab.
„Ich möchte nach Hause." Ein Taxi brachte sie zurück in ihre Villa.

Die nächsten Tage verliefen ruhig. Samuel schlief sich aus. Hannah umgab ihn mit Heiterkeit, Blumen und erfreulichen kleinen Nachrichten. Bald gingen sie wieder spazieren und nahmen Lars und Aldo an den Strand mit. Von dem Vorfall sprachen sie nicht mehr. Zwei bis drei Mal in der Woche erschien der Marquis, „um nur mal so vorbeizuschauen". Er brachte Leben, Bewegung und positive Stimmung mit.
Einmal fing er Hannah ab, ohne dass ihr Mann es bemerkte. „Wie geht es ihm? Kann er sich an den Abend erinnern?"
„Wenn ja, spricht er nicht darüber. Ich habe den Eindruck, er will das alles nicht wahrhaben."
„Hat er seine Komposition noch einmal gespielt?"
„Nein. Seit dem Tag hat er die Geige nicht angerührt. Ich glaube, er braucht eine Pause."
„Ich nehme an, dass das nicht alles ist", machte sich der Marquis Sorgen. „Wie es aussieht, hat er einen Schub gehabt. Bei dieser langen Vorgeschichte einer Persönlichkeitsspaltung und bei seinem Alter ist das kein Wunder. Und den Ausschlag dafür hat eine harmlose Bemerkung von Gabriella gegeben …"
„Woher kennen Sie sich in solchen Fragen so gut aus?", wollte sie wissen.
„Ich hatte eine Verwandte mit einem ähnlichen Problem. Ich habe damals länger mit dem Arzt gesprochen."

„Hatte? Ist sie tot?"
„Ja. Sie ist in der Anstalt gestorben. Aber das ist lange her. Das ist der Grund, weshalb ich mir Sorgen auch um Sie mache."
„Gabriella hat damals einen Satz gesagt, der mir nicht mehr aus dem Kopf geht. Sie sagte: ‚Er könnte ja gefährlich werden!'". Hannah hatte einen gequälten Gesichtsausdruck.
„So weit lassen wir es nicht kommen! Deshalb bin ich ja auch hier." Der Marquis schaute sie weich an. Für Hannah war es wie eine kleine Liebkosung. Und erst jetzt fiel ihr ein, wie nötig sie das hatte.
„Ich bin sehr froh, dass es Sie gibt!", gestand sie. „Wissen Sie noch, was Sie mir einmal gesagt haben: ‚Das Wichtigste an einem Gespräch ist nicht, was gehört, sondern was nicht ausgesprochen wurde …'"
„Daran hat sich auch bis heute nichts geändert, oder?", lächelte er heiter. „Sie sind eine sehr liebenswerte und tapfere Frau!"

Inzwischen war es richtig Frühling geworden. Ende März stand die Sonne schon hoch am Himmel. Ihr einjähriges „Jubiläum" in ihrem neuen Haus hatten die Sendmanns mit dem Architekten, dem Marquis, Carlo, Serafina und den Kindern schon fröhlich gefeiert. Gabriella hatte einen Grund vorgeschoben, um nicht zu kommen. Im Garten blühten die Mimosen und die beiden Mandelbäumchen.
Obwohl sich Samuels Gemütslage inzwischen aufgehellt hatte – er war viel gelöster und öfter auch heiter –, sagte Hannah ein inneres Gefühl, wachsam zu sein. Sie beobachtete ihn unauffällig und ließ ihn möglichst wenig allein.
Einmal entdeckte sie ihn im Garten mit Serafina. Die Haushälterin goss gerade die Blumen, als Sami sie in ein Gespräch über Paganini verwickelte. Hannah trat schnell hinzu und bat Serafina, ihr in der Küche zu helfen.
Das war noch einmal gut gegangen!
Bei seinem nächsten Besuch schwenkte der Marquis eine Zeitung. Im Zoo von Palermo sollte das vor vier Wochen geborene Elefantenbaby am nächsten Sonnabend seinen ersten Spaziergang

im Freigehege machen. Das war doch die Gelegenheit für einen Ausflug mit Lars in den Zoo! Natürlich war der Junge hellauf begeistert, zumal er im Bentley fahren durfte. Eine tolle Sache! Mit dreimaligem Hornsignal düsten die beiden schließlich ab.
Samuel hatte sich in sein Zimmer zurückgezogen. Hannah nutzte mittags die Ruhe, um im Garten mit der Harke die Erde auf den Beeten zu lockern.
Nach zwei Stunden ging sie ins Haus, um in der Küche ein Glas Wasser zu trinken. Da hörte sie aus dem Zimmer ihres Mannes Musik. Jemand spielte Geige.
Etwa Nico?
Es hörte sich aber nicht so an. Es war ein Orchesterstück, ein Violinkonzert – die *„Campanella"*! Es musste eine CD sein. Der Ton war auf höchste Lautstärke gestellt.
Sie war beunruhigt. Sollte sie hineingehen? Nein. Anklopfen? Ihn stören? Sie wusste, er liebte das nicht. Jetzt aber war ihr so, als riefe er sie geradezu. Ja, sie *sollte* hereinkommen! Plante er eine Überraschung?
Vorsichtig näherte sie sich der Tür.
Schließlich öffnete sie sie – und prallte mit einem Aufschrei zurück! Was sie sah, war absurd, über alle Maßen entsetzlich, ganz und gar fern aller Wirklichkeit: Ihr Mann hatte den Kopf von Paganinis Bildnis ausgeschnitten und seinen eigenen Kopf durch die Öffnung gesteckt! Mitten im Zimmer stehend, hielt er das Bild vor sich. Erwartungsvoll blickte er Hannah an.
Sofort war ihr klar, dass dies das Ende all ihrer bisherigen Bemühungen, ja, ihrer gemeinsamen Beziehung war. Sie starrte auf ihn. Er war ihr plötzlich fremd, so fremd, als habe sie ihn nie gekannt. Bei diesem Anblick waren ihre Gefühle für ihn erloschen und wichen einem tiefen Mitleid. Welch tragische Wendung!
Ich kann dir nicht mehr folgen, dachte sie. *24 Jahre! Alles vergebens! Kein hoffnungsvoller Ausgang, wie ich ihn mir schöngeredet habe. Unsere „Folie à deux" ist vorbei! Ich bin nicht mehr deine Elena!*

Sie vergrub ihr Gesicht in den Händen. Sie fühlte sich vernichtet.
„Paganini – das bin **ich**!“, strahlte er.
Sie konnte ihm darauf nicht antworten, nahm nur das Bild vorsichtig von seinem Kopf.
„Paganini ist eben hinausgegangen“, murmelte er und setzte sich auf einen Stuhl. So verhielt er und blickte starr vor sich hin.
Hannah drehte das Bild um und lehnte es an die Wand. Dann verließ sie das Zimmer. Draußen drehte sie den Schlüssel um.
Es ist unerträglich, nicht mehr tragbar, für niemanden – auch nicht für ihn!
Sie wusste, es gab keinen anderen Ausweg. Sie ging zum Telefon und wählte die Nummer von Dottore Benetti.
Vor dem Haus hörte sie eben den Bentley und gleich darauf die fröhliche Stimme von Lars.

Anmerkungen

In diesem Künstleroman um Niccolò Paganini sind Gegenwart und Historie durch eine Melodie miteinander verbunden. Als Glöckchenmotiv im dritten Satz von Paganinis Violinkonzert Nr. 2 in h-Moll ist sie unter dem Namen „La Campanella“ sehr bekannt. Während die Protagonisten der modernen Handlung von der Autorin erfunden wurden, erscheinen der junge „Teufelsgeiger“ und drei der Frauen, die in seinem Leben eine bedeutende Rolle gespielt haben, als authentische Personen in der historischen Handlung. So, wie hier zu lesen, könnte alles gewesen sein ...

Niccolò Paganini

Am 18. Februar 1782 in Genua geboren, wurde der überaus musikalische Knabe vom strengen Vater zum Wunderkind auf der Geige gedrillt. Schon als 13-Jähriger gab er in seiner Vaterstadt Konzerte. Seine fundierte musikalische Ausbildung erteilte ihm in Parma der berühmte Geigenprofessor Alessandro Rolla. Dort erhielt er auch Unterricht in Theorie und Kompositionslehre.
Mit siebzehn bereiste Paganini mit seinem Vater auf Konzerttournee viele oberitalienische Städte. Von dessen tyrannischer Bevormundung konnte er sich aber erst befreien, als er in Lucca seine erste Anstellung als Leiter der Ersten Geige des dortigen Orchesters erhielt.
Paganinis Leben ist geprägt von Musik und Reisen. Als absoluter Ausnahmekünstler bereiste er halb Europa und war bald über Italiens Grenzen hinaus von Wien bis Berlin, von Warschau bis Paris und London und vor allem in Deutschland der gefeiertste Violinvirtuose seiner Zeit.
Trotz ungezählter Liebesabenteuer blieb er zeitlebens unverheiratet. Seinen einzigen Sohn Achille liebte er über alles. Ein Übermaß an Konzertverpflichtungen, vielerlei schwere Krankheiten und ein

unstetes Leben waren die Ursache für seinen vergleichsweise frühen Tod. Paganini starb am 27. Mai 1840 in Nizza. Seine Guarneri del Gésu wurde später von seinem Sohn Achille der Stadt Genua übergeben. Dort wird sie seitdem im Museum sicher aufbewahrt.
Eine kurze, wenn auch nur platonische Episode erlebte Paganini in Lucca mit dem 14-jährigen Mädchen Eleonora Quilici, Tochter eines Hauptmanns in einem Luccheser Regiment. Seine junge Schülerin verliebte sich über die Maßen in ihn. Aus Verantwortung versagte er sich jedoch eine Liebesbeziehung. Zum Abschied schenkte er ihr zwölf kleine Sonaten für Violine und Gitarre und vermachte ihr in seinem Testament ein beträchtliches Legat.
Paganini hatte bis in seine mittleren Jahre zahlreiche Affären.
Im Alter von 32 Jahren lernte er die Modistin Angelina Cavanna kennen. Aus der Beziehung entstand eine Tochter, die tot geboren wurde. Der Vater der jungen Frau klagte Paganini der Verführung seiner minderjährigen Tochter an, woraufhin der Virtuose für eine gewisse Zeit ins Gefängnis kam. Mit Hilfe seines Freundes, des Rechtsanwalts Germi, konnte er sich jedoch mit einer Geldsumme freikaufen.

Elisa Bacchiochi, geborene Bonaparte

Napoleons älteste Schwester Elisa wurde 1778 geboren. Auf Wunsch ihres Bruders heiratete sie Felice Bacchiochi, einen ehemaligen korsischen Hauptmann, den Waffengefährten Napoleons. Nachdem dieser sich 1804 selbst zum Kaiser der Franzosen und ein Jahr später zum König Italiens gekrönt hatte, setzte er Elisa als Großherzogin von Piombino und Lucca ein. Sie war sehr gebildet und besaß einen männlichen Verstand. Dies schloss nicht aus, dass sie sich leidenschaftlichen Affären hingab.
Wie ihr Bruder fühlte sie sich zum Herrschen geboren. Schon vor ihrer Regierungszeit hatte Paganini in Lucca eine Anstellung als Erster Geiger des Nationalorchesters. Die energische Fürstin

verbesserte nicht nur die Infrastruktur ihres Doppelherzogtums, sie war auch eine Freundin der Kunst. Dafür besetzte sie das nun fürstliche Orchester um und versah den um vier Jahre jüngeren Paganini mit verschiedenen Ehrenämtern. Einen Virtuosen wie ihn im Umfeld ihrer Macht zu wissen, konnte bei ihr nur den Ehrgeiz wecken, ihn zum Geliebten zu nehmen. Auch förderte sie seine Kunst und regte ihn dazu an, nur auf einer einzigen Saite, der G-Saite, zu spielen.
1809 wurde Elisa von ihrem kaiserlichen Bruder zur Großherzogin der Toskana ernannt. Ihren Vorzeigekünstler nahm sie gleich mit nach Florenz. 1813 kam es dort jedoch zum Bruch. Paganini entzog sich der launischen Fürstin durch Flucht und begann sein Wanderleben als einer der größten Geigenvirtuosen der Welt.
Mit der Verbannung Napoleons auf die Insel St. Helena endeten auch die Fürstentümer seiner Geschwister. Elisa starb 1820 in Triest.

Antonia Bianchi

Diese junge Sängerin trat im Frühjahr 1824 in Paganinis Leben, als er schon in ganz Italien gefeiert wurde. Sie war zwanzig, er zweiundvierzig. Was ihn an der jungen Choristin fesselte, war ihre noch bildungsfähige Stimme. Er selbst erteilte ihr Gesangsunterricht.
Im Gegensatz zu seinen Salonliebschaften besaß sie als Kind der Mailänder Vorstadt eine urwüchsige Sinnlichkeit. Er nahm sie als seine Geliebte zu sich. Schon wenige Wochen später trat sie bei Konzerten in zahlreichen italienischen Städten gemeinsam mit ihm als Sängerin auf und erntete einigen Beifall.
Das Glück der Liebenden wurde vollkommen, als ihnen in Palermo am 23. Juli 1825 der Sohn Achille geboren wurde.
Ob es an den Folgen der Geburt oder an den immer stärker hervortretenden gegensätzlichen Charakterzügen von Paganini und Antonia lag – ihre Beziehung verschlechterte sich. Nach vier Jahren kam

es in Wien zu einem leidenschaftlichen Auftritt zwischen ihnen und schließlich zum endgültigen Bruch. Die „Bianchi", wie sie bei Paganini nur noch hieß, forderte eine einmalige Abstandssumme von über 10 000 Lire und kehrte mit allen Kleidern und Schmuckstücken, die er ihr geschenkt hatte, nach Mailand zurück.
Böse Zungen behaupten, Paganini habe ihr damit den gemeinsamen Sohn Achille abgekauft.
Er und sein Sohn sahen sie nie wieder.

Helene von Dobeneck

Helene von Dobeneck war die Tochter von Paul Johann Anselm Ritter von Feuerbach. Als Wirklicher und Geheimer Staatsrat in München war er ein persönlicher Berater König Ludwig des I. von Bayern. Als berühmter Strafrechtler hatte er später das Amt des Ersten Präsidenten des Appelationsgerichtes für den Rezat-Kreis Ansbach inne.
Sein sechstes Kind war die Tochter Rebekka Magdalena, Helene genannt. Schon mit 18 Jahren wurde sie mit dem Juristen Baron Ludwig Friedrich von Dobeneck verheiratet. Die nur kurze Ehe blieb kinderlos.
Als Paganini am 9. November 1829 auf seiner Konzerttournee durch Süddeutschland in Nürnberg auftrat, war auch Helene unter seinen Zuhörern. Sie verfiel dem Virtuosen und seiner Kunst in derartiger Leidenschaft, dass sie noch am selben Abend seine Geliebte wurde.
Auch bei seinem zweiten Konzert in der Stadt drei Tage später sahen sie sich wieder. Für Helene stand fest: Ihre Ehe mit Dobeneck war zu Ende. Danach allerdings konnte sie sich nur damit trösten, Paganini in mehr als zwanzig Briefen ihrer Liebe zu versichern. Der Geiger verbrachte die nächsten acht Monate auf Tournee durch zahlreiche Städte in Deutschland.
Bei einem Kuraufenthalt in Baden-Baden erreichte ihn wieder ein

Brief von Elena, wie er sie nannte. Darin beschwor sie ihn um ein Stelldichein in einem Hotel in Ansbach. Dieser Verlockung konnte er nicht widerstehen und das Liebespaar verlebte drei Tage und Nächte inkognito und schmiedete sogar Heiratspläne.
Paganini erwog ernsthaft, Helene zu ehelichen, zumal sie, wie er glaubte, seinem Söhnchen Achille eine wunderbare Mutter sein würde. Voraussetzung dafür aber war Helenes Scheidung.
Erst im November 1831 wurde sie legal geschieden. Indessen hielt sich der Virtuose in Frankreich und England auf. Die lange Trennung entfremdete das Paar. Nach und nach versiegte Paganinis Leidenschaft. Er beantwortete auch nicht mehr ihre Briefe.
Helene geriet in eine tiefe seelische Krise. In der Nürnberger Gesellschaft war sie geächtet. Daher begab sie sich als Gesellschafterin einer alten Gräfin nach Paris. Dort konvertierte sie zum katholischen Glauben und nahm in einem Kloster sogar den Schleier.
Schon bald aber erkannte sie, dass das Leben als Nonne nicht ihre Bestimmung war. Da sie Paganini nicht vergessen konnte, reiste sie ihm fast überall hin nach. 1843 veröffentlichte sie ein Buch mit Reiseschilderungen und lebte lange in Rom. Sie überlebte Paganini um 51 Jahre und starb 1891 vereinsamt und verarmt in Treviso. Paganini hat sie nie wiedergesehen.

Literaturverzeichnis

Niccolò Paganini, Biographie, Edward Neill, Paul List Verlag, 1990

Paganini, von Julis Knapp, Schuster & Loeffler, Berlin und Leipzig, 1922

Paganinis Leben und Treiben, Julius Max Schottky, Taussig & Taussig, Prag 1830, Sändig Reprint, Walluf-Nendeln, Unveränderter Neudruck, 1974

Paganini in seinem Reisewagen und Zimmer, Aus Reisejournale von Georg Harrys nach dem Originaldruck von 1830, Verlegt bei Hans Schneider, Tutzing, 1982

Die Goldenen Bienen – Affären, Finanzen, Frauen der Familie Bonaparte, Theo Aronson, Societäts-Verlag, Frankfurt, 1964

Die Parvenu Prinzessinnen, Margery Weiner, Verlag Georg D. W. Callwey, München, 1967

Napoleon, André Maurois, rororo monographien, Rowohlt Taschenbuchverlag, Reinbeck bei Hamburg, 1966

Napoleon, die Memoiren seines Lebens, Band 2. In neuer Bearbeitung herausgegeben von Friedrich Wencker-Wildberg in Verbindung mit Friedrich M. Kirchelsen, Gutenberg-Verlag Christen & Co., Wien, Hamburg, Zürich

Die Familie Feuerbach in Bildnissen, Herbert Eulenberg, Engelhorn Verlag, Stuttgart, 1924

Hans Gert Woschek, Der Wein – Geschichte und Geschichten über Jahrtausende, Callway Verlag, München, 1971

Die Autorin

Renate Dangschat, geboren 1938 in Berlin, veröffentlichte vier Jugendbücher bei Arena (Würzburg), Hoch (Düsseldorf) und Jugend und Volk (München/Wien) unter ihrem Mädchennamen Renate von Rosenberg.
Seit 1963 ist sie mit dem Arzt Dr. Peter Dangschat verheiratet, mit dem sie in Wolfenbüttel bei Braunschweig lebt. Sie hat drei erwachsene Kinder. Lange Jahre war sie als freiberufliche Journalistin tätig. Sie schrieb Essays und Kurzgeschichten. 2008 veröffentlichte sie ihren historischen Roman „Ein Schloss für Sophie - Roman aus der Zeit Friedrich des Großen" sowie eine Kurzgeschichte in einer Anthologie. 2009 erschien ihr Roman „Antonia - Die schöne Polin" über das Leben und Lieben am Hofe August des Starken. Und 2010 schließlich ihr Künstlerdrama „Ich - Paganini!". Beide im Dresdner Buchverlag.

Antonia Bianchi